한·중 심리 소설 비교 연구

本書屬於江蘇大學高級專業人才科研啟動項目"20世紀30年代中韓心理小說敘事結構比較研究"
(批準號：18JDG008)的研究成果

한·중 심리 소설 비교 연구

中韓心理小說比較研究

최명익과 스저춘을 중심으로

왕명진王明真

책머리에

한국과 중국은 수교 30년 이래, 양호한 중·한 문화 생태 환경을 조성하고 양국 문화 간 상호 이해와 존중, 대화와 교류를 촉진하여 양국 문명의 상호 융화를 함께 실현하고 있다. 문학은 인류 정신문화의 중요한 매개체로서 그 자체의 뚜렷한 민족 특성과 상대적인 공통성을 지니고 있다. 특히 특정 사회생활의 내용에 포함된 풍부한 감정 요구와 인간성에 대한 다방면의 사고, 강한 가독성과 광범위한 대중적 기반 때문에 양국의 현대문학 비교, 특히 현대소설 비교는 상호 교차적으로 문화 교류의 중요하고 효과적인 방법이 될 수 있다.

"한·중 비교 문학 연구는 중국내 한국문학 연구의 가장 중요하고 핵심적이며 또한 보편적인 영역이기도 하다. 매년 중국 각 대학 한국학과 한국문학 영영 석 박사 학위 논문 중, 상당수가 비교 문학 논문이라는 사실은 중국내 한국 문학 연구에서 한·중 비교 문학 연구의 열기와 위상을 미루어 짐작할 수 있게 한다. 그 주제 영역 역시 매우 다양하고 방대하여 고전문학의 영향 연구에서부터 근·현대 문학의 평행 비교연구에 이르기까지, 그리고 문학유파와 사조의 비교 연구에서 주제화 모티프의 비교연구, 여성 문학 내지 여성의식의 비교연구, 작가들 간의 비교연구 등 문학 연구 전반을 아우르고 있다."[1] 한중비교학연구의 중요한 3대 영역은 한중고전문학 비교 연구, 한중 근·현대 문학 비교 연구, 비교문학

---

[1] 이해영, 「중국내 한중비교문학 연구의 현황과 과제」, 『한중인문학연구』, 44호, 한중인문학회, 2014, 47-68면.

형상학(比較文學形象學) 연구 등 세 영역이다.

『한·중 심리 소설 비교 연구』는 최명익과 스저춘을 중심으로 진행하였는데, 이는 사람을 매우 긴장하게 하는 주제이다. 중국 현대문학사에서 심리소설은 아직 익숙하지 않은 명칭이지만, 스저춘의 문학세계는 심리소설로 명명할 수 있다. 두 소설가를 대표로 선정해 '작은 절개'와 '사례 비교'를 견지하며 한·중 심리소설 비교 연구를 분석하고자 한다. 21세기는 인문학 위기라는 말이 자주 거론된다. 어느 시대, 어느 분야를 막론하고 위기라는 말이 자주 나온다. 따라서 위기는 어떤 것이 무너지거나 끝나는 것을 의미하지 않는다. 오히려 위기상황에 처한 대상이 난관에 봉착해 새로운 변화를 시도해야 할 때가 됐다는 의미이다. 따라서 인문학의 위기는 인문학의 파멸이나 종말을 의미하는 것이 아니라 난관에 봉착해 새로운 변화를 모색하지 않을 수 없다는 뜻이다.

1930년대에 등장한 모더니즘 소설은 인간의 보편적 인간성을 강조하는 이성적 의지의 존재 여부에 대해 노골적인 회의를 드러내면서 인간의 자유의지에 더욱 주목한다. 한·중 심리소설은 프로이트의 영향을 받아 인간의 비이성, 의식의 흐름, 잠재의식을 앞세웠다. 특히 "모더니즘의 영향 아래서 인간의 무의식을 강조하고 있는 심리소설 작품에서도 이성의지가 작동하지 않는 것은 아니다. 이들 작품 속에서 인간의 이성의지는 작품의 내적 구조 속에서 긴밀하게 작동하고 있다. 모순된 선택의 상황에서 갈등하는 자유의지는 바로 인간의 숨어 있는 이성의지로부터 자유로울 수 없기 때문에 발생한 것이라고 할 수 있다. 그리고 그 과장 자체에 관심을 기울이고 있는 것이 심리소설이라고 할 수 있다. 즉 심리소설은 인간의 마음속에서 이성의지와 자유의지가 끊임없이 갈등하는 과정을 보여주는 작품이라고 할 수 있다. 그리고 인물들이 처한 모순된 상은 사회적 환경의 영향과 밀접한 관계를 지니고 있다."² 1930년대 '경성(서울)'과 '상하이' 식민지 공간에서 지식인들의 당혹감과 심리적 갈등을 주로 표현했던 최명익의 소설과 스저춘(施蟄存)의 심리소설에 나타난 인물 윤리의식의 문제를 살펴보겠다.

비교문학 작업에서 매우 중요한 태도는 '공감'이다. '공감'은 단어로서 그 의미에 대해 많은 논란이 없으며, 동일성과 차이성을 인정함으로써 소속감을 얻는 것을 의미한다. 최명익과 스저춘은 자국 현대문학 분야에서 대표적인 심리소설 작가로 꼽히지만, 스저춘은 한국에서 생소한 작가이다. 최명익은 중국에서도 아는 사람이 거의 없는 상황이다. 비교연구를 통해 자연스럽게 공통점과 차이점을 연결함으로써 스저춘은 한국에서도, 최명익은 중국에서도 '공감'과 수용을 촉진할 수 있다. 공감과 수용은 또한 일련의 문학 비평과 문학 연구를 연장하여 현재에 이르게 할 수 있다.

본 책은 1930년대 한국과 중국 모더니즘의 수용과 변용 양상을 바탕으로 최명익과 스저춘의 심리소설을 비교분석하여 양국 모더니즘의 공통점과 차이점을 밝히는데 그 목적이 있다. 당시 한·중 양국은 일본의 침략으로 인해 식민지와 반식민지로 전락하였다. 비슷한 역사를 배경으로 하는 한·중 양국의 모더니즘에 대한 수용과 변용 양상의 공통점과 차이점을 드러낸다.

제1장에서는 1930년대 한·중 심리소설의 전개 양상 중에서 한국 단층파, 최명익과 중국 신감각파, 스저춘의 심리소설의 특징을 논의하였다. 한국의 단층파와 중국의 신감각파는 비록 짧은 한 시기를 풍미하는

2　김순진, 이정현, 「한·중 심리소설에 나타난 윤리의식 고찰-'李箱'과 '施蟄存'을 중심으로-」, 『인문과학연구』, 인문과학 연구소, 46호, 2022, 33-34면.

데 그쳤지만 동시대 문단에 남긴 문학적 공헌과 영향은 적지 않다. 그들의 소설은 서구 모더니즘의 수용과 일본 신감각파의 영향을 받아 동시대 평양과 상하이를 배경으로 한국과 중국의 사회 현실과 그에 대한 작가의 의식 등이 결합하여 새로운 문학 형식을 창조함으로써 현대 소설의 영역 확대와 발전에 새로운 길을 열었다. 단층파의 특징을 잘 보여준 최명익과 신감파의 대표적인 작가인 스저춘을 비교 연구하는 것은 한국과 중국 심리소설의 변별성을 구체적으로 살펴보는 의미 있는 작업이라 할 수 있다.

제2장에서는 서사 구조를 통해 나타나는 내면 심리를 살펴보았다. 두 작가의 심리소설의 서사 구조는 질병 서사와 이주 서사로 나뉨을 알 수 있었다. 최명익 소설의 주인공들은 신체적 질병의 차원을 넘어서서 타인이나 사회에 융화되지 못하는 불안감의 팽배 속에서 고통스러워한다. 신체적 질병에 둘러싸인 주인공들의 시선은 자기 안으로 향함으로써 칩거, 전망 부재의 양상을 띠고 그런 성향은 불안감을 심화시켜 다시 허무와 퇴폐적인 아픈 일상으로 이어져 확대·심화하기에 이른다. 「폐어인」, 「무성격자」에 등장한 인물들은 정신적으로 병들어 있으며 분열증, 히스테리, 강박증 등 신경증의 병적 징후는 그들의 내면적 갈등을 더욱 첨예하게 보여주는 계기가 되었다. 스저춘의 심리소설에서 육체적 질병 서사를 담아낸 작품으로 「만추의 하현 달」이 있는데 주인공의 아내 또한 결핵 환자이다. 그녀는 결핵에 걸려 죽을지도 모르는 죽음에 대한 공포감으로 주인공의 내면적인 불안을 초래한다. 「마도」, 「여관」에 등장한 인물들은 망상증과 같은 병적 징후들을 앓고 있는데, 연속된 환각 또는 환상을 통해 한 사람의 내면에 드러나는 병적 심리를 여실히 보여준다. 최명익과 스저춘 소설에는 정신병적인 징후들을 보여주는 동시에 그들의 내적 심

리를 상이하게 표출하며 그러한 내적 심리 뒤에 깊이 숨어 있는 불안감을 나타냈다.

이주 서사에서 먼저 최명익의 「봄과 신작로」와 스저춘의 「봄 햇빛」의 여주인공들이 농촌에서 도시까지의 탈출 욕망을 살펴보았다. 「봄과 신작로」의 금녀는 조혼으로 인해 13살의 아이를 남편으로 맞는다. 이로 인해 금녀의 성은 억압당하고, 그녀의 억압된 성은 상상적 이주를 통해서 해소된다. 「무성격자」에 등장하는 주인공 정일은 기차를 타고 농촌으로 가서, 잠시 퇴폐적인 도시를 벗어났다. 「봄 햇빛」의 선 아줌마는 명혼(冥婚)을 하여 남편이 없이 살았다. 그녀의 성적 억압은 임시적인 이주를 통해서 탈출구를 찾게 된다. 「마도」에 나오는 주인공 '나'도 농촌으로 내려가 주말을 보내며 짧은 유쾌함을 맛본다. 최명익과 스저춘 소설에 나타난 인물들은 모두 현재의 삶에서 억압받고 있으므로 다른 장소로 탈출을 욕망했다. 하지만 인물들의 그러한 욕망은 모두 실패했다. 1930년대 식민지 상황에서 자신의 이상적인 공간은 어디에서도 찾을 수 없다는 작가 의식이 인물들의 좌절된 탈출 욕망을 통해서 드러났다.

제3장에서는 서사 기법에서 드러나는 인물의 내면 심리를 살펴보았다. 두 작가의 심리소설에서 서사 기법은 상징 이미지와 의식 흐름으로 나뉜다. 우선 최명익과 스저춘의 심리주의 소설에서 전통적 이미지와 색깔 이미지를 도입하여 인물의 내적 심리를 표현한 특성이 있다. 「비 오는 길」에서는 병일의 침울한 심리가 빗소리의 반복을 통해 드러나는데, 오래 그리고 자주 내리는 '비'는 주인공의 내면적인 우울감을 상징한다. 한편 「장맛비가 내리던 저녁」에서 '비'는 주인공의 성적 욕망을 상징한다. 또한 밀폐된 '방'과 반 밀폐된 '우산'은 인물들의 소외감, 단절감, 고독감을 나타내는 특징을 보인다.

최명익과 스저춘은 색깔 이미지를 통해 인물의 이중적 심리를 표출하기도 하는데, 최명익의 「폐어인」에서 푸른색은 아내에 대한 죄책감과 아내의 금욕적인 생활로 인한 성적 억압에서 오는 정일의 내면적 갈등을 나타낸다. 혈색(血色)은 그가 중노인에게 무의식적으로 드러내는 적의와 취직자리를 얻기 위해 의존하는 성향을 대변한다. 「무성격자」에서 문주는 흰색의 이미지로 반복적으로 표현되었다. 흰색은 정일이 문주에게 보여주는 순결한 감정을 나타내는 동시에 더러움을 잘 타는 색깔로 문주에 대한 정일의 감정이 변했다는 것을 알 수 있다. 아버지 만수노인은 검은색과 붉은색으로 표현되었다. 검은색은 만수노인의 죽음에 대한 공포와 불안한 내면 심리를 드러내며, 붉은색은 그의 돈과 토지에 대한 세속적인 욕망을 보여준다. 반면 아버지에 대한 정일의 동정심과 경멸감의 이중적인 내적 심리 역시 붉은 색으로 표현되었다. 스저춘의 「마도」에서는 검은색이 '나'의 공포와 불안이 드러내며, 빈번히 등장하는 빨간색은 '나'의 성적 욕망을 나타냈다. 「야차」에서 죽음과 공포를 상징한 하얀색은 유일한 색깔 이미지로, 주인공이 지닌 여성에 대한 공포와 욕망이라는 이중적인 심리를 나타낸다는 점을 살펴보았다.

최명익 소설의 내적 독백과 스저춘 작품의 자유연상 서사 기법은 두 작가의 소설이 기존의 소설들과는 달리 깊숙한 내면의 마음을 속속들이 드러낸다. 최명익의 「心紋」, 「비 오는 길」, 「역설」, 「무성격자」를 중심으로 내적 독백 서사 기법을 통해 그의 소설 속에 나오는 지식인 주인공들이 세속적인 세계로의 동화를 거부하며 자아를 반성하는 모습을 살펴보았다. 또한 스저춘의 「마도」, 「파리 대극장에서」, 「갈매기」를 중심으로 인물들의 연속적으로 유동하는 의식을 살펴보았다. 최명익과 스저춘의 소설은 주인공의 의식의 흐름을 통해 인물의 심리를 묘사한 공통된 특징을 보인다. 최명익의 작품은 주로 3인칭의 간접 내면 독백의 기법으로 인물의 사실적인 심리 상태를 보여주지만, 스저춘의 작품은 주로 1인칭의 자유 연상 기법으로 인물 자신의 심리 상태를 표현하고 있다는 차이점을 드러낸다. 최명익과 스저춘의 작품에서 인물들의 현재의 의식은 한순간 이루어진 것이 아니라 끊임없는 과거와의 연관성 및 의식 흐름을 통해 이루어지는 것임을 알 수 있었다.

제4장에서는 최명익과 스저춘 심리소설의 위상과 두 작가의 작품에 대한 비교연구의 의미를 밝혔다. 이 글은 처음으로 서사 구조와 서사 기법을 적용하여 전면적으로 두 작가의 심리소설을 살펴본 논문이라 할 수 있다. 최명익과 스저춘의 심리 소설에 나타난 인물들의 내적 심리 표출 방식을 비교함으로써 작품의 공통점과 차이점에 대해 명확히 분석하였다. 그리고 두 작가가 애용하는 심리 표출 방식의 은유 효과를 살펴봄으로써 심리주의 소설이 리얼리즘 소설 못지않게 사회 배경과 긴밀한 관련성을 가진다는 점을 밝혔다. 최명익의 심리소설이 갖는 특징을 스저춘의 작품에서도 확인할 수 있다는 사실은 동아시아 문학의 보편성을 다시 한 번 확인하였다는 점에서 의미 있는 작업이었다.

최명익과 시저춘 심리 소설을 비교함으로 시작한 필자의 한중 현대소설 비교연구는 이미 10년이 되었다. 저자는 꽤 오랫동안 한중 소설을 비교 연구해왔다. 그 과정에서 한·중 현대소설을 읽으면 읽을수록 더욱 더 비교할만한 점을 더한다는 사실을 깨닫곤 했다. 물론 공통점과 차이점도 많았지만 나름대로 귀납하고 해석하려고 무척이나 애썼던 기억이 생생하다.

이 책의 원고는 박사논문이고 그 후에 6년 동안 여러 차례 수정을 거쳤다. 이제 이 책을 완성하기까지 많은 도움을 주신 분들을 기억하고자 한다. 저의 박사 지도교수이신 송현호 교수님, 이 책의 주제에 대한 긍정과 격려, 구조와 내용에 대한 지도에 먼저 감사드린다. 그리고 존경하는 조광국 교수님, 최병우 교수님과 문재영 교수님께서는 여러 가지 조언을 해주셔서 감사드린다. 이은영 선생님과 조명숙 선생님은 초고를 읽고 문법과 오타를 교정해 주시고 소중한 시간을 제공해주기도 했다. 이 자리를 빌려 도움을 주신 모든 분들에게 깊이 감사드린다. 끝으로 정확한 교열과 멋진 편집으로 이 책을 품위 있게 만들어준 역락출판사 이태곤 이사님과 편집부 선생님들에게도 고마운 마음을 전한다.

2023년 10월 22일
왕명진

차례

책머리에 · 5

서장

작문 연유와 선행 연구 상황 · 15

제1장

1930년대 한·중 심리 소설 양상 · 43

1. 단층파의 내면화와 최명익의 자의식   45
2. 신감각파의 감각성과 스저춘의 무의식   56

제2장

서사 구조를 통해 나타난 내적 심리 · 71

1. 질병 서사와 불안감   71
  1) 결핵 질병 서사와 불안감   74
  2) 정신적 질병 서사와 드러난 불안감   90
2. 이주 서사와 탈출 욕망   111
  1) 농촌으로부터 도시로의 탈출 욕망   112
  2) 도시로부터 농촌으로의 탈출 욕망   130

제3장

서사 기법을 통해 보여준 내적 심리 · 143

1. 상징 이미지와 이중적 심리   143
  1) 전통적인 이미지를 통해 드러낸 억압과 욕망   145
  2) 색깔 이미지를 통해 그려진 갈등 심리   163
2. 의식 흐름과 내면적 리얼리즘   187
  1) 내적 독백과 반성 의식   189
  2) 자유 연상과 의식의 유동   201

제4장

文明互鑑에 따른
한·중 두 작가 심리 소설 비교의 의미와 전망 · 211

1. 최명익과 스저춘 심리소설 비교의 요점 및 결론   212
2. 최명익과 스저춘 심리소설의 문학사적 위상과 의미   218
3. 文明互鑑에 따른 한·중 심리소설 비교의 전망   228

참고문헌 · 233

서장 작문 연유와 선행 연구 상황

1930년대는 서구의 모더니즘이 한국과 중국에 유입되어 그 문학적 논의가 비평가와 작가들에 의해 많이 이루어졌던 시기이다. 특히 처음으로 서구의 문학이론을 수용함에 있어서 한·중 작가들은 모두 자국의 접수 시각으로부터 출발하여 그것을 주체적 이해와 입장으로 발전시키고자 노력한 흔적들이 그들의 문학적 행적들에서 잘 나타나고 있다. 한국의 단층파 중국의 신감각파들에 의해 이러한 문학적 논의가 구체적으로 잘 드러나고 있어 매우 흥미롭다.[1] 본 책에서는 1930년대를 배경으로 그 속에서 이루어진 한·중 심리소설에 대한 분석을 중심으로 비교적 시점에서 살펴보고자 한다. 이를 통해 양국의 서구문학 수용 태도와 인식을 투시해볼 수 있을 것으로 기대된다. 그런데 한·중 양국의 심리소설에 대한 비교 연구는 간간이 보여지고 있는 상황이지만 그것의 서사구조와 서사기법에 대한 비교연구는 매우 미흡하다고 할 수 있다. 특히 심리소

---

1   이명학, 「1930년대 한중 모더니즘 문학논의 비교고찰」, 『건지인문학』18호, 인문학 연구소, 2017, 189-215면.

설 서사 구조와 서사 기법에 대한 비교문학적 시야에서의 연구는 아직 많지 않다. 이런 작업은 근대 문학의 수용이 아시아 여러 나라에 미친 영향 및 그것을 어떻게 주체적으로 바라볼 것인가 하는 접수문학의 미학적 탐구에서 현실적인 이론의의를 부여할 것으로 예상된다.

한국과 중국의 1930년대는 그 시대적 상황이 비교적 유사할 뿐만 아니라 문학 면에서도 그 전개 양상이 겹치는 부분이 적지 않다. 이 시기는 역사의 정치를 비롯한 여러 가지 요소들로 인하여 두 나라가 모두 혼란을 거듭 겪으면서 각기 서로 다른 사조들이 병존하거나 교체되고 있었고, 새로운 사상과 이념들이 기존의 전통적인 가치 질서를 교란시켜 놓았으며, 상호 모순·충돌되기도 하였다. 이런 상황에서 두 나라는 모두 새로운 가치 질서의 정립이 시급하였다. 외국 열강의 침략은 민족 문제뿐만 아니라 서구의 현재 기술 문명과 도시 문화, 그리고 이로 인한 도시 콤플렉스도 함께 가져다주었다. 한국의 단층파와 중국의 신감각파 문인들이 서구의 모더니즘적 문예사조와 일본의 신감각파 사상을 적극 수용하면서 한·중 문학 사상 최초로 진정한 심리주의 문학이 등장했다. 한·중 근대 문학사에서 심리주의 소설 문학이라는 새로운 미학적 형식을 통해 도시 문학이라는 현대적인 특징을 표현하고 현대소설의 발전에 유익한 토대를 마련하였다. 이 시기 작가들은 당대 사회에 대한 새로운 인식을 바탕으로 그에 걸맞은 예술 방식과 표현 기법을 탐구하여 전에 없던 새로운 미적 형태의 소설문학을 창조함으로써 소설 문학의 획기적인 변신을 꾀했다. 그래서 이 시기에 심리 소설은 모더니즘 문학에서 새로운 경향으로 급부상하였으며, 문단에서 중요한 위치를 차지하게 된다.

한국과 중국에 심리소설이 뿌리를 내리던 시기에 한국에서는 이상, 박태원, 최명익 등이, 중국에서는 류나오어(刘呐鸥), 무스잉(穆时英), 스저춘

(施蟄存) 등이 그 역할을 훌륭히 해 낸 바 있다. 이 책에서 논의할 최명익과 스저춘은 1930년대 한국과 중국의 심리소설의 대표적인 작가들이라 할 수 있는데, 같은 시기에 같은 주제의 소설을 발표한 바 있다. 최명익[2]이 30년대 후반에 발표한 「무성격자」, 「폐어인」, 「心紋」, 「장삼이사」 등은 한국 심리주의 계열의 소설이 도달한 중요한 성과의 하나로 평가되고 있다.[3] 최명익은 지식인들이 지성을 상실하고 식민지의 자본주의적 현실에 편입되는 것을 가장 경계했다. 최명익의 소설에서 주인공들은 식민지 현실의 속성을 파악하고, 그것으로부터 자신을 지키는 방법으로 지성과 반성력, 비판적 이성을 중요시 했으며, 지식으로써 현실에 저항하고자 했다. 감시와 억압 한편으로 동화와 순응을 획책하는 암울한 식민지 현실 속에서 현실에 영합하지 않고 비판적 거리를 유지하는 것을 지식인의 양심이라고 여겼던 것이다. 또한 최명익 소설은 객관적인 외부 세계가 아닌 인간의 내면세계를 추적하고 탐색할뿐더러, 플롯이나 사건의 전개가 뚜렷하지 않다는 특징을 지닌다. 따라서 그의 작품은 논리적인 서사 관념만으로는 작품 전반의 의미를 도출하기 어렵다.

---

2   최명익은 박태원과 대칭적인 지점에 서 있는 모더니스트였다. 이 양자를 초월한 곳에 이상의 유클리드 기하학으로 표상되는 모더니즘의 본질적 특성이 가로놓였던 것. 말을 바꾸면 최명익의 심리 묘사는 심층 탐구라기보다는 심리적 불안정 상태, 그러니까 아직 채 결정되지 않은 심리적 단계를 보여주는 범주라 할 것이다. 이상의 심층 탐구가 인간의 삶의 근원적인 것에 닿아 있는 상징적인 것이라면 최명익의 인간 심리가 행동의 선택으로 연결되기 직전의 분기점에까지 나와 있는 형국이라 할 수 있다. 즉 박태원의 심리소설이 객관적인 태도로 내면 심리를 묘사해 내는데 주력하고 있다면, 이상은 "관념적 추상적인 심층 탐구에 관심을 보인다. 반면에 최명익은 인간 내면의 심리적 불안정 상태의 서술에 초점을 맞추고 있다는 점에서 각각 모더니즘 작가로서의 변별성을 보이고 있음을 정확하게 파악하고 있다. 김윤식, 『한국 현대 현실주의 소설 연구』, 문학과지성사, 1990, 127면.

3   권영민, 『한국 현대 문학사』1, 민음사, 2010, 485면.

  스저춘은 1930년대 중국 최초로 소설 창작 영역에서 모더니즘 기법을 발전시킨 독립된 소설유파-신감각파[4]의 일원이다. 그는 당시 어두운 시대 상황이 주는 불안과 암담한 식민지라는 사회 현실보다도 현대성의 이념, 인간의 욕망과 인간 소외, 즉 불안감, 무력감, 자기 정체성의 상실 등 부정적 현상들을 보다 더 주의 깊게 살펴보았다.[5] 스저춘은 '신감각'을 도입하여 뛰어난 도시 감수성으로 개인적이고 주관적이며 감각적인 현대성 체험을 담은 심리소설을 창작하였다. 그는 상하이라는 도시를 사실적으로 지각하지 않으며 비이성적인 힘에 눈을 돌려 과감하게 인간의 낯선 내면세계에 천착했다. 스저춘은 20세기 30년대 초현실주의 유파를 수용하였다는 것이다. 심지어 정신병치료와 잠재의식에 대한 연구를 한창 진행 중인 프로이트와의 만남에서 큰 영향을 받았다. 스저춘은 프로이트의 정신분석학 이론을 작품에 적용시켜 중국현대문학사에서 프로이드의 이론을 소설에 접목시킨 선구자라고 할 수 있다. 스저춘은 기타 신감각파 작가들보다 프로이드의 심리분석 이론을 작품에 잘 적용했다. 판타스틱하며 그로테스크한 초현실주의 세계를 창작하는 두드러지고 색다른 문학적 특징을 보여주었다. 스저춘은 중국 모더니즘 소설가 중에서 잠재의식을 능숙하게 다룬 사람이라고 평가를 받고, 그의 소설에서는 프로이트의 이론을 직접 증명한 듯한 흔적이 곳곳에서 발견된다. 인물의 잠재의식을 깊이 있게 발굴하고 있는 면에서는 큰 성과를 거두었다.

  최명익과 스저춘의 작품의 주제는 비슷하다. 뿐만 아니라 인간의 내면적 갈등을 표출한 방식도 아주 유사한 공통점을 지니고 있다. 이 책에서 살펴보고자 하는 내용은 바로 인물의 내적 심리 표출 방식이다. 서사

---

4   張雪紅, 「論20世紀30年代新感覺派小說的現代性與藝術性」, 『求索』2012第6期, 69면.
5   嚴家炎, 『中國現代小說流派史』, 北京師範大學出版社, 2005, 124면.

구조인 질병 서사를 통해서 인간 불안감을 표출하고 이주 서사를 통해서 주인공의 탈출 욕망을 나타낸다. 서사 기법인 상징 이미지 사용을 통해서 인물의 이중적 심리를 보여주며 의식 흐름을 통해서 인물 내면 심리의 리얼리즘을 표출한다. 이러한 인물 심리 양상과 표출 방식은 최명익과 스저춘의 심리소설을 비교할 수 있는 계기를 제공하며, 이는 최명익과 스저춘을 동시대의 다른 심리주의 소설가와 구별할 수 있는 특성이라고 볼 수 있다. 최명익과 스저춘은 같은 아시아권에 속하는 한국과 중국의 대표적인 심리주의 소설가이며 모더니즘의 선구자이다. 두 작가의 심리소설은 1930년대 억압 사회 환경의 한·중 양국 인간의 내면 심리를 여실히 보여주며 은유적 사회 고발의 의미를 지니고 있다. 그래서 두 작가의 심리주의 소설을 비교 연구하는 것은 의미 있는 작업이라 할 수 있다. 또한 두 작가 소설의 내용과 형식적 비교를 통해 같은 수용자의 입장에 있었던 한국과 중국의 심리주의 소설의 특성을 엿볼 수 있다.

본 책과 관련된 선행 연구는 크게 두 갈래로 나누어 살펴보았다. 첫 번째는 최명익과 스저춘에 관한 개별적인 연구이며 두 번째는 최명익과 스저춘을 비롯한 1930년대 한·중 모더니즘, 특히 심리소설에 대한 비교 연구이다.

한국에서 최명익에 대한 연구는 시기에 따라 크게 세대 논쟁을 중심으로 동시대에 이루어졌던 논의들과 해방 후 해금 이전까지 이루어진 논의, 그리고 1988년대 해금 조치 이후 이루어진 논의들로 분류할 수 있다. 하지만 본격적인 최명익에 대한 연구는 해금 조치(1988년) 이후부터 활발하게 전개되었다. 중국에서 스저춘에 대한 본격적인 연구도 80년대 말에 들어서야 이루어졌다. 이는 중국 대륙의 문학 연구가 1980년대 중반에 들어선 이후 비로소 개방적인 자세를 취하기 시작하면서 이전의 이데올로기와 주제론 연구에서 벗어나 서서히 예술과 미학으로 확대되었기 때문이다. 1930년대 이후 줄곧 중국 현대 주류 문학사에서 소외를 당하며 심지어 데카당스 문학으로 취급되었던 스저춘과 그를 비롯한 심리소설들은 1980년대 말이 되면서 서서히 재조명을 받게 되었다.

본 책에서는 인물 내적 심리의 표출 방식을 분석 연구함에 있어 최명익의 심리소설에 대한 논의를 검토하겠다. 1980년대 후에 최명익 심리소설에 대한 연구는 주로 인물의 자의식 과잉과 자아 탐색 과정, 작가 근대에 대한 인식, 시공간 및 서술 기법에 대한 고찰 등 네 가지 유형으로 나누어서 전개되어 왔다.

첫 번째 부류는 최명익의 소설 인물들의 자의식 과잉과 자아 탐색 과정에 대한 연구들이다. 지식인의 내면세계를 탐구한 최명익의 작품 경향이 당대의 시대상황을 반영하고 있었기 때문이다. 현대 소설에서 지적 주인공의 역할은 언제나 중요한 사회적 의미를 제공하게 된다.[6] 이미림[7]은 「무성격자」에 나타난 고향과 기차의 공간 구조 및 「心紋」에 나타난 기차와 객지 공간 주조를 분석했다. 무기력한 지식인이 타자의 자아로서의 여성을 통해서 자아를 성찰해가는 과정을 분석하기도 했다. 박수현[8]은 최명익의 소설 「무성격자」와 「비 오는 길」에 에로스/ 타나토스 간의 내적 분열 양상이 두드러지게 나타난다고 파악하고 인물의 심리를 중심

---

6   조진기, 「한국현대소설에 나타난 지식인 상(Ⅲ)」, 『한국현대소설 연구』, 학문사, 1984, 322면.

7   이미림, 「최명익 소설의 '기차'공간과 '여성'을 통한 자아 탐색-<무성격자>, <心紋>을 중심으로」, 『국어교육』, 한국어교육학회, 105호, 2001.

8   박수현, 「에로스/ 타나토스 간(間) '내적 분열'의 양상과 의미 - 최명익의 소설 <무성격자>와 <비 오는 길>을 중심으로」, 『현대문학의 연구』37호, 2009, 327-354면.

으로 그 양상을 분석하였다. 그의 연구에서 에로스를 성적 욕망과 자기 보존 - 생활 - 의 욕망을 통합한 생명 본능으로, 타나토스를 성욕과 자기 보존 - 생활 - 의 욕망을 모두 비워낸 죽음 본능으로, 내적 분열을 '동일한 뿌리에서 발생한 두 가지 대립된 경향성이 서로 양극을 왕래하며 진자 운동을 하는 현상'으로 규정하였다. 한만수[9]는 최명익의 소설 「비 오는 길」의 주인공이 갖고 있는 이상심리, 즉 신경증의 구조를 파악하여 그것이 미적 모더니티로서 기능함을 밝히는데 목적이 있다. 최명익의 소설에 주목하는 이유는, 그가 근대주의자로서 근대에 대한 천착과 비판정신이 치열했기 때문이라고 지적한다. 또한 다른 작품에 비해 특히 「비 오는 길」에는 근대와 식민지 시대와의 갈등이 본격화된 1930년대의 시공간적 은유가 가장 잘 나타나며, 주인공이 겪는 이상 심리는 다른 작품 인물들에 비해 강요된 근대화와 식민통치를 포함한 사회적 구조적 요인에 크게 의존한다고 말한다.

두 번째 부류는 심리소설에 나타난 최명익의 근대성 인식에 대한 연구들이다. 성지연은[10] 최명익의 소설이 이전의 모더니즘 소설들과 달리 표현적 기법보다 근대성 비판을 더 우선시했다는 점을 강조했다. 여기서는 최명익이 "근대를 비판하면서 전근대로 환원하지 않았다."는 데에 그 독자성이 있다고 본다. 전홍남은[11] 최명익 소설에 나타나는 질병과 죽음의 표상 그리고 동물 상징이 갖는 의미를 구명하고자 하였는데, 「폐어인」

---

9   한만수, 「최명익 소설의 미적 모더니티 연구-<비 오는 길>에 나타난 '신경증'의 구조분석을 중심으로」, 『반교어문연구』32호, 반교어문학회, 2012, 363-388면.
10   성지연, 「최명익 소설 연구」, 『현대문학 연구』18호, 현대문학연구학회, 2002, 199-228면.
11   전홍남, 「최명익 소설에 나타난 병리적 상징성 연구」, 『국어문학』57호, 국어문학회, 2014, 201-224면.

과 「봄과 신작로」에서 나타난 질병은 실직, 소외, 심적 동요, 죽음 등과 긴밀하게 관련됨으로써 건강, 효용성, 풍요, 발전 등을 절대 가치로 내세우는 근대 자본주의에 대한 비판적 인식을 드러낸다고 하였다. 김효주[12]는 해방 전후 최명익 소설에 나타난 여성 인식의 변화를 조명하여 최명익의 근대 세계관과 소설 창작 방법론의 변화 과정을 고찰하였다. 공종구[13]는 최명익 소설에 속하는 「비오는 길」, 「무성격자」, 「봄과 신작로」 세 편의 작품을 집중적인 분석 대상 텍스트로 한정하여 소설에 나타나는 질병 및 죽음 표상과 동양론 사이의 담론적 상관성과 그 시대적 함의를 분석했다. 장수익[14]은 최명익의 삶과 문학은 근대란 무엇이며, 그러한 근대 속에서 어떻게 살아야 할 것인가라는 의문과 연결되어 있다고 지적한다. 또한 민중에 의한 근대의 자발적인 성취를 그려내었다는 점이 이 시기 최명익 소설의 가장 큰 특징이라고 밝혀낸다.

세 번째 부류는 최명익 심리소설에 나타난 시간성과 공간성에 대한 논의들이다. 이러한 시도는 일상적 불균등성을 매개하고 있는 형식으로서 최명익의 '심리주의'를 '역사적 형식'으로 재독했다. 박종홍[15]은 최명익이 기차 공간을 효과적으로 활용하면서 철저한 자기 성찰과 비판적 인식을 통해 식민지 근대성에 사로잡힌 지식인의 허위의식에서 벗어나고 있었다는 것을 지적했다. 김성진[16]은 「비 오는 길」에 나타는 시간과

---

12   김효주, 「최명익 소설 여성 형상의 변모와 작가 의식」, 『현대문학이론연구』70호, 현대문학이론학회, 2017, 79-103면.

13   공종구, 「최명익의 소설에 나타난 동양론의 전유와 변주」, 『현대소설연구』46호, 한국현대소설학회, 2011, 309-338면.

14   장수익, 「민중의 자발성과 지도의 문제- 최명익의 중기 소설 연구」, 『한국문학논총』60호, 2012, 한국문학회, 199-233면.

15   박종홍, 「최명익 소설의 공간 고찰-기차를 통한-」, 『현대소설연구』 48호, 한국현대소설학회, 2011, 403-428면.

공간과 근대화 경험을 관련지어 논의를 진행한다. 이 중 골목길을 식민
지 근대의 공간 체험으로 보고, 근대화가 작품 내 시간과 공간에 어떠한
영향을 미치는지에 대해 고찰했다. 김효주[17]는 최명익 소설에서 문지방
공간은 크게 세 가지 양상으로 나타난다고 말하다. 첫째는 문지방 공간
이 견고히 확보되는 경우이며, 둘째로는 근대성이 침투함에 따라 문지방
공간이 위축되는 경우이다. 셋째는 급속한 근대화가 진행됨에 따라 문지
방 공간이 더 이상 존재하지 못하고 상실되는 경우이라고 나눠다. 또한
최명익 소설의 문지방 공간 설정 방식에는 근대화에 대한 진지한 고민
과 모색의 결과가 담겨 있다고 발견했다. 박종홍[18]은 최명익이 기차 공
간을 효과적으로 활용하면서 철저한 자기 성찰과 비판적 인식을 통해
식민지 근대성에 사로잡힌 지식인의 허위의식에서 벗어나고 있다고 말
한다. 그리하여 그가 당대 현실과 실천적으로 마주할 수 있는 전환의 길
을 진지하게 찾아가고 있음을 구체적으로 확인할 수 있었다고 논의했다.
이희원[19]은 최명익이 기차 공간을 통해 조선의 정치적 상황과 이에 대한
인물들의 반응을 집약적으로 보여주었다고 말한다. 그리고 그 양상의 변
화를 2년을 전후한 간격을 두고 만들어진 작품 속에 새겨 넣었다. 이는
당시 조선인의 현실을 장악하고 있던 통치 체제를 비판적으로 고찰하고
근대성 자체를 성찰하는 유의미한 시도였다는 점에서 문학사적 의의를

---

16   김성진, 「최명익 소설에 나타난 근대적 시 공간 체험에 대한 연구-<비 오는 길>
      을 중심으로」, 『현대소설연구』 9호, 현대소설연구학회, 1988.
17   김효주, 「최명익 소설의 문지방 공간 연구」, 『현대문학이론연구』 56호, 한국문학
      이론학회, 2014, 251-275면.
18   박종홍, 「최명익 소설의 공간 고찰-기차를 통한-」, 『현대소설연구』 48호, 한국현
      대소설학회, 403-428면.
19   이희원, 「최명익 소설의 기차 공간 연구」, 『한국문학논총』 81호, 한국문학회, 2019,
      295-326면.

갖는다고 지적한다.

　네 번째 부류는 최명익 심리소설의 서술 기법에 대한 연구들이다. 구수경[20]은 최명익 소설이 내적 갈등에 의한 성격의 플롯을 핵심으로 자유연상에 의한 의식의 공간화, 대화의 내재화 혹은 간접화법을 주된 기법으로 사용하고 있음을 밝히고 있으며, 서종택[21]은 최명익이 의식의 흐름과 연상, 내적 독백, 시간과 공간의 몽타주 등을 통해 내면 심리의 미묘한 흐름을 포착, 형상화하고 있다고 주장했다. 박진영[22]은 거부와 매혹의 양가적 태도로 근대를 살아가는 지식인의 내면세계의 특징을 살펴보았고, 정현숙[23]은 최명익 소설에 나타난 은유를 질병, 공간, 사물과 물질로 나누어 각각의 의미를 고찰했다. 이러한 논의는 은유라는 서사 기법을 바탕으로 최명익 소설의 미적 모더니티를 규명하고자 한 데에 그 의의가 있지만 서사 기법이 어떤 방식으로 인물 내적 심리에 작용하는지를 명확히 밝히지 못하고 있다. 오주리[24]는 최명익의 「무성격자」에 나타난 죽음의 의미를 '의식의 흐름(stream of consciousness)' 기법과의 관련하에 살펴보았다. 최명익이 의식의 내밀함과 유동성 속에 나타난 죽음의 의미를 다루고 의식의 내밀함 속에서 죽음이 예술화 되고, 의식의 유동

20　구수경, 「최명익 소설의 서사기법 연구-심리소설을 중심으로-」, 『현대소설연구』 15호, 한국현대소설학회, 2001.

21　서종택, 「한국 현대 소설의 미학적 기반: 최명익의 심리주의 기법」, 『한국학연구』 18호, 고려대학 한국학연구소, 2003, 181-206면.

22　박진영, 「근대를 살아가는 지식인의 내면세계-최명익 소설을 중심으로」, 『우리어문연구』 20호, 우리어문학회, 2003, 365-388면.

23　정현숙, 「최명익 소설에 나타난 은유」, 『어문연구』 121호, 한국어문교육연구회, 2004, 253-277면.

24　오주리, 「최명익(崔明翊)의 「무성격자(無性格者)」에 나타난 죽음의 의미 연구 - '의식의 흐름(Stream of consciousness)'과의 관련성을 중심으로」, 『한국근대문학연구』32호, 한국근대문학회, 2015, 425-445면.

성 속에서 죽음이 현재화 되는 것으로 해석되었다고 논의했다. 김효주[25]
는 「비오는 길」에 나타난 사진의 상징성에 대해 살펴본다. 그것을 통해
최명익이 사진 이미지를 통해 전달하고자 했던 것이 무엇인지에 대해
발겨낸다. 사진 이미지를 분석하며 사진 미학의 선구자라 할 수 있는 발
터 벤야민의 이론을 적절히 활용한다. 논자는 그 대목에서 문제 삼아야
할 중요한 국면은 병일의 시간관이라고 말한다. 시간관을 유념하면 비로
소 사진에 대한 최명익의 사상과 근대화의 문제에 대한 고민을 이해할
수 있다고 논의했다.

지금까지 최명익에 대한 논의는 대체로 그의 작품에 내재된 모더니즘
적, 심리주의적 특징에 초점을 맞추어 진행되었는데, 특히 인물의 자의
식과 소설의 시공간에 대한 논의가 많은 편이다. 하지만 최명익의 심리
소설에서 확인되는 인물의 심리 양상과 심리가 표출되는 기법 등에 대
한 전면적인 연구는 여전히 미흡하다고 판단된다.

1980년대 이후 스저춘 심리소설에 대한 연구는 주로 인물의 성적 심
리, 서사 기법 등 크게 두 가지 유형으로 나누어서 정리할 수 있다.

첫 번째 부류는 스저춘 역사소설에 대한 새로운 논의이다. 쉬완치앙
(許顽强)[26]에 따르면 역사 모티프 소설집인 『장군 저두(將軍底頭)』는 스저춘
이 현실을 혐오하며 현실을 도피하고자 한 후에 창작된 작품이라고 하
였다. 그의 소설집은 프로이트의 정신분석[27] 이론을 바탕으로 인간의 무

25   김효주, 「최명익 소설에 나타난 사진의 상징성과 시간관 고찰 - <비오는 길>을
      중심으로-」, 『한민족어문학(구 영남어문학)』61호, 한민족어문학회, 2012, 495-520.
26   許顽强, 「情欲与理性冲出下的悲剧命运 - 论施蛰存的历史小说集」, 『湖北大學學報』
      (哲學社會科學版)第6期, 1992, 97면.
27   정신분석학의 이론에 힘입은 작품들은 백일몽을 다룬 「얼굴이 닮은 왕씨(磨面的
      老王)」, 성(性)심리를 다룬 「정녀(贞女)」(양쩐성), 루쉰(鲁迅)의 인간과 문학의 연
      원을 해석한 소설 「불주산(不周山)」, 「비누(肥皂)」 등을 들 수 있다. 그러나 중국

의식과 성 심리를 잘 드러내고 있으며 인물들의 정욕과 이성이 충돌하여 갈등을 빚고 있는 내면 심리를 잘 보여주고 있다고 하였다. 당정화(唐正华)[28]는 스저춘의 역사 단편 소설 창작이 프로이트 정신 분석 이론과 에리스틱 심리학을 사용하여 역사적 인물의 다채로운 내면세계를 표현한다고 말한다. 역사 명인의 명사를 과감히 개작함과 동시에 서양 현대파 문학의 표현 방법과 형식을 중화민족의 전통적인 미적 경험, 흥미, 습관과 융합하는 데 주의를 기울이고 새로운 창작 방법을 개척하고 새로운 문학 개념을 제시한다고 지적한다. 얽히고설킨 이유로 스저춘 소설은 수십 년 동안 잠잠해졌고, 새로운 시기가 다시 주목을 받았다. 문학사에서의 스저춘 소설의 부침을 탐구하는 것은 중국 문학사에서 그의 소설의 위치를 객관적이고 공정하게 평가하는 데 도움이 될 것이며 현대 문학 발전에 도움이 될 것이라고 말한다. 지야르에(贾蕾)[29]는 스저춘 말년에 총결된 세 가지 '현대' 창작의 특징, 즉 욕망, 환상 및 괴기성이라고 지적한다. 스저춘이 초기 창작에서 사랑에 대한 서술에서 현대 심리 분석에서 욕망에 대한 서술로 전환되었음을 살펴보며, 나아가 욕구 심리에 기반 한 환상과 괴기 서술 방식을 더 잘 시도한다고 말한다. 아울러 역사소설에도 현대 심리분석 대상의 성별 비대칭, 역사적 장르의 흡수·재구성으로 인한 줄거리 서술이 역사 서술의 가치에서 완전히 벗어나는 대가 등의 부족함이 있다고 지적한다. 이러한 글쓰기의 딜레마는

에서 최초로 모더니즘의 이론을 의식적으로 도입한 유파는 궈머뤄(郭沫若)를 위시하는 '창조사'를 들 수 있다. 그들은 낭만주의적인 측면과 모더니즘적인 측면을 동시에 지니고 있었지만 여전히 낭만주의의 이론이 위주로 강조되었기 때문에 본격적인 모더니즘 문학이라고 할 수 없는 것이다. 다만 모더니즘의 과도기적 성격을 띠고 있다는 의의를 가지는 것이다.

28   唐正华, 「论施蛰存历史题材短篇小说的创新」, 『文史哲』1994年第2期, 85-92면.
29   贾蕾, 「論施蛰存歷史小說中的"現代"」, 『浙江工商大學學報』2019年第4期, 15-21면.

스저춘이 결국 심리분석적인 역사소설 집필을 떠나 시대적 삶의 배경에서 고전적 미적 요소를 융합하여 문학의 모더니즘적 탐구를 하게 한다고 분석했다.

둘째는 스저춘과 프로이트의 관계에 대한 연구들이다. 1980년대에 들어서면서 우푸휘이(吳福輝)[30]는 중국 문단에서 처음으로 스저춘의 문학을 재평가하였다. 그는 스저춘이 프로이트 이론을 이용하여 인간 성적 욕망에 대한 관계를 해명하였다고 최초로 비교적 객관적인 시각으로 평가를 하였다. 양영평(楊迎平)[31]은 루쉰과 스저춘이 모두 프로이트의 영향을 받았다고 지적하고 잠재의식에 관한 프로이트의 이론에 동조해 작품에 구현한다고 말한다. 그러나 그들의 사상적 성격과 예술적 추구의 차이 때문에 그들의 창작은 확연히 다르다. 스저춘은 잠재의식을 나타낼 때 솔직하고 드러나는 존재이며, 루쉰은 함축적이고 은폐적인 존재이다. 스저춘의 소설은 대부분 자신에 대한 잠재의식의 표현이며, 루쉰은 종종 자신을 해부할 뿐만 아니라 다른 사람을 해부하기도 한다. 전건민(田建民)[32]에 따라서 스저춘이 현대 정신분석 소설을 성숙하게 만들었고, 이러한 이론을 소설 창작에 최상으로 적용한다고 말한다. 그는 정신분석 이론에 대한 형상화 해석을 편중하고, 인간의 이중인격인 자신과 초아의 충돌에 대해 깊이 해부하고 보여주며, 5·4 비판정신을 계승하여 전통적인 예교를 타파한다. 프로이트 이론의 비이성으로 기존의 도덕적 전통을 뒤집고 해체하며, 인간의 잠재의식 속의 복잡한 감정을 깊이 파헤쳐 표현한다고

---

30   吳福輝, 『都市漩流中的海派小说』, 湖南教育, 1990.
31   楊迎平, 「潛意識: 收斂與逸出──魯迅·施蟄存心理分析小說比較輪」, 『江漢論壇』 2002第4期, 56-58면.
32   田建民, 「崇欲抑理的精神闡釋──施蟄存心理分析小說淺論」, 『河北學刊』2005年 第6期, 108-112면.

말한다. 왕요연(王攸然)[33]에 따라 소설 「구마라시」는 불교사적과 『진서』의 「구마라시 전」에 의해 창작되었다. 스저춘은 신문화, 신문학의 입장에서 서양현대의 인간성에 대한 깊은 인식을 인정하고 소설 예술의 혁신에 힘썼으며, 서사의 방식을 바꾸고 중요한 줄거리를 허구하여 새로운 인물 상을 만들어냈다. 이는 사전의 가치 지향과 크게 다르다고 말한다. 한편 에서는 보편적인 인간 본성의 상태를 쓰려고 노력하여 현대적 서사의 추구를 보여주지만, 다른 한편으로는 구마라시의 개성에 대한 사전의 기록과 동떨어져 역사적 진실로부터 멀어지게 된다고 말한다.

셋째는 스저춘 소설 인물 심리공간을 탐구하는 연구들이다. 야오테메(姚玥玫)[34]에 따라 스저춘은 1930년대 상하이 신감각파 작가들 사이에서 특이한 존재이라고 한다. 그의 소설은 감성적인 감각 묘사보다는 이성적인 심리 분석에 입각해 있다고 한다. 소설의 여성 구성에서 그와 도시간의 격막과 신감각파 사이의 생김새는 물론, 본인의 문화심로 역정과 그소설 서사의 맥락 특징을 볼 수 있다고 논의했다. 양잉핑(楊迎平)[35]에 따라 도시 묘사하는 데는 두 가지 특징이 있다. 하나는 심리 분석이라고한다. 심리분석은 그를 류나오등의 신감각파 도시 풍경 서사와 구별하게했다. 스저춘은 도시인의 마음 깊은 곳에 깊이 박혀있으므로 도시인의 고독과 적막, 심지어 초목개병의 공포감까지 표현했다고 지적한다. 당시 중국의 내우외환(內憂外患) 상황에 민중들은 상하이 도시의 기형적인 발전으로 인해 많은 위기를 겪었다. 지식인의 민감성은 우울함을 더 깊게 하

---

33   王攸欣, 「高僧人性敘事的真與失真——施蟄存小說<鳩摩羅什>與三種史傳對讀辨異」, 『現代中文學刊』2020年第2期, 39-45면.

34   姚玥玫, 「城市隔膜与心理探寻——从女性构型看施蛰存在新感觉派中的另类性」, 『文藝研究』2004年第2期, 49-55면.

35   楊迎平, 「中国现代文学史上的施蛰存」, 『当代作家评论』2006年第3期, 155면.

고 스트레스를 더 많이 하며 장기간의 억압은 심령에서 보이지 않는 상
처를 유발한다고 말한다. 스저춘은 심리 분석을 통해 도시인의 '외상 집
착'을 묘사할 수 있다고 밝혀냈다. 왕이옌(王一燕)[36]는 단편소설 「장맛비
가 내려던 저녁」과 「춘양」을 자세히 읽고, 그 안의 도시 로밍자의 이미
지를 분석하여 중국 문학 모더니즘의 특질을 탐구하는 것을 목적으로
분했다. 두 소설 주인공의 로밍 여정과 심리 과정을 검토하여 저자는 서
구 현대 도시 로밍자 및 중국 전통 문인 로밍자와의 연결과 차이점을 보
여주고 지역 문화 전통이 현대주의의 발생과 발전에 중요한 역할을 한
다는 것을 보여준다. 그리고 모더니즘이 세계적인 문화운동이자 지역에
따라 다른 미적 모델임을 강조했다. 왕아이쑹(王愛松)[37]에 따라 신감각파
인 다른 작가들과 달리 스저춘은 현대도시의 외부 물질공간의 묘사를
중시하지 않고, 현대도시의 다양한 사람들, 특히 각 계층의 소인물(小人
物)들의 내면에 더 깊이 들어가 정신공간의 발굴을 진행한다고 말한다. 「안
개」, 「장맛비가 내려던 저녁」, 「황혼의 무희」 3편의 소설에서 스저춘은
기차, 명함, 전화 등 각종 현대적 소품을 교묘하게 이용하면서 한편으로
는 현대 물질문명이 사람들의 이동 방식, 교제 방식, 생활습관을 어떻게
미묘하게 변화시켰는지를 표현한다. 다른 한편으로는 사람들의 사고방
식, 가치관, 심리적 함의가 현대 도시문화의 맥락에서 어떤 변화를 일으
켰는지를 보여주며 소설의 구조 방식과 서술 방식에 대해 많은 탐구를
한다고 고찰하였다. 만지안(滿建)[38]에 따라 스저춘의 심리소설은 현대 심

---

36   王一燕, 「上海流連——施蟄存短篇小說中的都市漫遊者」, 『中國現代文學硏究叢刊』,
        2012年第8期, 99-110면.
37   王愛松, 「施蟄存的三篇小說與現代都市文化空間」, 『福建论坛(人文社会科学版)』2012
        年第4期, 137-140면.
38   滿建, 「論施蟄存的心理小說及其文學史意義」, 『蘭州學刊』2014年第3期, 200-202면.

리과학을 바탕으로 성욕 심리, 변태 심리, 괴기 심리, 여성 심리 등 복잡
하고 다원적인 심리를 깊이 있고 세밀하게 파헤쳐 소설의 표현영역을
넓히고 다층적이고 다면적인 정신공간을 선보이고 있다고 지적한다. 스
저춘의 탐구는 중국 소설의 현대성을 확립하고 사람들이 자신의 정신세
계를 인지하는 데 있어 심리 소설 창작 자체에 대해 무시할 수 없는 의
미를 가지고 있다고 말한다. 송샤오핑(宋曉平)[39]는 스저춘의 소설 「춘양」
을 연구 대상으로 삼아, 현대 도시 공간에서의 여성 로밍자의 독특한 체
험과 전통적인 소도시와 현대 도시 두 공간의 이질성이 어떻게 여성의
신체에 다양한 증상으로 구체적 나타나는지 탐구하는 한편, 도시의 소비
경관과 '관람'에 의한 여성 욕망의 자극, 소비에 수반되는 화폐가 어떻
게 여성의 "백일몽"을 구성/해체하는 과정을 분석했다. 양청(杨程)[40]는
스저춘이 인간의 주관적인 감수성을 묘사하는 데에 뛰어났다고 평가했
다. 스저춘이 부각시킨 인물들은 거의 쾌락원칙을 추구하며 자신의 욕망
에 순종한다고 논의했다. 소설에 나타난 인물들은 세속적인 향락에 빠졌
지만 한편으로는 정체성을 잃어버린 이런 상태에 대해서 불안을 느꼈다.
스저춘은 이러한 인간의 이중적 심리를 작품에서 형상화하여 보여주었
다. 리춘제(李春杰)[41]에 따라 심리 묘사는 문학 작품에서 중요한 위치를
차지하고 있다. 문학 작품의 좋고 나쁨은 어느 정도 인물의 심리 묘사가
진실하고 섬세한지 여부와 밀접한 관련이 있다. 「장맛비가 내려던 저녁」
은 내면의 직설, 꿈의 환각, 그리고 많은 의식의 흐름 등의 표현기법을

---

39   宋曉平, 「欲望、貨幣和現代都市空間——重讀施蟄存的<春陽>」, 『文艺理论研究』2015
       年第4期, 102-110면.
40   杨程, 「论新感觉派的身体审美」, 華中師範大學 博士論文, 2015.
41   李春杰, 「<梅雨之夕>心理描寫的表現力」, 『文藝爭鳴』2016年第12期, 198-200면.

통해 심리묘사가 작품에서 중요한 위치를 충분히 보여주고 있으며, 독자에게 심리묘사가 인물의 묘사, 스토리텔링의 보완 및 작가의 창작의도 구현, 주제심화 등 다방면에서 갖는 강력한 매력과 표현력을 전달하고 있다.

네 번째 부류는 스저춘 심리소설의 서술 기법과 예술 특색에 대한 연구들이다. 장생(張生)[42]는 스저춘 소설 프랑스어 셀렉트를 시작으로 실제 심리 분석 소설, 사실적인 성 심리(性心理) 분석 소설, 괴기 소설의 세 가지 범주로 나누어 소설의 분류 및 변별과 예술적 특성에 대해 논의했다. 웡쥐팡(翁菊芳)[43] 「마도」의 예를 들어, 이미지 시각으로 스저춘 소설의 풍부한 함의를 고찰했다. 스저춘 소설의 중요한 특징은 심리분석에 뛰어나다는 점을 지적하며, 따라서 '이미지'와 같이 문학과 심리학과 모두 관련성을 갖는 각도에 출발하여, 스저춘 소설을 이해하는 효과적인 방법이라고 한다. 이를 통해 스저춘 개인의 정신세계에 대한 깊은 이해를 얻을 수 있다고 한다. 왕쥔후(王俊虎)[44]에 따라 스저춘이 심리 분석 소설의 예술적 특색은 작품 주인공에 대한 인문학적 배려, '중국화 격조'의 모더니즘적 창작방법, 이중인격의 인물 형상화, 비극적인 발상 패턴 등으로 나타난 다고 말한다. 스저춘은 자신의 영민한 필치로 도시와 교외를 돌아다니는 국민 혼령을 그려 그들의 은밀한 내면을 폭로한다. 중국 현대문학 갤러리에 병적이고 모호하지만 실재했던 인물의 거울상을 더해 혁명, 계급, 전쟁, 정치 등의 시대 키워드를 자욱하게 적셔 20세기 중국 문

---

42   張生, 「煙粉靈怪紛爛漫──試論施蟄存小說的藝術特徵」, 『浙江學刊』2002年第5期, 128-133면.

43   翁菊芳, 「精彩紛呈的意象──以施蟄存荒誕小說<魔道>為例」, 『北京工業大學學報(社會科學版)』2009年第2期, 68-71면.

44   王俊虎, 「施蟄存心理分析小說新論」, 『學術交流』2013年第9期, 164-168면.

단에 인간성의 맥동과 연결한다고 지적했다. 리팅(李婷)[45]심리 분석의 관점에서 「장맛비가 내려던 저녁」의 정신을 분석하고 논의한다. 이를 통해서 스저춘은 심리 분석 이론을 능숙하게 사용하여 심리 소설을 구상하고 쓰는 과정을 깊이 보여준다.

요컨대 많은 연구자들은 스저춘의 심리 소설을 분석하면서 인물들의 성적 심리에 초점을 맞추고 있으며 스저춘이 인간의 무의식을 탐구하고 있다는 점을 공통적으로 지적했다. 특히 스저춘이 프로이트 정신분석 이론의 영향을 많이 받았다는 사실도 위의 논문들에서 중점적으로 논의되었다. 한편 역사 모티프 소설에 나타난 전통적 정신이 구명되었을 뿐만 아니라 인간의 개성화가 추구되었다는 점이 분석되기도 했다. 이와 별도로 의식 흐름에 주목하거나 상징 이미지의 기법으로 상이한 심리 양상을 지적한 연구들도 있다. 그러나 아직까지도 스저춘 소설에 나타난 인물 심리의 표출 방식에 대한 내용적, 형식적 연구는 아직 부족한 상황이라고 할 수 있다.

최명익과 스저춘에 대한 각자 국내에는 선행 연구가 적지 않고 연구 관점이 풍부하고 다양하다. 하지만 두 작가에 대한 비교 연구가 찾기 어렵다고 말할 수 있다. 비교의 내실을 넓힌다면, 최명익과 스저춘을 비롯한 1930년대 한·중 모더니즘, 특히 심리소설에 대한 비교연구는 다음과 같다.

이명학[46]는 이상, 박태원과 목시영, 스저춘을 비교의 대상으로 한·중 양국의 모더니즘 소설의 이념과 서술 기법에 대한 비교를 통하여 양국의 보편성과 특수성을 보여준다는 점에서 일정한 의의를 가진다. 그러나

---

45   李婷, 「心理視角下對<梅雨之夕>的解讀」, 『语文建设』2014年第9期, 39면.
46   이명학, 앞의 논문, 부산대 박사논문, 2005.

한·중 모더니즘에 대한 서구 모더니즘의 영향을 편중하여 소개하면서
한·중 모더니즘 양국 간의 비교를 깊숙이 파고들지 못한 느낌을 준다.
김순진은[47] 식민지 도시 서울과 상해의 문화 배경으로부터 도시인의
이중성에 이르기까지, 두 작가의 작품 속에 체현된 도시 인식을 대비 연
구하였다. 논문에서는 구체적으로 외세의 영향으로 인한 급격한 도시화
가 모더니즘 작가들의 창작을 자극하였고, 박태원과 스저춘도 도시 공간
을 창작 배경으로 도시인들의 소외 의식과 단절 의식을 표현했다고 분
석하였다. 장운기[48]는 논문에서 서구 모더니즘 경향이 한·중 문단에 어
떻게 수용되고 전개되었는지를 비교 연구하였다. 특히 논문은 '거리'와
'외출', '매춘부'와 '신여성'을 통하여 주요 상징의 의미를 비교하였다는
점에서 다른 비슷한 유형의 논문과 구별된다. 방원은[49] 1930년대 심리
소설이 출현된 토대인 한국의 경성과 중국의 상하이의 도시 문화와 감
각, 그리고 현대화가 병적인 사회 현실과 인간의 내면 심리에 가한 영향
을 살펴봤다. 이는 1930년대 경성과 상하이의 색다른 원욕 세계와 내면
심리가 형성된 문화적, 사회적 배경을 제공해 주는데 이러한 사회적 문
화적 특징은 논문에서 잘 분석되고 있다. 장레이(張蕾)[50]는 도시 소설에
있어서 공간의 의미는, 단순한 서사의 전개에 필요한 배경 기능을 수행
하고 있을 뿐만 아니라, 소설에서 형식적 요소로 중요한 기능을 하고 있
다고 논의했다. 도시 소설이라는 유형에 포함되는 한국과 중국 작품들
속에 각기 다른 방식으로 묘사되는 공간 의미를 유형화하여 도시적인

---

47   김순진, 「스저춘과 박태원의 도시인식」, 『중국 연구』, 제39권, 2007.
48   장운기, 「1930년대 한·중 모더니즘 소설 비교 연구」, 충남대 석사논문, 2009.
49   방원, 「이상과 스저춘 심리소설의 도시 원욕 세계의 탐색과 자의식의 비교연구」,
      성균관대 석사논문, 2012.
50   張蕾, 「1930년대 한·중 도시소설 비교 연구」, 충남대 박사논문, 2014.

특성을 비교했다.

　최명익과 스저춘을 언급한 한·중 모더니즘 소설에 대한 비교 연구는 대부분 두 작가의 모더니즘적 경향에 주목한 것이다. 잘 알려진 바와 같이 한국 문학사에서 최명익과 중국 문학사에서 스저춘의 심리소설은 독보적인 위치를 차지한다. 그러나 두 작가의 심리소설에 초점을 맞춘 연구, 특히 인물 심리를 표출하는 방식에 대한 비교 연구는 매우 드문 상태이다. 류징쯔(柳京子)는 「施蟄存和崔明翊的心理小說比較」,[51]에서 두 작가의 작품을 소설에 구현된 주제를 중심으로 비교 분석하였다. 이 논문은 처음으로 두 작가를 비교분석한 연구로서 다양한 내면 심리 양상을 언급했다는 점에서 상당한 의미를 지니지만 소설 원문 속 인물의 심리 양상에 초점을 맞추어 분석하는 데는 미흡한 점이 많다. 또한 내면 심리를 드러내고 표출하는 방식을 간과한 것을 한계로 지적할 수 있다. 인간의 내면적 갈등을 표출한 방식에 있어 매우 유사한 공통점을 지닌다는 점에서 이는 두 작가의 심리소설을 더욱 구체적으로 비교하는 계기를 제공한다. 따라서 이 글은 최명익과 스저춘, 두 소설가의 인물 심리 표출 방식에 초점을 맞추어서 작품을 비교 분석하고자 한다.

　이 책의 연구의 범위는 최명익과 스저춘의 1930년대 심리소설로 한정시킨다. 최명익은 작품의 수가 비교적 적은 작가이지만 30년대 작품은 대부분 심리소설이다. 즉 「비 오는 길」(1936), 「무성격자」(1937), 「역설」(1938), 「봄과 신작로」(1939), 「폐어인」(1939), 「心紋」(1939)이다. 스저춘의 경우에는 그의 심리소설을 대표할 수 있는 「마도(魔道)」(1932), 「여관旅舍」(1932), 「만추의 하현달(殘秋的下弦月)」(1933), 「맛비가 내리던 저녁(梅雨之夕)」

51　　　柳京子, 「施蟄存和崔明翊的心理小說比較」, 延邊大學 碩士論文, 2007.

(1933), 「야차(夜叉)」(1933), 「봄 햇빛(春陽)」(1933), 「파리 대극장에서(在巴黎大戱院)」(1933), 「갈매기(鷗)」(1933)을 연구 대상으로 하겠다.

1930년대 소설에서 확인할 수 있는 모더니즘적 경향의 가장 중요한 특징은 일상에서의 개인의식의 추이(推移)를 다양한 서술 기법을 통해 포착하고 있는 점이라고 할 수 있다. 그렇기 때문에 등장인물은 집단적인 이념이나 가치에 얽매이기보다는 개별화된 내면 의식을 드러낸다.[52] 모더니즘 소설이 그려내는 세계는 개별화된 인간의 내면 의식, 도회적 풍물, 성에 대한 관심과 관능미에 대한 천착 등 다양하다. 소설에 등장하고 있는 개별화된 인간들은 대개가 도시적 공간을 삶의 무대로 삼고 있다.[53] 이 시기에 이르러서 한국과 중국은 모더니즘 소설이 도시적 풍물을 소설에서 구체화시켰으며 인물의 내적 심리에 중점을 맞춰 탐구했다. 그리고 도시적 공간이라는 소설적 장치는 모더니즘 소설에서 단순한 배경적 요건으로 활용되는 것만은 아니다. 이런 도시적 공간에서는 각종 새로운 직업이 등장할 뿐만 아니라 도시 내의 가정과 가족이 해체되고 물질주의적 가치관이 팽배하게 되는 등의 현상이 동시에 나타난다. 도시적 공간은 소설에 등장하는 인물의 심리적 공간에 대해 직접적인 영향을 끼치게 된다.

모더니즘 소설에서 활용되고 있는 기법은 소설의 형식을 치장하도록 고안된 것만은 아니다. 그것은 대상에 대한 새로운 서술 방법이며, 소설의 장르적 규범을 새로이 정립해 보고자 하는 노력이다. 이른바 '의식의 흐름'이라는 심리주의적 소설 기법이 등장한다. 인간의 존재와 그 삶의 양상이 현실적인 공간 위에서만 의미 있게 규정되는 것이 아니라, '의식

52　　　강상희, 『한국 모더니즘 소설론』, 문예출판사, 1999, 16-17면.
53　　　서준섭, 『한국 모더니즘 문학연구』, 일지사, 1988, 112-113면.

의 흐름' 속에서 인물의 진실성을 파악한다. 이렇게 인간 내면의 심리적 움직임에 초점을 맞추어 관찰과 묘사를 주로 하는 심리소설이 모더니즘의 한 중요한 장르이다.

심리소설은 간접적으로는 프로이트의 의식과 무의식에, 직접적으로는 베르그송의 순수 기억 이론에서 연원한 푸루스트의 창작 방법론이다. 프로이트를 위시한 융 등 정신분석학자들은 인간의 심리는 의식으로만 되어 있는 것이 아니라 무의식의 영역이 있어 이것을 분석해야만 완전한 인간의 이해에 도달할 수 있다고 주장한다. 즉 무의식은 의식보다 깊은 심리적 영역에 있으며 인간이 갖는 원천적인 욕구로 되어 있다.[54] 프로이트에 따라 인생이란 근본적으로 무의식적인 욕구를 충족시키는 여정이며 의식적인 세계는 이 근원적인 욕구를 현실적으로 만족시키는 구실을 한다. 무의식적인 욕구는 현실의 여러 가지 조건에 의하여 충족되지 못한 경우가 많은데 그것은 억압되고 변장된다.

심리소설은 인물의 심리 묘사를 중시하며 작품 속에 나타나는 인물의 심리적 흐름뿐만 아니라 인간의 무의식 세계에까지 파고 들어가 인간 심리의 실체를 자세히 분석·해부·관찰하여 묘사한다. 심리 소설은 20세기에 들어서 심리학의 발달과 정신 분석학의 영향으로 본격적으로 창작되기 시작하였다. 심리소설에서는 등장인물들의 정서적인 반응이나 내면 상태가 외부 사건으로부터 영향을 받기도 하고 외부 사건을 일으키는 요인이 되기도 하면서 의미심장한 관계를 맺는다. 이렇게 등장인물의 내적인 생활을 강조하는 것은 심리주의 문학의 많은 작품들에서 기본적인 요소가 된다. 이러한 맥락에서 이 글은 심리소설이 지니고 있는 기본

54　　　　R.Osborn, 유성만 역, 『마르크스와 프로이트』, 이삭, 1984, 37면.

적인 요소인 내적 심리를 표출 방식에 주목하고 이를 서술 구조와 서술 기법으로 나누어 살펴보고자 한다.

최명익과 스저춘의 심리 소설은 공통적으로 질병 서사와 이주 서사 구조를 지니고 있다. 수전 손택이 그의 『은유로서의 질병』에서 19-20세기의 '은유로서의 질병'의 중심 대상으로 삼은 것은 결핵이다. 결핵이 근대 문학에서 미학적 관점의 대상으로 처음 자리 잡게 된 시점은 1920년 전후이다. 결핵은 결핵균의 침입에 의해서 생기게 되는 폐의 질환이다. 내륙 유럽에서는 결핵이 예부터 퍼져 있었고, 급속하게 도시화된 르네상스 시대의 이탈리아에서는 결핵이 흔한 질병으로 취급되었다. 그러나 19세기 산업사회로 접어들면서, 결핵은 '백색 페스트'라고 불리며 커다란 사회문제로 역사의 전면에 등장한다. 결핵 유행의 조건은 과중한 노동과 스트레스, 불결한 주거, 부적절한 음식물이었다. 이에 결핵은 19세기 서구 사회에서 질병과 죽음을 초래한 결정적인 원인이 되었다.[55] 한국과 중국에서 결핵은 20세기 초기 외세의 침략에 따라 급속도로 유행되었음을 알 수 있다. 전쟁으로 인해 불결한 주거 환경, 부적절한 음식물 등 열악한 환경 때문에 결핵이 창궐한 것이다. 최명익과 스저춘의 심리소설에서는 결핵 서사를 통해서 이런 사회 문제를 은유적으로 내포할 뿐만 아니라 무엇보다 결핵으로 인해 인물의 내면적인 불안을 여실히 보여준다. 이런 병적인 어두운 분위기가 깔린 사회 환경으로 인해 인간은 살고 있는 곳에서 억압을 당하며 다른 새로운 곳을 욕망한다. 최명익과 스저춘 심리소설에 등장한 인물들은 대부분 살고 있는 곳에서 억압을 당하며 그곳에서 탈출하고자 한다. 즉 인물들은 소유할 수 없는 곳

---

55   수전 손택, 이재원 역, 『은유로서의 질병』, 이후출판사, 2002, 28면.

을 욕망한다. 한 곳에서 탈출하고 싶고 다른 곳으로 떠나고자 하는 마음
은 불가피하게 이주를 통해 나타난다. 이 글은 고향을 떠나 새로운 장소
에 정착하는 기존의 이주 서사와 달리 일시적인 떠남과 상상적인 이탈
을 이주 서사로 살펴보고자 한다.

　최명익과 스저춘의 심리소설에서 서술 기법은 상징 이미지와 의식 흐
름과 같은 특징을 가진다. 이런 서술 기법 상의 특징으로 인해 두 작가
의 작품이 이전 시기의 소설과 뚜렷하게 구분된다. 이미지 그 자체가 풍
부한 의미를 지니며 오히려 어떤 서술보다 인간의 잠재의식을 잘 보여
줄 수 있다. 이런 이유로 최명익과 스저춘의 심리소설에서는 전통적 이
미지와 색깔 이미지를 통해 인물의 내면 의식을 외면에 표출시킨다. 또
한 심리 소설은 '의식의 흐름(stream of consciousness)' 기법을 사용했다. 의
식의 흐름이란 말은 미국 심리학자 윌리엄 제임스가 1890년에 사람의
정신 속에서 생각과 의식이 끊어지지 않고 연속된다는 견해를 말하면서
처음으로 쓰였다. 의식은 사적인 것이며 동시에 동적인 상태에 있는 것
이며 우리가 경험한 것과 현재 경험하고 있는 것의 혼합체라고 할 수 있
다. 의식의 흐름은 시간 속에서 자유롭게 움직일 수 있는 능력, 즉 경험
적(주관적) 시간에 의해 그 유동성이 포착되는데, 의식에 접하는 모든 것
은 '바로 그 순간(present moment)', 즉 현재에 존재하게 된다.[56] 이렇게
매순간 경험에 의해 변화되는 마음의 유동을 표현하려는 것은 최명익과
스저춘 심리 소설의 핵심이라고 할 수 있다. 두 작가의 심리 소설의 한
기법으로서의 의식의 흐름은 인물의 의식이 외부로부터의 자극을 계속
받아들이고 그에 반응하면서 소설에서 연속된다.

56　　로버트 험프리, 이우건 유기룡 역, 『현대 소설과 의식의 흐름』, 형설출판사, 1984,
　　79면.

비교문학의 연구방법으로는 대체로 영향 연구, 수평 연구, 해석 연구, 수용 연구 등 몇 가지가 있다. 이 책은 1장 부분에서 우선 영향 연구의 방법을 통해 최명익과 스저춘 각각의 심리주의 의식이 어떻게 형성되는지 그 과정에 대하여 예비적인 고찰을 진행할 것이며 이와 일본 신감각파 및 서구 모더니즘의 관계성을 밝히고자 한다. 이와 같은 고찰은 직접적인 관계가 없는 두 작가의 작품을 비교하는 기반이 될 수 있으며, 그들의 공통점과 차이점을 가려내는 데 도움이 될 것이다. 또한 여기서 단층파와 최명익, 신감각파와 스저춘의 심리주의 소설의 특징을 주로 살펴보고자 하며 이를 통해서 최명익과 스저춘 심리소설의 위상을 추출하고자 한다. 2장과 3장에서는 서사 구조와 서사 기법을 중심으로 하여 최명익과 스저춘 심리소설에서 내적 심리 양상과 심리 표출 방식의 공통점과 차이점을 살펴보고자 한다. 또한 이런 공통점과 차이점이 나타난 배경 및 이유를 밝혀내도록 한다.

2장 1절에서는 결핵 질병 서사와 정신적인 질병 서사가 인물의 내적 불안 심리를 표출하는 데에 있어 어떻게 작용하는지 비교 연구하고자 한다. 질병은 문학작품에서 타락한 사회, 인간성 및 부당한 문명을 비판하거나 울분한 시대적 정서를 드러내기 위한 수단으로 사용된다. 식민지 시대 심리소설에 등장한 질병은 비판의 차원을 넘어 무기력함, 불안 등 당시 한국과 중국 구성원의 억압된 다양한 심리에 대한 병적 은유라고 할 수 있다. 최명익과 스저춘은 모두 결핵의 반복된 병리 현상을 작품에서 활용한다. 최명익의 「폐어인」, 「무성격자」와 스저춘의 「만추 하현의 달(殘秋的下弦月)」에서 나타난 주요 인물들은 모두 결핵을 앓았다. 정신적인 모티프에서는 최명익 「폐어인」, 「무성격자」에서 등장한 인물들은 분열증, 히스테리, 강박증 등 다양한 신경증의 병적 징후들이 나타난다. 이러한 징후들은 그들을 정신적으로 힘든 상황에 놓이게 하고 그들의 내면적 갈등을 더욱 첨예하게 보여준다. 스저춘 「마도」, 「여관」에서 등장한 인물들은 망상증 병적 징후들을 앓고 있다. 주요 인물의 '의식의 흐름'이 환상 내지 환각의 형식 속에서 구체적으로 이루어졌다. 최명익과 스저춘 소설에서 반복된 정신적인 징후와 병적 모습을 통해서 그들의 상이한 내적 심리를 표출하며 상이한 내적 심리 뒤에 깊이 숨어 있는 불안감을 엿볼 수 있다. 물론 질병은 개인적인 현상임에 틀림이 없지만 30년대 문학작품의 경우, 병을 둘러 싼 사회적 환경이 중요하게 작용하기 때문에 이를 단순히 병리학적인 문제로 보는 것이 아니라 병을 앓고 있는 개인의 내면이 시대 배경과 어떤 관계가 있는지 살펴보고자 한다.

2장 2절에서는 최명익과 스저춘 심리소설의 농촌에서 거주한 사람은 도시로 이주하고 싶고 도시에서 거주한 사람은 농촌으로 탈출하고 싶어한다는 공통점을 고찰하고자 한다. 소설에서 나타난 상상적인 이주나 임시적인 이주는 인간의 내면적인 억압과 탈출 욕망을 더욱 두드러지게 보여준다. 최명익의 「봄과 신작로」와 스저춘의 「봄 햇빛(春阳)」에서 여성들이 억압된 농촌에서 도시로의 탈출 욕망을 어떻게 보여주는지 살펴볼 것이며 반면에 「무성격자」의 정일과 「마도」, 「여관」에서 나타난 '나'를 통해 도시에서 농촌으로 탈출하려는 욕망을 살펴보고자 한다.

3장 1절에서는 최명익과 스저춘 심리주의 소설에서 전통 이미지와 색깔 이미지 도입이 어떻게 인물의 이중적인 심리를 표현했는지를 분석하고자 한다. 인간의 심리에 있어서 무의식은 의식보다 더 깊은 심리적 영역에 있으며 인간이 갖는 원천적 욕구로 가득 찬 인생이란 근본적으로 이 무의식적 욕구를 충족시키는 여정이며, 의식적 세계는 그 근원적 욕구를 현실적으로 만족시키는 구실을 한다. 하지만 무의식은 명백히 의식

밖에 존재하는 것으로 무의식 그대로의 형태로는 표현될 수 없다. 그것
은 우리들이 의식적 표현에 나타난 상징에서 추리할 수 있을 따름이다.
개인의 내면에 자리 잡은 무의식적 욕망은 대체물 이미지를 통하여 표
출되는데, 최명익과 스저춘의 소설에서 이런 특징이 두드러지게 나타난
다. 최명익의 「비 오는 길」과 스저춘의 「장맛비가 내리던 저녁」을 통해
서 전통 이미지가 인물 내적 심리를 어떻게 표출하는지 포착하고자 한
다. 최명익과 스저춘은 모두 색깔 이미지를 애용하여 인물의 이중적 심
리를 형성하여 표출한 특징을 논의하고자 한다. 최명익의 「폐어인」에서
는 아내의 푸른(청색) 얼굴과 중노인의 좋은 혈색과 인화(燐火)가 피어오르
는 안경알로 표현되어 붉은 색으로 나타난다. 「무성격자」에서 문주는
정일에 의해 흰색의 이미지로 계속 반복 표현된다. 스저춘의 「마도」에
서는 검은색과 빨간 색이 흔히 나타난다. 「야차」에서는 유일하게 하얀
색만 등장한다. 대체 이미지는 인간의 내면 심리의 흐름 심지어 플롯의
전개에 엄밀히 대응되어 있다. 이렇게 보면 대체 이미지라는 개체는 오
히려 자신보다 한 단계 우위에 서서 주체의 의식을 조종하고 표출하는
'연속적 도구'라고 볼 수 있다. 그러므로 이런 색깔 이미지들이 어떻게
인물들의 갈등 심리를 표출하는지 살펴보고자 한다.

3장 2절에서 최명익의 소설에 지닌 내적 독백과 스저춘의 작품이 지
닌 자유연상 서사 기법이 어떻게 인물 내면의 리얼리즘을 표출하고 있
는지에 대해 고찰하고자 한다. 내적 독백과 자유 연상으로 말미암아 두
작가의 소설은 기존 소설과는 달리 내면 깊숙이 들어 있는 마음을 샅샅
이 드러낸다. 최명익의 「心紋」, 「비 오는 길」, 「역설」, 「무성격자」를 대
상으로 내적 독백 서사 기법을 분석함으로써 그의 소설 속에 나타난 지
식인 주인공들이 세속적인 세계로의 동화를 거부하며 자아 반성하고 있

는 모습을 살펴보고자 한다. 스저춘의 「마도」, 「파리 대극장에서」, 「갈매기」를 대상으로 인물의 연속적이고 유동한 의식을 고찰하고자 한다.

4장에서는 최명익과 스저춘의 심리소설이 지닌 문학사적 의미를 살펴보고자 한다. 두 작가의 심리소설에 나타난 현실 비판의 내면화와 내면적인 리얼리즘의 성격을 찾아냄으로써 1930년대 최명익과 스저춘의 심리소설이 가지는 문학사적 의미를 추출할 수 있을 것으로 전망한다.

제1장 1930년대 한·중 심리 소설 양상

본장에서는 단층파와 최명익, 신감각파와 스저춘의 심리주의 소설의 특징을 주로 살펴보고자 하며 이를 통해서 한국과 중국의 심리소설의 위상을 추출하고자 한다. 1920년대 일본에서 유행했던 심리소설이 한국과 중국에 유입된 것은 1930년대이다. 스저춘, 무스잉, 유나오 등 중국의 1930년대 모더니즘 작가들은 프랑스의 영향도 받았지만 일본의 영향도 받았다. "또한 1930년대 한국의 경우 역시 일본의 형향이 절대적이었다고 할 수 있다. 그런데 일본의 영향이 1930년대 한국과 중국에서 심리소설이 등장하게 된 외적인 원인임은 틀림없지만, 실질적인 내적 원인은 식민지라는 공간의 특성 및 도시의 발달 그리고 지식인 자의식의 혼돈이었음이 본명하다."[57] 1930년대에 기형적인 인간관계를 발생시키는 토양이 된 '상하이'라는 공간에서 '현대파(現代派)' 작가들이 등장하면서 본격적인 모더니즘 문학이 탄생하였다. 1930년대 경성과 상하이는

---

57   김순진, 이정현, 「한·중 심리소설에 나타난 윤리의식 고찰- '李箱'과 '施蟄存'을 중심으로」, 『인문과학연구』46호, 인문과학연구소, 2022, 33-34면.

근대 시기 한국과 중국의 식민지와 반식민지 공간으로 억압의 공간이며 자유가 쉽지 않은 공간이었다. 일본의 식민지였던 경성과는 달리, 당시 상하이는 여러 나라에 동시 점령된 조계지(租借地)공간이었기에 더욱 혼란스러웠다고 할 수 있지만, 이 두 곳은 1930년대 인간과 환경, 인간과 인간 사이, 개인의 내적 심리 면에서 잠재되었던 갈등이 폭발하게 된 공간이라는 공통점을 지니고 있다. 각각 경성과 상하이에서 작품 활동을 한 최명익과 스저춘은 이러한 환경 하에 놓여 있는 인물들의 심리적 방황과 갈등을 그려낸 대표적인 작가들이다.

한국 단층파의 심리소설은 이전의 문단과는 달리 독특한 작품 경향을 띠면서 우월한 미적 성향을 내면화하는 요소를 지닌다. 인물의 내적 심리를 심층적으로 묘사하기 위해서 내면적인 경험을 그리는 유동적인 의식 흐름을 사용한다. 그들의 심리소설은 1930년대 억압된 시대에 대한 의식이 전망 부재의 불안과 현실에 적응하지 못한 환멸감으로 표현된다. 또한 현실과 이상 사이의 갈등도 있어 이중적이다. 단층파의 문학은 '자의식의 문학'이라는 평가도 있지만 식민지 평양의 현실 상황을 고발하는 특징을 지닌다. 단층파 대부분의 심리소설 제목은 어렵고 관념적인 한자어로, 매우 강한 은유적 상징성을 띠고 있다. 최명익은 단층파의 이런 상징성을 발전시켜 은유적 이미지들을 작품 속에서 반복적으로 변주한다. 최명익이 지녔던 퇴폐적인 경향은 그의 심리주의적 경향의 문학의 토대로 작용하며, 이는 단층파의 불안, 환멸감과 일맥상통한다. 그의 소설은 실직 및 취업난이란 현실적인 요인에 대한 내적인 불만과 불안을 형상화한 작품이 대부분이다. 내적 독백이라는 서사 기법을 사용하며 인물의 심리를 여실히 보여준다.

중국의 신감각파는 일본의 신감각파의 영향을 받아서 형성되었다. 중

국 신감각파의 작품에서 주인공의 심리 변화와 환경 변화를 빠른 속도
감으로 표현하는 것은 일본의 신감각파와 비슷하다. 중국의 신감각파는
인간의 주관적 감각을 중시하며 인간의 감각 중에서 특히 시각, 청각,
촉각을 주로 표현한다. 그리고 일상적인 표현에 의한 감각으로부터 탈출
하기 위해 상징 이미지 기법을 애용한다. 신감각파 작가들은 안에서 밖
으로 표현할 것을 주장하며 자유로운 주인공의 내적 심리를 의식의 흐
름을 통해서 보여주는 특징을 가진다. 이런 서사 기법은 새로운 감각을
가져오며 혼란한 사회 현실을 표현하기에 적절하다. 스저춘은 프로이트
의 정신 분석학을 통해서 사람의 내면 심리 세계를 탐구하여 심리소설
을 폭넓게 발전시킨다. 그중에 특이 인물의 독특한 억압된 성적 심리에
대한 탐구가 많다. 상징적 이미지, 자유연상 등은 스저춘이 애용한 주된
예술 기법이었다. 스저춘의 작품에서 부조리한 삶과 시대에 조화롭게 적
응하지 못한 인물의 탈출 심리가 나타난다. 그의 작품의 인물들은 삶에
대한 권태로움을 느껴 억압적인 내면 심리를 보여준다. 이것이 불안과
공포 신경쇠약, 환각 등으로 악화된 병적 모습을 나타낸다.

1. 단층파의 내면화와 최명익의 자의식

1930년대 모더니즘은 이상, 박태원, 최재서 등을 중심으로 한 경성
모더니즘과 단층파를 중심으로 한 평양 모더니즘으로 나눌 수 있다. "평
양 모더니즘은 경성 모더니즘의 기계적 모사, 언어와 기교 중심의 주지
주의, 행동이 결여된 지성론의 가치중립성에 비판적 입장을 보였다. 평
양 모더니즘과 최명익의 문학적 특성은 평양 문화 예술 공동체였던 단

층파와 맥을 같이 한다."[58] "단층파는 1937년 최명익의 동생인 최정익, 유항림, 김이석, 김화청 등과 함께 결성한 동인으로 이전의 문단과 달리 독특한 작품 경향을 띠었다. 단층파의 구성원은 기성 문단과의 분리를 꿈꾸며 순문학에 대한 반성, 경향 문학에 대한 반발, 현대성에 대한 자의식과 시대정신을 지향했다."[59] 동인들은 평양이라는 지역뿐만 아니라 기독교 중산층 이상의 집안이라는 공통점이 있었다. 그들은 자연스럽게 평양의 핵심 엘리트들과 교류하였는데 이러한 점들은 그들에게 물질적 풍요와 근대 문명을 경험케 하는 매개였고, 보다 우월한 미적 성향을 내면화하게 하는 요소였다. 근대 문물이나 양식은 그들에게 '새로운 것'이 아니었고 이런 점들로 인해 그들은 '구인회'의 모더니즘이 피상적 모방에 불과하다고 느끼며 문학은 언어의 기교나 실험적 표현보다는 예술이 담아야 할 '정신'을 지향해야 한다고 인식하게 된다.[60] 그러므로 단층파 동인들의 부유한 가정 배경과 종교 신앙은 구인회의 모더니즘 기교주의 경형과 다르게 나타난 중요한 원인으로 볼 수 있다.

단층파에게 직접적으로 문학적 영감을 준 것은 일본의 모더니즘 문학이다. 일본에서는 모더니즘이 신감각파,[61] 신흥예술파, 신심리주의파, 주

---

58   최명익은 동인지 「단층」의 후원자이자 평양을 중심으로 한 지방 문단의 후원자로서 「단층」의 성격에 지대한 영향을 주었다.

59   박성란, 「단층파 모더니즘 연구」, 인하대 박사논문, 2012, 25면.

60   예를 들면 유항림은 박태원의 '천변풍경'을 예로 들며 기계적 모사를 반대하며 문학적 주제와 관련하여 '작가의 정신'이 필요함을 역설했다. 박성란, 위의 논문, 48면.

61   신감각파는 20년대 초에 일본에 나타난 현대 문학 유파이다. 1차 세계 대전 이후, 일본 경제는 빠른 회복과 발전을 이루어냈다. 그러나 1920년대 일어난 경제 공황과 1923년에 일어난 관동 대지진은 일본사회에 심각한 타격을 주었다. 일본 사회는 허무와 절망만이 가득 차 있었고 일본 문단에서는 낡은 자연주의 문학과 '사소설'이 유행하였다. 문학에서는 서구의 다다이즘, 미래파, 표현주의파, 구성파 등 아방가르드 문예사조가 범람하기 시작하고 프롤레타리아 문학도 대두하기 시

지주의파 등으로 분리된다. 일본의 모더니즘은 '신감각파'라는 이름으로
시작된다.[62] 요코미쓰 리이치(橫光利一)와 가와바타 야스나리(川端康成)가 대
표적인 작가들이었다. 두 작가는 일본 신감각파의 기관지인 『文藝時代』
(1924.10~1927.5)를 창간하였고, 갖가지 모더니즘적 기법의 실험을 계속하
여 신사조를 대표했다. 단층파는 이 두 작가들로부터 많은 영향을 받았
고, 이들의 문학이 일본에서 '모더니즘 작가'로 평가되는 점을 볼 때 단
층파의 모델이 된 일본 신감각파는 하나의 유파로서 한정되기보다는 일
본 모더니즘 문학으로 폭넓게 이해될 수 있다. "가와바타 야스나리는 「'순
수소설론'의 반향」이란 글에서 요코미쓰 리이치 문학의 근본이 '자의식
이라는 불안한 정신'을 어떻게 다룰 것인가에 관계되고 있을 뿐이라고
밝혔는데,"[63] 단층파 역시 신감각파의 문학을 이러한 정신적 분위기로서
흡수했던 것으로 보인다. 단층파의 대부분 작품 주제는 인물의 이념 상
실로 불안한 정신을 보여주는 것이다.

　한편 단층파는 일본 모더니즘의 영향을 받으면서 서구 아방가르드 예
술운동과 새로운 사조들을 접했다. "『시와 시론(詩と詩論)』은 1928년 9월
에 『厚生閣』에서 간행되었는데, 제1차 세계대전 후의 미래파, 다다이즘,

작하였다. 이러한 상황에서 보수적이고 정체된 일본 사회와 문단에 불만을 가진
젊은 작가들이 서구 문학을 거울로 삼아 새로운 돌파구를 마련하고자 하였다.
1924년 橫光利一, 川端康成, 片岡鐵兵 등은 신진작가들은 菊池寬의지지 하에『文
藝春秋』를 배경으로 일본 신감각파 문학을 잉태한 동인잡지『文藝時代』를 창간
하였다. 여기에 가입한 동인으로 菅忠熊, 今東光, 石濱金作, 橫光利一, 川端康成,
片岡鐵兵, 中河與一, 伊藤貴麿, 加宮貴一, 佐佐木茂索, 佐佐木津三 등이 있다.
韓英子, 「1930년대 중국의 신감각파 도시 소설 연구」, 한양대, 박사논문, 2012,
57면.

62　강인숙, 『일본 모더니즘 소설 연구』, 생각의 나무, 2006, 41면.
63　하라노 겐, 고재석·김환기 역, 『일본 쇼와 문학사』, 동국대학교 출판부, 2001,
　　198면.

표현파 등 신흥 예술의 이식에 이어 초현실주의나 신심리주의의 소개에
초점을 맞춘 잡지였다. 창간에서부터 앙드레 브르통의 「초현실주의 선
언」을 싣고 해외의 전위적인 시나 시론을 소개했으며 폴 발레리, 앙드레
지드, 아메리카 문학, 현대 영문학 평론 등의 특집과 장 콕토, 막스 자콥,
프루스트, 아라공, 엘뤼아르, 기욤 아폴리네르, 엘리옷, 조이스, 로렌스
등의 작품 번역과 소개에도 힘을 기울였다. 이 잡지는 1920년대 말부터
문학청년들에게 절대적인 영향을 주었다. 특히 단층파는 이 잡지의 동인
으로 참여한 니시와키 준자부로(西脇順三郞)를 통해 영미 모더니즘 문학의
이론과 작가·작품들을 이해했다고 한다. 『세르팡(le serpent)』은 1931년 5
월에 제일서방(第一書房)에서 간행되었고 매호마다 시와 소설은 물론 에세
이·미술·음악·평론 등을 싣고 서구 모더니즘 문학을 소개·번역했던 문
예전문지였다. 괴테·발레리·투르게네프·조이스 등의 문학가를 주요하게
다루었으며, 시선은 주로 런던과 파리로 향해 있었다고 한다. 단층파가
이 잡지의 이름을 딴 '세르팡' 다방을 자신들의 예술적 모임의 근거지로
활용했던 것이다."[64] 단층파는 역시 일본을 통해서 서구의 새로운 사조
를 접했다는 것을 알 수 있다.

단층파에 대한 논의는 최재서부터 비롯되었다.[65] 그는 단층파의 공통
된 경향이 지식인의 회의와 고민을 심리 분석적으로 그리려는 것에 있
다고 보면서 단층파 문학의 심리주의적 경향에 최초로 주목했다.

단층파의 심리주의 소설의 시대에 대한 의식은 이념 상실로 인한 불
안과 새로운 시대적 감수성을 지니지 못한 환멸감으로 표현된다. 단층파
소설에 나타난 불안은 현실적인 부정성을 인식하지만 개인에게 위협적

---

64   박성란, 앞의 논문, 83-84면.
65   최재서, 「단층파의 심리주의적 경향」, 『문학과지성』, 인문사, 1938, 181-187면.

으로 다가올 때 야기되는 환멸감을 극복할 수 있는 방법을 찾지 못한 양상을 보여준다. 하지만 단층파의 문학은 위기적 시대 상황을 불안과 환멸의 의식으로 파악하고 있는데, 이러한 의식을 내면화한 인물을 묘사함으로써 당대의 현실에 대한 반성적 시각을 드러낸다. 즉 단층파의 대개 작품들은 자의식이라는 유폐된 세계로부터 어떻게 벗어날 것인가 하는 문제를 집중적으로 추구하며 자의식의 극복을 모색하고 있는 특징을 지닌다. 그러므로 단층파의 문학이 '자의식의 문학'이라는 평가도 있다. 이렇게 인물의 내면 심리의 표출이 가능했던 이유는 외부 현실을 객관적으로 재현하는 리얼리즘의 창작 방식에서 벗어나 인물의 내적 심리에 대해 탐구했기 때문이다.

단층파 심리소설에서 나타나는 인물들의 갈등의 주요 원인은 이념 문제이다. 계속되는 지식인의 사상적 탄압으로 외적 활동은 거세되고 단지 그들의 내부 활동만 가능했다. 그러므로 그들의 작품에서 행동은 없고 자의식 과잉의 지식인으로 남을 수밖에 없었던 것이다. 그들은 지식인의 자존심 때문에 어떤 직업도 선택할 수 없고 이념으로 인해 생활 근거가 박탈당하기도 한다. 즉 그들은 자신들의 관념에 부합되는 직업을 찾기가 어렵거나 직업을 갖지 못한다. 생활을 유지하기 위해서는 어떠한 직업이라도 가져야 하는데 이념은 이를 허락하지 않는다. 한편 이념에 적극적인 투쟁을 하는 인물로 제시되는 것은 작가 자신들의 생활과 현실에 대한 갈등을 내포하고 있는 것이다. 또한 인물이 자신의 신념을 버리고 세속 생활을 찾는 순응형으로 제시된 경우도 있다. 이런 인물은 역설적으로 식민 시대의 강박감을 보여준다. 요점을 말하자면 단층파의 심리소설에서 자의식들이 이데올로기의 미망에 붙들려 있으면서 그것이 행동과 절연된 데에서 오는 무력감과 모멸감은 그들의 독특한 주제이다.

심리소설에 등장하는 인물의 내면 경험을 심층적으로 묘사함으로써 시대적 현실로 인한 불안과 환멸의 자의식을 표현해야 하기 때문에 단층파 작가들은 개인의 내면 심리를 유동적인 의식의 흐름을 통해 그려내는 서술 기법을 사용한다. 내적성에 치중하는 이러한 기법은 현실에 대한 객관적 인식보다는 순간적으로 변화하는 내적 경험을 통해 새로운 감성을 드러냈다. 단층파의 작품들은 사건보다는 인물의 의식 세계를 표현하는 내적 독백에 치중하고 있다. 또한, 그들의 심리소설은 외부 세계에 대한 감성적인 체험보다는 현실에 대한 지식인의 태도를 잘 보여준다. 단층파의 문학은 지식인이 현실에 대해 가지는 태도가 중요하기 때문에 내적 독백을 통해서 이런 태도를 여실히 보여준다. 내적 독백을 통해 표현되는 인물의 현실 시대에 대한 다양한 인식은 파편들로 구성되어 있음을 알 수 있다.

단층파 심리소설의 제목이라도 난해하고 은유적인 의미를 담는다고 언급했던 평가가 있다. "대표적인 심리소설의 작품을 예로 보자면 다음과 같다. 「幻燈」, 「膽汁」, 「灰燼」, 「凍街」, 「失碑銘」은 절망적·환멸적 세계 혹은 이념의 상실을 은유하고 차갑고 유폐된 생활을 은유한다. 「感情細胞의 顚覆」과 「刺戟의 顚末」, 「肉體」는 '전복'과 '전말'을 통한 심리적·정신적 변화와 그 계기인 생명적 활기를 상징한다. 「幽靈」과 「區區」는 현실과 유리 되어 방황하는 지식인의 가난한 생활 상태를 암시한다. 또한 「별」, 「하늘」, 「공간」 등은 현실의 제약을 벗어난 동경하는 곳 혹은 자유를 은유한다. 「騎士唱」, 「馬券」, 「스텡카라-진의 노래」는 새로운 모색과 실천을 상징하고 있다."[66] 하나같이 어렵고 관념적인 한자어로

---

66   박성란, 앞의 논문, 93-94면.

된 제목들은 매우 강한 은유적 상징성을 띠고 있다. 새로운 문학을 통한 문단과의 차별화를 의도했던 만큼 단층파의 작품 제목들은 난해함과 상징성의 특징을 지니고 있다.

단층파에 대한 연구가 활발하게 진행되고 있음에 비해 아직까지 단층파라는 용어의 범위가 혼동되고 있는 것이 사실이다. 「단층」 동인만을 단층파로 보려는 경향과 「단층」 동인에 최명익을 포함시켜 단층파로 보려는 경향으로 나누어진다. 그런데 전자의 입장은 동인지 연구로 축소될 우려가 있어서 하나의 유파로 보기가 어려운 측면이 있다. 선행 연구들에서도 단층파에 대한 용어의 혼동은 있지만 최명익을 「단층」 동인과 함께 논의하는 경우가 많다.[67] 최명익의 동생 최정익이 「단층」에 참여하고 있는 점과 작품 경향의 유사성을 이유로 오랫동안 최명익은 후원자의 위치에서 단층파의 활동에 관여하고 있었을 것이라고 간주되어 연구의 대상으로 함께 다루어진 경우가 많았다. 최명익이 최정익의 형이라는 표면적인 사실뿐만 아니라 문학적 경향의 유사성에 주목하기 때문이다. 즉, 최명익이 「단층」 동인들과 나이의 차이가 있기는 하지만 문단 활동 시기가 비슷하고 평양을 중심으로 한 유사한 문학적 기반을 지니고 있기 때문에 1930년대 후반 문학의 한 경향을 드러내는 유파로써 파악하려는 것이다.

67　강현구의 경우는 『단층』 동인인 최정익의 작품까지 최명익의 작품으로 파악하고 있고, 김윤식이나 김양선도 최명익과 단층 동인의 문학적 유사성에 주목하고 있다. 신수정은 최명익을 포함시켜서 단층파라고 지칭한다. 권영민은 최명익이 1937년 최정익, 유하림, 김이석 등이 주관한 동인지 『단층』에 참하면서 그 문단적인 존재를 분명하게 드러내고 있다고 언급했다. (강현구, 「최명익 소설 연구」, 고려대 석사논문, 1984. 김윤식, 『한국 소설사』, 예하, 1993. 김양선, 「1930년대 후반 소설의 미적 근대성 연구」, 서강대 박사논문, 1998. 신수정, 「단층파 소설 연구」, 서울대 석사논문, 1992. 권영민, 앞의 책, 485면.)

최명익의 본격적인 창작 활동의 시작은 1936년 「조광」지에 「비 오는
길」을 발표하면서 부터이다. 최명익의 소설들은 당대에 이전의 리얼리
즘 소설 창작 방식과는 질적으로 다른 성격을 갖는 것으로 평가되었다.
1930년대 후반 소위 '총체성의 상실'과 리얼리즘 서사 재현의 위기 진
단하는 국면 속에서 그는 '신세대 작가'로 분류되고 그의 소설들은 '심
리주의적 실험'[68]의 일단을 보여준 것으로 평가되었다. 최명익이 문단에
서 중요하게 거론되었던 것은 1930년대 말에 있었던 신진작가와 중견
비평가 사이의 대립인 세대론[69]을 통해서였다. 최명익이 본격적으로 문
단에 진출한 것이 1936년임을 상기할 때, 그는 분명 신인이지만 그의
문학적 편력은 실상 1921년 동경 문단에서부터 카프의 성립과 해체를
보아 온 '한국 문단에서 중견(이상, 박태원, 김유정, 채만식 등)이라고 불린 작
가들보다 훨씬 더 복잡하고 풍요한 사조를 체험'[70]한 모더니스트이라고
김남천은 평가했다. 최명익은 등단하기부터 주목을 이끌어 왔으며 이상,
박태원과 같은 대가를 못지않게 심리주의 소설을 창작했다.

최명익은 지식인의 분열적 심리를 깊이 형상화한 소설가이다. 최명익
소설에 나타난 평양 사회의 일상은 근대적 불균등성의 모순으로부터 벗
어날 수 있는 것은 아니었다. 끊임없이 따라 잡아야 하는 삶의 속도, 사
회적 소외의 일상적 경험은 근대적 시간의 내면화 과정 속에서 얻어진
것들이었다. 최명익은 개인적 삶의 근거로서 일상을 불균등성의 모순 속
에서 스러져 버리는 현재성으로 반영하면서 인상 깊은 몰락의 서사를
만들어냈다.

---

68   김남천, 「산문 문학의 일년간」, 『인문 평론』, 1939.
69   김윤식, 「한국 근대 문예 비평사 연구」, 일지사, 1983, 345면.
70   김남천, 「신진 소설가의 작품 세계」, 『인문 평론』, 1939.

최명익 소설의 인물들은 대부분 정신적·신체적 질병을 앓고 있거나 갑작스러운 죽음을 당한다. 이런 최명익이 지녔던 퇴폐적인 경향은 그의 심리주의적 경향 문학의 토대가 되는 것이라 할 수 있다. 총체적인 현실 인식을 가능하게 했던 이념의 상실과 파시즘의 위협이라는 위기적 상황에서 최명익을 지배했던 퇴폐적인 경향은 무위와 권태의 일상에서 방황하는 지식인의 분열된 내면세계를 형성하였던 것이다. 김윤식은 이러한 최명익의 문학적 특성을 평양이라는 지역성과 카프 해산 이후의 허무 의식과 결부시켜서 최명익 소설이 이상이나 박태원과 다른 독창성을 지니고 있음을 포착하였다.[71] 그러나 최명익은 비관주의로 일관했다고 보기 어려운 문학적 인식을 보여주고 있다. 그들의 문학 경향은 불안과 환멸이라는 시대적 위기의식을 토대로 하면서 당대에 대한 반성과 성찰을 추구하려는 지식인의 분열된 자의식의 산물이었던 것이다. 최명익이 시대의 파국을 예감하면서 그려낸 분열된 내면은 근대의 이중적 현실을 고발하고 있다. 근대의 불균등한 체계들의 대립이 심화되는 상황을 분석하며 '전형기'의 위기를 보여준다. 최명익 소설의 심리주의적 성격은 이념적 퇴행의 결과로 평가되어야 한다기보다는 진보적 서술로 근대의 불균등성에 대한 표출되는 방식을 소설화한 시도로 파악되어야 한다.

최명익 소설에는 현실과 자기 이성 사이의 심한 부조화를 의식하고 그 때문에 좌절하고 방황하면서 자신의 존재에 회의를 느끼는 지식인 주인공이 등장한다. "식민지 정신적 풍토에 있어서 배척되는 희생자"[72]

71   김윤식은 단층파의 등장을 '문학사적 사건'이라고 할 만큼 중요하게 파악하는데, 평양 중심의 신진작가들이라는 점과 허무 의식을 토대로 한 문학적 노선이라는 두 가지 측면에 주목하고 있다. (김윤식, 「최명익론-평양 중심화 사상과 모더니즘」, 『작가 세계』, 여름호, 1990.)
72   이재선, 『한국 현대 소설사』, 홍성사, 1983, 331면.

의 전형으로 나타나는 이들은 현실과의 단절감 속에서 자의식 과잉의 상태로 칩거하게 된다. 이러한 비현실적인 모습의 인물이 등장하게 되는 주된 원인으로는 실직 및 취업난으로 인한 자기 위치의 상실과 생활상의 빈곤, 사상적 억압에 따른 대 사회적 이념의 관념화 등을 들 수 있다. 취업난과 또 이로 인한 궁핍의 문제는 이미 1920년대 초반부터 소설 혹은 논설 형식을 통하여 누누이 지적되어 온 것으로 1930년대에 들어서면 사회적 관점에서 더욱 심화된 양상을 띠고 드러난다. 최명익의 소설에서는 이러한 사회적 요인에 대한 내적인 비판을 형상화한 작품이 대부분이다. 즉 생활고와 사상적 억압을 포함한 가해적 현실 상황 때문에 자신의 사회적 신념을 포기할 수밖에 없고, 그렇다고 현실 생활을 선택할 수도 없는 갈등 속에서 이를 회피하기 위하여 퇴폐적이고 무기력한 생활을 영위하는 지식인의 나약함과 양심의 갈등이 그것이다. 이러한 흐름에서 최명익은 위기의 시대에 대응하는 윤리성보다는 불안과 환멸의 시대적 현실 자체를 내면화하려는 퇴폐적인 경향을 띠게 됨으로써 새로운 윤리보다는 윤리가 부재하는 현실에서 고뇌하는 지식인의 내면세계를 드러낼 수 있었다.

최명익의 소설이 기존의 소설들과 차별성을 갖는 핵심적 지점은 발전적 역사에 기반을 둔 인과적 서사와 달리 단절과 동시성의 서사를 보여준다는 점이다. '의식의 흐름'이라는 수사적 장치는 '단절'과 깊은 관련성 속에 있다.[73] 이것은 일차적으로 의식의 우발성을 뜻하는 것이지만, 또한 의식이 일상의 존재 양상을 재현하는 형식으로 해석될 수도 있다. 최명익의 소설들에서 인물들의 심리는 분열과 망상의 질병 심리 형태를

---

73   로버트 험프리, 앞의 책, 128-134면.

띤다. 분열과 망상의 심리 상태는 목적론적 사고와 대조적으로 우발적 계기에 의지해 생각의 연쇄를 불러일으킨다. 현재적 경험은 회상의 장면과 겹쳐지고 관찰의 대상은 망상적 이미지와 중첩되거나 상충되며 일탈적 상상은 순간적 착란을 일으킬 수 있다. 이런 서사 기법을 통해서 일상의 일시성, 유동성, 파편화된 경험을 심리적으로 재현한다. 분열과 망상의 심리상태는 사건이 발생하는 현재로부터 벗어나는 초월적 시공간을 함축하는데, 이는 사라지는 현재의 무시간적 단절의 양상을 반영하면서 비동시적 시간들을 동시화하고 일상적 현재와 불균등한 관계로 접합되어 있음을 드러낸다. 최명익은 분열을 이해하기 위해 식민지 자본주의 도시 공간, 기차의 속도, 질병과 사망 등이 고려돼 왔다. 인물의 내면적 경험을 심층적으로 묘사함으로써 시대 현실에 의해 야기된 불안과 환멸감을 표현하려고 했기 때문에 최명익은 유동적인 의식의 흐름을 통해 개인의 내면적인 경험을 그리는 심리주의적 기법을 사용하게 된다.

앞에서 단층파 심리소설의 제목들은 어렵고 관념적인 한자어로 된 제목은 매우 강한 은유적 상징성을 띠고 있다고 살펴보았다. 최명익은 은유적 상징성을 발전하여 이러한 은유적·상징적 이미지들은 그의 심리소설에 흔히 나타난다. 확연히 드러나지 않는 인물의 복잡한 심리와 감정을 은유하는 역할을 한다. 이 논문 제4장에서는 전통적인 이미지와 색채 이미지로 나누어 반복된 이미지가 소설에서 서사를 이끌어 나가는 매력을 보여주고자 한다. 최명익은 이와 같은 양상을 작가의 선천적 자질로 돌리든 시대 상황의 영향 하에 놓든 자의식이 강한 작가이다.

2. 신감각파의 감각성와 스저춘의 무의식

반봉건 반식민지라는 중국의 사회적 성격이 1930년대 상하이[74]를 통하여 문학적으로 표현되었다. 당시의 물질문명의 급격한 팽창은 수천 년을 내려오던 전통문화에 대하여 도전장을 내밀었다. 특히 중국 근대 역사가 말해주듯이 1930년대는 이미 서구의 각종 문화와 사조가 제한 없이 밀물처럼 밀려들던 시기였다. 따라서 여러 부류의 사상과 철학이 서로 엉켜 수입되고 가치 질서가 재정리되어야 했다. 때문에 1930년대는 그 시대적 흐름과 가치판단을 단정키 어려웠던 극히 갈피를 잡기 어려운 혼돈 시기라고 할 수 있다. 이리하여 문학계에서도 여러 가지 유파와 단체가 공존하면서 서로 충돌하였다. 그 중 해외파의 한 갈래로 불리는 중국 '신감각파'[75]는 당시 중국 문단의 주류를 이끌어오던 리얼리즘 문

---

74 30년대 상하이는 이미 반식민지 상태의 현대적인 대도시가 되었고, 자본주의 상품문화가 기형적으로 변화했고, 여러 나라의 조계의 영향을 받아 이국적인 특색도 지니고 있었다. 중국 신감각파 작가들은 기형적으로 변화한 대도시인 상하이에서 병적인 도시문명을 접하였다. 도시의 병적인 문명은 작가에게 풍부하고 다채로운 인상과 다양한 자극을 주어 그들의 감각세계를 활발하고 풍부하고 만들어 주었던 것이다.

75 중국에서 '신감각파'가 형성된 원인을 정리하면 다음과 같다. 첫 번째는 앞에서 밝히 바와 같이 '신문화운동'의 영향을 들 수 있다. '신문화운동'이 가져온 프로이트의 작품들이 중국 신감각파에게 심리 분석의 샘플로 되고 문학 중에서 운용되었다. 5.4시대의 정신도 '신감각파'에게 큰 영향을 끼쳤다. 봉건주의를 반대했다는 것은 5.4 시대 정신의 중요한 내용이다. 두 번째, 일본 신감각파의 소설과 창작 이념은 중국 '신감각파'의 형성과 발전에 가장 직접적인 영향을 주었다. '신감각파'라는 또한 명칭은 일본에서 처음 시작되어 있다. 그들은 일본의 신감각파를 참조하여 상하이라는 도시에서 생겨난 새로운 감각을 글로 풀어내고자 하였다. 그러나 그들이 이뤄낸 성과는 일본과 조금 다른 것이었다. '인간의 내면 심리 분석'에 초점을 둔 스저춘 환상적인 장면이나 초현실적인 장면들을 선보였으며 도시 생활을 소재로 한 류나오어, 무스잉은 도시 삶 속에서 맛보는 고독과 좌절, 그리고 방황을 핍진하게 그려냈다. 세 번째, 중국 계급 모순 및 민족 모순이 나날

학으로부터 소외를 당하여 큰 문학 갈래를 형성하지는 못하였으나 예술
상에서 유일하게 성공한 유파라고 할 수 있다.[76] 중국 모더니스트들은
도시 감수성이 뛰어났다. 신감각파 개인적이고 내면적이며 감각적인 근
대성 체험을 담은 문학 작품을 창작한다. 이 문학 작품을 통해 예술적
근대성을 추구하기 시작하였다. 그래서 사회에 뿌리를 두고 정치를 위한
민중 계몽 현실주의적 작가들과 다르다. '동방의 파리'라고 불리던 상하
이의 근대 도시 물질적 공간, 현대적 의식 및 상하이인의 자본주의 소비
생활패턴은 신감각파 모더니즘 소설의 잉태에 충분한 외부적 환경을 제
공해주었다. 그래서 신감각파는 중국에서 가장 먼저 형성된 본격적인 모
더니즘 문학 유파이라고 할 수 있다. 신감각파의 탄생은 1929년 9월 류
나오어가 창간한 『무궤열차(無軌列車)』 반월간에서 시작되었다. 스저춘은
'신감각파'의 핵심 인물로서 류나오어 등과 함께 「무궤열차」, 「신문예」,
「현대」를 창간했고 작가 활동을 했다.

　한편으로 중국 신감각파는 일본 신감각파의 직접적인 영향을 받고 형
성되었다. 일본 신감각파의 소설과 창작 이념은 중국 '신감각파'의 형성
과 발전에 가장 직접적인 영향을 주었다.[77] '신감각파'라는 명칭은 일본
에서 처음 시작되었다. 중국 신감각파와 일본 신감각파의 관계에 대해서

　이 첨예화되던 사회 현실의 영향이다. 당시 어떤 작가들은 암흑한 현실에 대한
불만을 가지는 동시에 사회 개혁의 힘도 찾지 못하고, 전망이 막막하고도 자존심
을 유지하는 데 온 힘을 다하고 있었다. 국난이 눈앞에 닥쳤을 때 일부 열혈 사
내들은 민족을 위해 분주하는 동시에 또 일부 사람은 십자로에서 망설이고 삶의
어려움과 희망의 막막함으로 인해 절망하거나, 심지어 잠시의 향락으로 신경을
마취시킴으로써 잠깐의 고통을 잊으려 하고 있었다. 중국 '신감각파' 소설이 바로
이 시대의 일부분 사람들이 전망하여 향락을 추구했다는 생활 형태와 퇴폐적이고
슬픈 내적 심리를 진실하게 그려냈다.

76　嚴家炎, 『中國現代小說流派史』, 人民文學出版社, 1987, 127면.
77　김종훈, 앞의 논문, 104면.

는 '영향설', '모방설', '이식설' 등이 있는데, 이는 두 유파가 밀접한 관계를 지니고 있음을 지적하는 것이다. 중국 신감각파의 류나오어와 무스잉은 일본 신감각파의 직접적인 영향을 받아 이들의 창작 방법을 수용하였고, 이들을 통해 스저춘도 일본 신감각파의 영향을 받았다. 스저춘은 일본 신감각파를 통해 모더니즘을 받아들인 것이 아니라, 직접 프로이트의 영향을 받은 것이라며 일본 신감각파와 스저춘과의 직접 관계를 부인하는 의견도 있다. 그러나 그의 작품에 보이는 주인공의 심리 변화와 환경 변화를 빠른 속도감으로 표현하며, 시각·청각·후각·미각·촉각을 대상화시켜 강렬한 감성과 입체감을 지니게 하는 예술 등은 분명 일본 신감각주의의 영향이라고 볼 수 있다.[78] 그것뿐만 아니라 처음 중국의 신감각파 작품에 대해 신감각을 느꼈다고 하는 사람은 「스저춘의 신감각주의 - 「파리 대극장에서」와 「마도」」라는 문장을 쓴 좌익 평론가 러우스이(樓敵夷)이다. 그는 스저춘의 소설에서 나는 일본 신감각주의 문학의 그림자를 엿본 것 같았다[79] 라고 평가했다. 그러므로 스저춘을 비롯된 중국의 신감각파 작가들이 일본 신감각파의 작품을 참조하여 상하이라는 도시에서 생겨난 새로운 감각을 글로 풀어내고자 하였다고 볼 수 있을 것이다.

신감각파 창시자인 류나오는 일본 현대 소설집 번역문인 『색정문화(色情文化)』라는 책머리에 「역자의 말(譯者題紀)」를 달고 다음과 같이 말하였다.

"문예는 시대의 반영이므로, 좋은 작품은 반드시 시대의 색채와 공기

---

78   천현경, 「1930년대 현대파 소설 연구」, 성균관대 박사논문, 1997, 48면.
79   樓適夷, 「施蟄存的新感覺主義 - 讀了 <在巴黎大戲院>與 <魔道>之後」, 『文藝新聞』 33期, 1931.

를 묘사해야 한다. 이 시기에 현재 일본의 시대색채를 묘사하여 우리에
게 보여줄 수 있는 것은 '신감각파' 작품뿐이다. 여기에 선정된 카타오
카, 요코미스, 이케타니 등 3인은 모두 이 파벌의 실력자들이다. 이들은
모두 현대 일본 자본주의 사회의 썩어가는 시절의 불건전한 삶을 묘사
하고 있으며, 작품 속에는 내일의 사회에 대한 새로운 길을 암시하고 있
다."[80]

여기서 류나오는 일본 '신감각파' 거장들을 예를 들면 좋은 글이 란
시대 색채와 공기를 묘사해야 한다고 말한다. 즉 류나오는 신감각파가
시대 변화에 민감하게 반응하는 도시문학을 고도화하기 위해서라고 지
적했다. 그는 기계문명 발명과 그에 따른 변화를 극대화한 도시의 근대
적 모습을 시대 색채로 묘사하면서 그곳에서 일어난 자본주의 사회의
부패한 면모를 드러냈다. 또한 새로운 것에 민감하게 반응하여 문학으로
직접 표현되는 도시 문학을 발전시킴으로써 작품 속에서 사회와 미래의
길을 암시하고 있다.

한편 서구의 모더니즘도 신감각파의 형성과 작품의 풍격에 대해서 주
제와 제재·형식 등 여러 면에서 커다란 영향을 미쳤다. '신문화운동'이
가져온 프로이트의 작품들은 중국 신감각파에게 심리 분석의 샘플이 되
었고, 문학 중에서 운용되었다.[81] 당시의 중국 사회는 계급투쟁이 치열
하였는데 중립적인 입장을 취했던 신감각파는 방황과 불안 속에서 계속

---

80   文藝是時代的反映, 好的作品總要把時代色彩和空氣描出來的。在這個時期里能够把
        現在日本的時代色彩描給我們看的也只有新感覺派一派的作品。這兒所選的片岡、
        橫光、池谷等三人都是這一派的健將。他們都是描寫這現代日本資本主義社會的腐爛
        期的不健康的生活, 而在作品中表露着這 些對于明日的社會, 將來的新途經的暗
        示。
81   천현경, 위의 논문, 50면.

고민하며, 허무한 정서와 감각을 서구 모더니즘에 의지할 수밖에 없었다. 그리하여 중국 신감각파는 모더니즘 문예사조와 자연스럽게 인연을 맺게 되었다. 그들의 소설의 서사 기법은 전통적인 것과는 전혀 다른 새로운 것이었으며, 직관적이고 감각적인 언어 구사, 의식의 흐름, 몽타주 등 심리주의 묘사 수법을 사용하였다.

신감각파 작가의 서술 방식이나 표현 기교는 모두 새로운 탐색과 시도라고 평가될 정도로, 그들은 새로운 표현에 대해 골몰하였다. 인간의 주관적 감각을 중시했는데, 인간의 감각 중에서 특히 시각을 주로 표현하였다. 따라서 개성적인 색채 묘사에 의한 시각 효과는 그들 문학의 특징의 하나로 자리 잡게 되었다. 신감각파의 심리소설은 인간의 복잡 미묘한 내면 심리를 표현하고자 하였다. 그런데 이러한 내면 심리는 쉽게 언어화하기 힘들기 때문에 이미지나 상징을 통해 인물의 내적 심리를 표현하고자 하였다. 신감각파의 작가들은 외부로부터 인물의 성격과 사상 감정을 묘사하는 것을 반대하고, 안에서 밖으로 표현할 것을 주장하였다. 따라서 이들은 자유로운 주인공의 내적 심리를 의식의 흐름, 내적 독백 등으로 표현하였다. 인물이 활동하는 공간은 수시로 변하고 시간은 전도되며 서술의 시점이나 화자도 일관되지 않는다. 시간적으로 앞서 일어났던 일이 뒤에 일어난 일과 맞바꾸거나 중간 중간 섞이기도 하여 내용을 파악하기가 어렵다. 결국 인물과 현실의 관계가 분리되고, 시간 개념도 불분명해지며, 시점의 복합으로 인해 서술의 층위가 불분명하게 되었다. 그러나 이러한 서사 기법은 독자에게 새로운 감각을 느끼게 해주며, 혼란한 사회 현실을 표현하기에 적절하다고 할 수 있다. 또한 인물의 의식에 따른 사건의 전개는 작품 전체에 간결함과 속도감을 보여줄 있다. 신감각파는 새로운 감각을 이용하여 작품을 창작하며 새로운 감각

의 발견과 사물에 대해 새롭게 느끼는 방법을 모색하고자 했던 모습을
보여주었다.

신감각파 소설의 인물들은 대부분 불안과 소외, 절망감, 공허감 등 정
신적 고통에 시달린다. 이들의 정신적 공통점은 향촌과 농업을 중심으로
한 전근대적(前近代的)인 봉건문화와 사회·경제 구조 속에서 생활하던 사
람들이 자본주의 경제 구조, 그리고 도시와 현대라는 새로운 시간적·공
간적·문화적 환경에 적응하지 못하여 비롯된 결과라고 할 수 있다. 이러
한 부적응은 인물을 둘러싼 환경, 즉 자아와 세계 사이의 균열 현상이라
할 수 있다. 전통적 가치관과 구질서의 붕괴는 인간과 인간, 인간과 세
계 사이의 의미 있는 관계를 일시에 파괴하였고, 그 결과 인간은 각자
고립된 상태에서 생의 문제와 맞닥뜨리게 되었다. 고립된 상태에서 인간
은 자신의 내부로 관심을 돌리게 되었고, 이것이 신감각파의 심리소설에
표현되었다.

신감각파는 도시 문화의 현실과 감각에 입각하여 일반 계층의 소외감
과 고독감, 그리고 현대 도시의 중심부에 자리 잡은 상류 사회의 부패한
생활에 대한 불만과 비판을 토로하면서도 어느 정도 병적인 감상 심리
를 띠고 있어 적극성과 소극성, 진보와 낙후가 함께 존재하고 있었다.[82]
이러한 모순 현상이 바로 신감각파 소설 내용의 특징 가운데 하나이다.
이러한 경향은 당시 상하이의 병적이고 기형적인 도시 문화와도 일치하
다. 그런데 무엇보다도 '신감각파' 소설의 예술적 특징 가운데 가장 대
표적인 하나는 '이중 심리'를 묘사한 것이다. 그리고 이러한 병적인 심
리를 가장 잘 드러낸 작가가 바로 스저춘이다.

---

82   정수국, 윤은정 역, 『중국현대문학개론』, 신아사, 1998, 82면.

　류나오와 무스잉의 심리소설이 정욕의 세계와 에로스를 생동감이 있게 드러낸 퇴폐적인 문학이라면 스저춘의 소설은 에로스의 배후에 숨겨 있는 인간의 모순적인 심리에 주목했다고 할 수 있다. 즉 류나오와 무스잉은 주로 일본의 '신감각파' 이론에 심취되었지만 스저춘은 주로 프로이트 정신분석학 이론에 치우쳤던 것이었다. 그 것은 그들의 문학적 수양과 개인의 취향에 따른 결과이며 창작 측면에서도 서로 다른 특징이 생겨났다. 그는 프로이트의 정신분석학 이론, 헥리스의『성심리학』, 오스트리아 심리분석 소설가 슈니츨러(ASchnitler)[83] 등의 이론과 작품에 영향을 받았다. 1920년대 말 스저춘은 오스트리아 심리분석 소설가 슈니츨러의 많은 작품을 읽었다. 스저춘은 마음속으로 그것을 지향하면서 이 부류 소설의 섭렵과 탐사에 박차를 가하였는데, 소설의 번역뿐만 아니라 작기 작품에 심리분석의 방법을 인식하는데 힘을 기울이었다. 스저춘은 또한 심리소설과 심리분석소설을 엄격히 구분하였다.

　스저춘은 초기 소설에서 향토적이고 전통적인 기조로 인물의 내면을 발굴하는 데 성과를 얻었다면 중기에 와서는 전문적으로 성심리(性心理)를 발굴하는 데까지 발전하였다. 이런 변화는 위의 인용문에서 말한 바와 같이 스저춘은 서구 심리분석 소설가의 작품을 탐독하고 번역하면서 거기에 심취되었던 사정이 계기로 작용한 것이다. 이로써 그의 창작성과도 프로이트의 정신분석학을 소설적으로 표현하는 방면에서 이루어졌다. 그는 당시 소설집을 펴내면서 다음과 같이 말하고 있다.

83　　슈니츨러 ASchnitler(1862~1931)는 오스트리아의 극작가이고 소설가이다. 그는 일찍 프로이트와 사귀었고 그의 이론으로 창작을 했다. 그해서 문학상에서는 프로이트의 쌍둥이 그림자라고 일러지기도 하였다. 그는 인물의 내심을 파고들어 현실과 환각, 진실과 가상을 조화시켜 아련하고 신비로운 색채를 만들어낸다.

스저춘은 슈니츨러부터 프로이트를 알게 된 것으로, "슈니츨러의 소
설을 보고 소설 속 인물의 심리에 대한 묘사가 심해졌다. 나중에 알고
보니 심리치료가 당시 유행이었다는 것을 알고 프로이트의 책을 읽었다.
당시 영국의 아이리스는 'Psychology of sex'(『성심리학』)라는 4권의 책
을 출판하여 프로이트의 이론을 크게 요약하고 발전시켰으며, 문학상의
예를 많이 들었다. 저도 이 책을 읽었기 때문에 당시 심리학적으로 새로
운 방법이 생겼고 이미 문예 창작에 영향을 받는 사람이 있었는데 저도
그 중 하나였습니다."[84] 프로이트 학설의 영향을 받은 스저춘은 『나의
창작생활의 경험』에서 "내 소설은 단지 약간의 Freudism을 응용한 심
리분석에 불과하다는 것"[85]이라고 말한다. 즉 스저춘은 오스트리아의 심
리 분석 소설가인 슈니츨러의 많은 작품을 읽었고 프로이트의 정신분석
학을 통하여 사람의 내면 심리 세계를 탐구하여 심리소설의 매력을 보
여주었다. 스저춘은 평생 외국 문학 번역과 연구를 해왔기 때문에 외국
문학 번역은 그의 문학 활동 중에서 중요한 요소로 작용하고 있다. 즉
그가 창작한 심리묘사 소설들은 외국 작품을 번역하는 과정에서 영향을
받게 된 것이다. 스저춘이 좋아하고, 번역을 제일 많이 한 작품은 바로
오스트리아의 슈니츨러의 작품들이다. 그는 번역을 하면서 원 작품의 예
술적 풍격과 주제 사상을 잘 살리고 형식의 틀을 잘 갖추고자 노력하였다.

스저춘은 소설집 『상원등(上元燈)』을 창작하는 과정에서 슈니츨러의 의

---

84   施蟄存是從顯尼誌勒這裏開始了解弗洛伊德的, 他說 :"看了顯尼誌勒的小說後, 我
      便加重對小說人物心理的描寫。後來才知道, 心理治療方法在當時是很時髦的, 我便
      去看弗洛伊德的書。當時英國的艾裏斯出了壹部 'Psychology of sex'(『性心理學』),
      四大本書, 對弗洛伊德的理論來個大總結和發展, 文學上的例子舉了不少。我也看了
      這套書, 所以當時心理學上有了新的方法, 文藝創作上已經有人在受影響, 我也是其
      中壹個。施蟄存, 『沙上的足跡』, 沈陽: 遼寧教育出版社, 1995, 175면.
85   施蟄存, 『燈下集』, 北京, 開明出版社, 1994, 55면.

식 흐름을 나타낸 소설을 번역하고 있었고, 그의 심리묘사 방법을 참고
한 것으로 보아, 『상원등』은 슈니츨러식의 심리묘사 소설을 최초로 시
도한 것이라고도 볼 수 있다. 이후, 스저춘은 프로이트 심리 분석 이론
을 운용하여 심리소설 「구마라습(鳩摩羅什)」, 「장군 저두」, 「석수(石秀)」와
같이 역사를 소재로 한 소설들을 창작하였고, 현대의 도시 생활을 묘사
한 「파리 대극장에서」, 「마도」 등을 연속적으로 창작하였다. 그의 심리
소설 작품은 거의 소설집 『장군 저두』와 『장맛비가 내리던 저녁』에 담
아 출판이 되었는데, "이 두 소설집은 스저춘 심리소설의 최고 성과일
뿐만 아니라, 중국 현대 문학 심리소설 분야에서의 최고 성과이기도 하
다. 30년대는 스저춘의 창작 전성기였다.[86] 프로이트의 심리 분석을 이
론 배경으로 하는 스저춘의 심리 분석 소설은 그가 모더니즘의 길로 나
가는 중요한 경로였다. 오푸휘이(吳福輝)가 말했듯이 스저춘은 "오스트리
아 정신분석 학파의 창시자 프로이트와 영국의 성 심리학자 엘리스
(Havelock Ellis)에서, 신감각파 문학이 근거로 하는 이론 중의 하나인 프
로이트주의에서 일종의 눈빛을 얻었고 일종의 인류 심령의 탐색기를 찾
아내어 자신의 소설을 철저히 개조하여 중국 심리 분석 소설을 위해 살
아 있는 표본을 제공해주었다.[87] 스저춘은 자신의 소설과 관련하여서
'psychoanlysis(심리분석)은 20세기 20년대의 것으로, 나의 소설은 심리
분석 소설이라고 해야 할 것이다'라고 하였다. 왜냐하면 이 속에서 말하

86　　"這兩個集子不僅是施蟄存心理分析小說的最高成就, 而且施中國現代文學心理分析
　　　小說的最高成就, 這時是他風華正茂的時期."(楊迎平, 「施蟄存傳略」, 『新文學史料』
　　　第4期, 2000, 154면.)

87　　"直接從奧地利精神分析學派的創始者佛洛伊德和英國性心理學家藹理斯那裏, 從現
　　　代派文學所依據的理論之一佛洛伊德主義那裏, 獲得一種眼光, 覺得一種人類心靈的
　　　探測器, 從而徹底改造了自己的小說, 為中國心理分析小說提供了活的標準." (吳福
　　　輝, 「中國現代作家與外國文學」, 『走向世界文學』, 湖南人民出版社, 1985, 284면.)

고 있는 것은 일반적인 심리가 아니라, 심리의 複雜性으로, 여기에는 上
意識, 下意識, 潛在意識이 들어 있기 때문이다."[88]라고 하였다. 스저춘은
외부 현실을 단순하게 묘사하려 하지 않고, 심리 분석 이론을 소설화하
며 새로운 내적 리얼리즘을 창조하려 하였다. 또한 이들은 등장인물의
동작이나 외모, 표정에 대해 상세히 묘사하지 않음으로써, 독자가 등장
인물의 배경이나 내력에 대해 쉽게 알 수 없게 한다. 스저춘의 어떤 작
품에서 인물들은 이름조차 없이 '나'로만 등장하는 경우가 많다. 단지
인물의 내면 의식을 통해서 그 인물을 파악하고 이해해야 하는 것이다.
그러나 그 결과 인물에 대해, 그의 깊은 내면세계에 대해서는 더욱 잘
이해할 수 있게 된다.

　스저춘의 작품 또한 대부분의 인물들이 부조리한 삶과 시대적 환경에
잘 적응하지 못하는 모습을 포착한다. 특히[89] 인간의 성본능이 문명에
의해 억압되면서 내면화되는 심리 갈등을 섬세하게 드러낸다. 작중 인물
들은 자신의 삶에서 권태감이나 억압감을 느끼는데 그러한 감정은 점차
불안감, 공포감, 신경쇠약, 환각 등으로 악화된다. 갑자기 변하는 시대
환경과 괴리감을 느끼면서 타인과 거리를 좁히지 못하고 오히려 의심을
품는 바, 인간관계에서 절망감을 느끼게 된다. 스저춘은 도시 풍경에서

88　"psychoanlysis(心理分析)是二十世紀二十年代的東西, 我的小說應該是心理分析小
　　說, 因為裡頭講的不是一般的心理, 是一個心理的複雜性, 它有上意識, 下意識, 有
　　潛在意識."(施蟄存, 『沙上的腳跡』, 遼寧教育出版社, 1995, 177면)

89　施蟄存, 『十年創作集』, 795면, 「梅雨之夕後記」에서 스저춘은 "독자들은 아마도
　　짐작했을 것이다. 나는 「마도 魔道」의 글쓰기부터 「흉가 凶宅」의 창작에 이르기
　　까지 분명히 마도로 가는 길에 들어섰다. (讀者也許會看得出我從「魔道」, 寫到「凶
　　宅」, 實在是已經寫到魔道裡去了。)"라고 말하였다. 재인용: 한영자, 「예링펑(葉靈
　　風)과 스저춘(施蟄存) 도시소설의 에로틱과 그로테스크 미학 연구」, 『외국학연구』
　　24호, 2013, 387-414면.

언뜻언뜻 비치는 여러 이미지를 통해 인간의 고독과 우울을 담아냈을 뿐 아니라, 문명과 도덕으로 억압된 성적 욕망도 드러냈다.

스저춘은 서구 문학에 가장 심취된 학문이 깊은 신감각파 작가로 알려져 있다. 1930년대에 그는 사실주의와 맥을 잇는 사회소설을 쓰는 주류 대열에 합류하지 않고 오히려 비이성적인 힘에 눈을 돌려, 인간의 낯선 내면에 천착하여 예술에 대한 모험적인 도전을 시작하였다. 그는 1930년대에 도시적 삶을 바탕으로 하는 변태적이고 기괴한 심리소설에 대한 탐구를 시작하여 스스로 '마도'에 빠져들었다 할 정도로 「마도 魔道」, 「야차 夜叉」, 「장맛비가 내리던 저녁 梅雨之夕」, 「파리의 대극장에서 在巴黎大剧场」, 「여인숙 旅舍」, 「밤길 宵行」, 「흉가 凶宅」 등 실험적인 초현실주의 작품을 잇달아 내놓았다. 스저춘은 중국의 진정한 심리소설을 창시하였고, 현대 생활과 현대 정신을 표현하는 것을 자신의 소설 문학의 사명으로 여긴 작가이다.[90] 그는 상하이 근대 도시의 풍경과 그 속에서 삶을 영위하는 사람들의 심리 상태를 감성적으로 표현한다. 그 감성적 측면을 사실적이고 직접적으로 포착했다. 그래서 그는 이전의 소설가들에 비해 예술적으로 새로운 탐구를 시도한 작가이다. 즉 본격적인 심리소설 작가로 자리를 잡게 되었고, 그의 심리소설은 기존의 동서양을 아우르는 다양한 실험과 탐구 속에서 새로운 형식을 보여준 소설로 평가받고 있다. 스저춘은 반식민지·반봉건적 중국사회에서 도시의 문명과 새로운 가치를 주로 묘사하며, 그 속에서 혼동과 절망의 부유한 중산층의 왜곡된 삶을 부정적으로 표현한다. 특히 인간의 내면을 파헤쳐 유동적이고 도약적인 언어로 깊이 있게 표현하는 데 중점을 두었다.

---

90   王文英, 『上海文學史』, 上海人民出版社, 1999, 357면.

서구 모더니즘과 일본 신감각파의 영향을 받은 스저춘은 의식에 근거를 둔 문학의 내적 형식을 창조하였다. 이는 중국 현대문학에 아주 낯설지만 의미 있는 모더니즘 문학의 영역을 개척하였다. 스저춘은 글쓰기에 있어서 심리분석, 의식의 흐름, 내면독백, 몽타주 등 다양한 창작 기교와 수법 등을 시도하였다.

1930년대 한국과 중국의 심리소설 문학은 사회적 환경과 문학적 토대에 의해 서로 차이가 있었지만, 공통점도 많은 것은 분명하다. 즉 1930년대 한국과 중국의 심리소설 문학의 형성 배경과 이론적 탐색은 많은 면에서 공통성을 갖고 있었다. 우선 1930년대 한국과 중국의 심리소설 문학의 배경에는 서구의 모더니즘이라는 잡다한 사조와 유파의 영향을 받았다. 그리고 이것들은 모두 당시 일본을 매개로 서구와의 접촉을 이루어 왔던 것이다. 다음으로 심리소설의 생성 기반은 1920-1930년대 경성(서울)과 상하이와 같은 도시들인 것이다. 한·중 심리소설은 1920년대 경성과 상하이 도시의 생김새 모두 반영되었기 때문이다. 당시 경성은 일제의 식민지하의 수도였고 상하이는 반식민지로 전락된 금융·경제 도시로서 그것들은 모두 주체적인 의도에 의해 자주적으로 형성된 도시가 아니다. 외부 침략 힘과 무력적인 압력에 의해 타율적으로 이루어진 근대 도시로서 서구적인 근대 도시와는 구별된 공통적인 문화적 토대와 특징을 갖고 있었다. 한국 '단층파' 동인들과 중국 '신감각파' 동인들이 소설 형식과 기교 방면에서 신선한 풍격을 추구하고 있다는 공통점이 있다. 하지만 한국의 경우, 편 내용주의와 이데올로기 문학에 대한 대립에 주로 집착하여 전통 부정의 폭이 협소하고 제재가 단일하다는 특징이 있다. 반면 중국의 '신감각파'들은 일본 '신감각파'의 이론과 프로이트의 이론을 답습하여 제재의 범위가 넓어졌지만 모방의 흔적이다분하고 창작실천을 통해 이론의 틀 속에서 실험하고 있는 특징이 있다.

위의 논의에서 살펴본 것을 요약하자면 다음과 같다. 한국과 중국의 심리소설은 1930년대 후반 일본을 통해 들어왔다. 서구 신심리주의 이론 및 작품이 일본을 통해 들어오면서 일본의 신심리주의 경향이 반영될 수밖에 없었다. 그 영향으로 한국과 중국의 심리주의 소설은 많은 부분에서 유사성을 가지고 있다. 한국 단층파와 중국 신감각파는 식민지 대도시에 적응하지 못하고 떠도는 인물의 내적 심리를 표현하는데 중점을 두었다. 그리고 두 유파는 기형적인 사회 환경 속에 살아가는 인간들의 병적인 심리를 표현하는데 초점을 맞추었다. 감각의 표현에 있어서 단층파와 신감각파는 단순하게 묘사하지 않고, 주관적인 감각 인상을 객관에 투사하여 더 강한 감각을 보여주려 하였다. 즉 작가의 주관적 감각을 강조하기 위해 단순히 한 가지 감각만을 이용하여 표현하지 않고, 시각·청각 등 인간의 모든 감각 기관을 동원하여 표현하는 공감적인 문체가 그것이다. 또한 두 유파는 데카당스를 세련된 미의식과 결부시켜 우울한 정서를 가진 공통점이 있다. 한국의 단층파와 중국의 신감각파는 비록 짧은 한 시기를 풍미하는 데 그쳤지만 동시대 문단에 남긴 문학적 공헌과 영향은 적지 않다. 그들의 소설은 서구 모더니즘의 수용과 일본 신감각파의 영향을 받아 동시대 평양과 상하이를 배경으로 한국과 중국의 사회 현실과 그에 대한 작가 의식 등을 융합시켜 새로운 문학 형식을 창조함으로써 현대 소설의 영역 확대와 발전에 새로운 길을 열었다. 즉 단층파와 신감각파의 심리소설은 내용과 형식 등에 있어 이전 시대나 동시대의 소설들과는 다른 모습을 보여주었다. 이러한 공통점을 바탕으로 단층파의 특징을 잘 보여준 최명익과 신감파의 대표적인 작가인 스저춘을 비교 연구하는 것은 한국과 중국 심리소설의 변별성을 구체적으로 보여줄 수 있는 의미를 지닌 작업이라고 할 수 있다.

제2장 서사 구조를 통해 나타난 내적 심리

1. 질병 서사와 불안감

질병은 문화 충돌과 교환의 상상력과도 매우 밀접한 관련성을 가지고 있다. 문화 충돌과 교환의 상상력은 콜럼버스의 교환(columbian exchange)에서 차용한 것이다. 엘프리드 W. 크로비스는 1492년 콜럼버스에 의해 구대륙과 신대륙 간 문명 교류의 역사에 착안해서 이 용어를 활용했는데, 선진국에서 신대륙 원주민에게 전달한 질병에 대해 환경 문화사적 성찰을 보여주고 있다.[91] 문명이 충돌하면서 교환하는 것 중 가장 치명적인 질병의 교환은 조선 일제 강점기 역사에서도 일어나고 있는데, 황상익은 조선의 근대 의료 도입 과정과 일제 강점기 질병의 역사를 다루면서 크로비스가 논의한 콜럼버스의 교환을 직접적으로 활용하고 있다.[92] 그래서 20세기의 한국 현대 소설에서 매우 뚜렷한 특성 중 하나를

---

91 엘프리드 W. 크로비스, 김기윤 역, 『콜럼버스가 바꾼 세계: 신대륙 발견 이후 세계를 변화시킨 흥미로운 교환의 역사』, 지식의 숲, 2006, 79-117면.

지적한다면 질병 내지 병리에 대한 친근성이다. 소설 속 공간에서 질병이 만연하고, 심신이 아프거나 병든 불건강한 상태의 인물들이 많이 출현할 뿐만 아니라, 그들의 질병의 조건이나 상태가 중요한 서사 내용으로서 제시되기 때문이다.[93] 현대 소설은 문학적 상상력에 있어서 질병의 의의가 확대되고 있다. 질병은 현대문학의 미학적 영역에서 매우 중요한 비유 대상이고, 문학적으로도 중요한 징표가 되며, 더 나아가 시대적인 징후의 표상으로서도 그 역할을 발휘한다. 질병은 개인의 경력이면서도 다른 한편으로는 사회 문화의 구성이기도 한다. 개인의 질병 현상은 본질상 인간, 사회, 문화의 관계망 속에 존재한다. 현대 소설에서 질병의 은유는 일종의 수사와 서사 방식이며 작가들이 전달하려는 의미 생성의 장치인 셈이다. 질병은 서사의 출발부터 종말까지를 이끄는 동력으로 작용하고 있는데 각각의 질병이 내포하고 있는 심층적 의미를 사회·경제와 윤리·도덕, 개인과 사회의 측면에서 파악해야 된다. 즉 문학작품에서 질병 서사는 단순히 신체의 질병을 의미하지만 더 중요하게는 사회적 병리 현상을 형상화한 역할을 한다. 여기에는 신체의 조직들과 사회 부분과의 유비적 속성뿐만 아니라 신체가 사회라는 외계를 내부로 받아들이는 매개체라는 이유가 들어 있다. 이 내부는 사회현상을 심리적으로 수용하여 빚어지는 인간의 내면을 가리킨다.

인간의 '불안감'이란 어느 시대 누구에게나 존재할 수 있는 내면 정서이다. 다만 그 시대와 당대의 문화적 양식에 따라 다소 강도와 유형이 다르게 나타날 뿐이다. 그리고 불안 자체는 매우 추상적인 개념이기 때

---

92   황상익, 『콜럼버스의 교환: 문명이 만든 질병, 질병이 만든 문명』, 을유문화사, 2014, 36-40면.

93   이재선, 앞의 책, 81면.

문에, 명확히 정의하기 어렵다. 그렇지만 불안은 감지할 수 있고, 드러날 수 있는 감정의 한 유형이므로, 그 원인적인 요소와 결과라는 현상에 대해서는 관찰이 가능하다. 본장에서 다루고자 할 불안감은 근대 식민지 시대가 배태한 독특한 불안의 양상을 보이고 있다. 근대사회는 이전의 봉건사회에 비해 기술 발달, 도시화, 자본주의 발달 등의 특징이 있다. 1930년대 한국과 중국 문학에 나타난 불안감은 식민지 지식인의 병적인 절망과 무서움, 무기력이 주된 흐름을 이루고 있다. 이 시기 대부분의 작가는 불안감을 극복하기 위하여 적극적이고 능동적인 자세를 취하기보다 절망과 허무의 분위기를 그려내는 데에 집중한다. 즉 지식인 삶의 치열성이 거세되어 있다는 점에서 지극히 피동적인 모습으로 드러난다. 게다가 육체와 정신적인 질병 억압으로 인해 그들의 불안감은 더욱 뚜렷하게 나타난다.

1920-1930년대 리얼리즘 소설에서 나타난 질병과 근대 식민지의 부정성의 관계를 많은 연구자가 이미 연구해 왔다. 근대소설에서 다룬 질병 문제는 많은 연구자들이 질병의 은유적 의미에 대해 꾸준한 연구를 해왔다는 것을 통해서 질병 서사는 근대소설에서 소홀히 할 수 없는 중요한 요소라고 할 수 있다. 소설이 사회 현실(원칙) 세계의 쾌락(원칙)자아를 어떻게 억압하고 있으며, 그것은 올바른가 아닌가를 반성하는 소산[94]이라면, 질병은 병든 신체를 통해 사회의 모순과 억압을 비판적으로 형상화하는 작업이라고 할 수 있다. 1930년대 심리소설에서 병든 인물이 자주 등장하는 이유 또한 같은 맥락에서 볼 수 있다. 심리소설에서 질병은 인물의 내면적인 심리와 불가분의 관계성을 지니기 때문에 반복된

---

94   김현, 『분석과 해석/보이는 심연과 안 보이는 역사 전망』, 문학과지성사, 1992, 218면.

질병 서사를 통해서 인물의 불안감을 탐구하는 것은 적절하다고 생각한다. 불안감은 질병으로 일어난 정서이며 질병을 통해서 형상화된 심리이기도 하다. 최명익과 스저춘의 심리소설 속에 재현된 인물들은 결핵이나 암과 같은 뚜렷한 신체 질병을 앓거나 히스테리나 신경쇠약 등 정신적인 질병을 앓기도 한다. 그들의 심리소설 속에 질병의 출현은 매우 빈번한데, 육체적인 질병이나 정신적인 질환이 작품에서 불안감을 어떻게 형상화하는지 본장에서 고찰할 것이다. 또한 이런 병적 서사에서 나타난 불안감은 어떤 사회 현상을 내포하고 있는 것인지 살펴보도록 하겠다.

1) 결핵 질병 서사와 불안감

신체적인 질병은 문학작품 속에서 타락한 사회, 인간성 및 부당한 문명을 비판하거나 울분의 시대적 정서를 드러내기 위한 수단으로 사용되기도 한다. 결핵은 흔히 빈곤이나 결핍-여윈 신체, 불을 때지 못하는 방, 취약한 위생, 부적절한 음식 등의 질병이라고 상상된다.[95] 즉 결핵의 징후는 기침 발열 다한증 식욕 증진 성적 욕망의 항진이고, 그 원인은 가난으로 인한 영양실조, 여윈 신체, 환기가 제대로 되지 않은 실내, 취약한 위생 시설 등이 원인이 되어 전반적으로 약해진 몸에 결핵 세균이 침투하여 생겨나는 질병이다. 외부로부터의 세균의 침탈로 인한 병듦, 심신에게 큰 위협을 주는 질병은 식민지 시대에 살아가는 인간에게 빈곤한 모습을 안겨 줄 뿐만 아니라, 그들의 불안한 내면 심리를 드러내는 장치이다. 식민지 시대 현대 소설에 등장한 결핵은 빈곤, 무기력함, 불안 등 당시 한·중 구성원이 처한 상황에 대한 병적 은유라 할 수 있다.

---

95   위의 책, 10면.

최명익의 「폐어인」에서 현일은 M학교의 교원이었지만 학교 재단의
해체로 인하여 석 달 전에 실직했다. 처음에는 퇴직금으로 근근이 살아
왔으나 점차 생활이 어려워져 아내의 '삯바느질'로 생계를 유지하고 있
기에, 그는 되도록 빨리 직업을 구해야 하는 형편이다. 이러한 실직의
좌절감뿐만 아니라, 오래전부터 각혈하기 시작한 결핵의 고통은 더욱 심
해져 그는 매일 천정만 바라보며 누워 있다. 신체적으로 자유롭지 못한 현
일은 무기력과 미래에 대한 전망 부재로 불안한 내적 심리를 가지게 된다.

> 현일이가 처음 각혈을 한 것은 그때였다. 그때 그는 쏟아놓은 요강의 피
> 를 들여다보며 이를 스리 물고 두 주먹을 굳게 쥐었던 것이다. 그러고는
> 빙그레 웃었던 것이다. 또 싸워야 할, 싸워 이겨야 할, 이길 자신이 있는
> 그러나 녹녹히 볼 수 없는 대적을 눈앞에 보는 듯 한 흥분을 느꼈던 것
> 이다. 언제나 한번 당도할 것 같은 예감으로 기다린 듯 한 운명의 타격은
> 종시 오고야 말았다고 생각한 것이었다. 그러나 한 걸음도 움츠리려고
> 않았다.
>
> … 중략 …
>
> 또 뚜루루 천동 소리가 들리기 시작하는 것이다. 기침 소리에 주춤했던
> 쥐들이 다시 발동한 것이다. … 중략 … 현일의 눈은 최면술에 걸린 사람
> 같이 쥐가 달리는 방향을 따라 천장 위를 밤새워 헤매는 때도 있었다. 밤
> 이 깊어갈수록 신경질이 나고 신열이 나고 식은땀이 났다.[96]

홀어머니 슬하에서 어렵게 공부를 하여 M학교의 전임교원이 된 현일
은 결핵에 걸렸다. 처음에 각혈은 그에게 삶의 고통이 아니라 하나의 극
복 대상이었다. 마치 위의 인용문에서 나타난 현일의 태도와 같이 30여

---

96   최명익, 「폐어인」, 『한국 해금 문학 전집12』, 삼성출판사, 1998, 150-152면.

년 반생을 쉴 틈 없이 부지런히 살아온 그에게, 병 때문에 잠시 쉬는 것은 요양을 위한 시간으로 생각되었다. 그러나 실직과 점점 나빠지는 건강으로 인해 현일은 차츰 희망을 안 보이며 불안을 느낀다. 여기서 결핵에 대한 현일의 변화된 태도는 그의 내면에 심한 불안감을 보여준다. '밤이 깊어 갈수록 신경질이 나고 신열이 나고 식은땀이 났다'는 악화되는 자신의 병세에 대해, 신경질적인 체념을 드러내는 것이다. 위의 인용부분은 서술자의 전지적인 심리 해석과 시선을 통해서 제시되고 포착된 결핵의 증상들이다. 전지적인 서술자는 관찰자의 역할을 수행하면서 결핵에 대한 발병과 진행 상태, 불치의 두려움을 말해 준다. "서재라기보다는 격리 병실"이라는 원문을 통해서 현일이 각혈을 시작하기 전, 열성과 신념을 가지고 교원 생활을 하는 동안 서재로 쓰던 건넌방은 격리 병실로 전용된다. 병의 성질상 가족들과 떨어져 혼자 있어야 하고 그가 가족들로부터 소외당하는 공간이 되고 말았다. 육체적으로 자유롭지 못한 현일이 천장만 보며 '누워' 있어야 하는 상황은 그의 내면 심리와 연관 지어 이해할 수 있다. 대부분 '눕다'와 '자다'라는 어휘 의미 속에서 이루어지는 현일의 삶의 형태를 엿볼 수 있으며 그가 육체적으로 고통을 겪고 있을 뿐만 아니라, 무기력과 의욕 상실을 말해준다.

바느질로 밤을 새우는 아내를 보고 현일은 다시 교사 일을 하기 위해 H학교를 찾아 간다. 하지만 면접 자리에서 '아사히' 담배를 피워 문 이사는 현일이 '시대 인식'의 부족과 건강이 나쁘다며 교사 말고 다른 직업을 구해 보라며 채용 불가의 입장을 전달한다. 30년대의 분위기, 그리고 절박한 현실은 지식을 버리고 직업을 바꾸라고 강요하는 억압된 시대였다. 현일이 조우한 상황뿐만 아니라 실직 교사들 중 미술을 가르쳤던 동료 P씨는 먹고 살기 위해서 벌써 지식을 버리고 비누를 판매하는 것에서 30년대 억압된 분위를 예증할 수 있다.

> "내년에 내달에 그보다도 단 몇 칠 후에 내가 심한 각혈을 하고 그 자리
> 에 쓰러져 죽고 말른지 누가 아느냐? 그리고 아들도 처도 벌써 내게 전염
> 되어서 언제 각혈을 하게 될지 아느냐. 어느 누가 내 병이 나으리라고 하
> 며 우리 집에 장차 행복이 다시 오리라고 누가 보증을 하느냐고 현일은 자
> 기의 처를 위협하고 저주한 것도 한 두 번이 아니었다.
>
> ⋯⋯ 중략 ⋯⋯
>
> "현일은 어디로 갈까하고 생각할 박게 없었다⋯⋯피곤하지만 집으로 가
> 고 십지 안엇다⋯⋯현일은 마침 발아페 드러닷는 전차에 망연이 오르고 마
> 럿다."[97]

위의 인용문과 같이 현일은 불안 심리에 시달리다 못해 혼란스러운
상태에 빠져 있음을 말해주고 있다. 이 불안감은 다가올 죽음에 대한 공
포이며 자신의 생존 의지가 거세를 당하는 내적 심리의 갈등이다. 결핵
은 현일의 내면 심리를 붕괴시키는 결정적 요인으로 작용한다. 학교에서
의 면접은 '건강이 나쁘다'는 이유로 거절당하게 된다. 이는 삶의 병에
의한 부정성뿐만 아니라 삶의 본래의 희망을 상실한 것을 의미한다. 그
래서 현일은 극단적 절망감을 가지고 거리를 헤매며 자아를 상실한다.
즉 현일의 실직 상태는 단순히 경제력의 상실만을 의미하는 것이 아니
라, 자아실현의 기회를 박탈당하고 사회적 전체성에 대한 관심과 관여를
봉쇄당한 의미를 지닌다. 현일에게 결핵의 기침과 각혈의 증상은 실직으
로 인한 궁핍뿐만이 아니라, 그 여파로 던져지는 좌절과 절망의 내적 불
안을 드러내는 매개 역할을 하고 있는 것이다.

---

97   위의 책, 161면.

절망과 패기, 비관과 락관, 그 두 가지 정반대의 생각을 번가라가며 지금까지 사라왔다……그러나 지금 내게는 무엇이 남엇스랴. 절망인들 남엇스랴, 죽어가는 폐어에게 물도 공기도 무슨 소용이랴 지금 폐어는 반신 물에 잠기고 반신 바람에 불리면서도 두 가지 호흡의 기능을 다일코 죽어가는 것이라고 현일은 꿈속 가티 생각하며 죽은 듯이 엎데잇섯다.[98]

현일은 자신의 현재 상황을 '폐어'라고 표현한다. "폐어"란 본래 거대한 물고기로서 우기에는 물속에서 아가미로 숨 쉬고 건조기에는 모래펄에서 부레로 숨을 쉬는 이중적 호흡 기능을 지닌 동물이다. 그런데 소설에서 그 물고기가 두 가지 호흡 기능을 모두 잃고 죽어 가고 있는 것이라고 함으로써 극단적 비관의 상황임을 알려준다. 「폐어인」의 보조적 인물인 도영은 주인공 현일과 여러 면에서 유사하다. 모두 한때 영어를 가르쳤으나 지금은 학교가 폐교되어 실직 교사의 상황에 있으며 빈곤하다. 그리고 도영도 결핵에 걸렸다. 그런데 폐교된 M학교가 새 이사회와 재단으로 구성되어 H학교로 바뀌며 교사들을 뽑자 현일은 다시 교사로 일하기 위해 노력해 봤지만 도영은 병세가 더 악화해서 살아남기 위해 미친 사람이 될 지경이다.

'덫 속에 갇힌 쥐가 오직 할 일은 덫 속에 있는 미끼를 먹고 사는 것밖에 없다'는 말이 있지 않소? 그런데 말요. 요놈이 꼭 그 말을 실해하는 구려. 신통찮아요? 그래서 나두 이 쥐를 배와서 이전 아무런 것이라도 먹구 살려우. 별수 있소? 아무런 처지에서 라두 살아야지. 그래 나는 이 며칠째 쥐똥밥이건 팥밥이건 막 먹지요. 김선생두 이 쥐의 철학을 배우시우.

…… 중략 ……

서로 이해와 동정을 하면서도 그것이 동병상련이라는 종류의 것인가고
생각될 때마다 현일은 자기에게 역정을 내고 도영이를 미워할밖에 없
었다.[99]

도영의 이런 '쥐의 철학'은 인간의 생존 욕구 측면에서 타당성이 있
다. 그러나 현일은 비슷한 과거를 걸어오고 같은 병을 가진 처지의 도영
이 보여준 이런 보신적인 태도가 불편하며 미웠다. 결핵에 대한 도영의
태도에 비해 현일은 단순히 죽음을 무서워하는 것이 아닌 것을 알 수 있
다. 그는 지식인으로서 교사 면접에서 거절을 당하며 앞날의 전망 부재
에서 나온 불안이 당시 현일의 여실한 내면 심리이다.

> "김선생이나 나 같은 사람은 첫째 비위가 좋아야 삽니다. 결벽성이라는
> 것은 일종의 센치입죠. 아무런 짓을 해서라두 병이 나아야지. 안 그래요?
> 인생으로 실패라는 것은 남이 다사는 세상에 혼자 일찍 죽는 것이외다. 살
> 고 볼 일이지 노상 한때는 왜 사느냐 어떻게 살아야 하느냐고 생각한 적도
> 있지만 공연한 관념 유희거든요. 병수군은 지금 그런 생각을 하는지 모르
> 지만 나같이 된 사람은 어떻게 해야 죽잖고 사느냐가 문제거든 하루라도
> 더 살구 싶으니까."[100]

'결벽'은 깨끗한 것을 고집하고, 악하고 그릇된 일을 거부하는 성질을
지닌다. 위 글에서 알 수 있듯이 도영의 보신적인 태도는 곧 현실과의
타협 내지 순응을 의미하며, 자신의 신념과 세계관을 저버리는 것을 나
타낸다. 현일은 결핵에 걸렸어도 그 현실에 무너지지 않으려고 안간힘을
쓴다. 하지만 차츰 병세가 악화에 따라 의욕을 상실하며 그가 언제까지

---

99   최명익, 「폐어인」, 앞의 책, 165-166면.
100   위의 책, 165면.

현실에 무너지지 않고 버틸지 알 수 없게 된다. 현일이 더 이상 버티지 못하고 무너진다면 그때의 모습은 도영일지도 모른다. 뿐만 아니라 건강 문제 때문에 다시 취직까지도 실패한 그를 보고는 비극에 반역할 수 없고, 단지 '취해보고 싶다'는 무기력과 절망감이 느껴진다.

최명익 「폐어인」의 질병 서사는 역설의 의미가 있다고 할 것이다. 그 이유로 현일은 '건전한 사람'이고 다른 사람은 '병자'이기 때문이라고 말한다. 여기서 건강한 자와 병든 자는 그 내포 의미가 상호 역전된다. 건강한 자는 근대 식민지를 나름대로 살아갈 수 있지만 당대의 모순에 대해서는 무감각하거나 외면한다. 병든 자는 근대 식민지를 살아가는 것이 힘들지만 사회 모순을 비판할 수 있는 건강성을 갖고 있다. 「폐어인」에 나타난 현일의 실직과 구직의 실패는 단지 자본주의 근대가 아닌 식민지 근대의 상황 때문에 초래되는 것이며, 그런 현실과의 억압으로 인해 그의 내면 불안은 결핵의 각혈처럼 깊어진다. 그러므로 현일과 도영의 '결핵'은 그 자체가 내면적 불안감이라고 말할 수 있다. 「폐어인」에서 결핵 서사는 식민지의 부정성을 우회적이고 암시적으로 비판하고 있다.

「무성격자」의 첫 장면이 아버지와 문주의 죽음에 대한 예고로 시작된다. 아버지와 문주의 죽음이 동시에 이루어지는 것으로 소설이 끝나고 있다는 사실은 다소 허위적이긴 하지만 무척 중요한 의미를 지닌다. 왜냐하면 소설 속에서 이 두 인물은 처음부터 끝까지 정일에게 그 사이에서 어쩔 수 없이 머뭇거리게 되는, 두 개의 화해될 수 없는 기본적 축을 제공해 주고 있기 때문이다. 작가 최명익은 최초의 장면에서부터 아버지의 위암과 문주의 결핵이라는 죽음이 임박한 질병 상황을 설정해 놓고, 잔인하게도 그 피할 수 없는 운명적 상황 속으로 정일을 밀어 넣고 있다. 문주 곁에 있어야 하지만 아버지에게 가봐야 하고, 아버지 곁에 있

어야 하지만 문주를 홀로 남겨 놓은 정일은 마음이 놓이지 않아 안절부
절못했다. 문주는 정일의 연인이며 정신적인 투영으로 아버지는 자신의
경제적인 원천이며 경멸적인 대상이었다. 하지만 갑자기 두 사람의 죽음
이 임박한 상황은 정일로 하여금 퇴폐적인 생활 현상을 깨뜨리고 불안
하기 시작했다. 정신의 의지인 문주는 결핵이 악화됨에 따라 날이 갈수
록 생명에 대해서 멸시했다. 정일은 문주의 아픈 모습을 통해서 자신의
퇴폐성을 알게 되었다. 하지만 그 시대에 처한 정일은 자신의 퇴폐적인
모습을 알게 되어도 경멸했던 아버지처럼 세속적으로 살 수밖에 없다는
생각이 들었다.

「무성격자」에서 문주는 주인공 정일의 연인으로서 한때 의학과 무용
예술을 공부한 지식층 인물이다. 그런 그녀가 결핵에 걸리고 히스테
리[101]를 부리게 됐다는 점은 그녀의 전략을 의미한다. 문주가 병을 걸리

---

101 일상어에서 '히스테리'이라고 칭하는 것은 "분노의 발작, 과대공포, 예상 불가능,
허위성, 비지속성, 피상성, 변덕스러움 등을 나타내는 것"으로, 이는 "어떤 형태
로든 행동의 관습적 합의, 예상가능성 및 '자동적' 기능성에 대한 거부"를 보여주
는 개념이다. (크리스티나 폰 브라운, 엄양선, 윤명숙 역, 『논리 거짓말 리비도-히
스테리』, 여이연, 2003. 25면.)라캉에 의하면, 히스테리 주체는 타자가 상실한 대
상과의 관계 속에서 자신을 구성한다. 자신이 타자를 완전한 하나의 대상으로 만
들기 위해 필요한 대상, 즉 그의 욕망을 충족시키고 결여를 메워줄 수 있는 대상
이라고 생각하는 것이다. 이렇게 자신이 타자의 욕망을 지속시킬 수 있는 대상이
라고 생각함으로써 자신의 위치가 확정된다. 물론 이것은 고정된 것은 아니며, 히
스테리 주체의 일면에 불과하다. 따라서 히스테리 주체에게 중요한 것은 타자가
무엇을 욕망하는지 알아내는 일이다. 그리고 그 위치에 자신을 놓음으로써 타자
의 욕망을 지배할 수 있고 또 그 욕망의 대상이 될 수 있다. 나아가 히스테리 주
체는 자신이 대상의 역할을 영원히 수행할 수 있도록 타자의 욕망을 불만족한 상
태로 유도한다. 타자를 불만족한 상태로 남겨두는 것은 자신을 그의 욕망의 대상
으로, 그에게 결여된 것으로 만들기 위한 것이다.(브루스 핑크, 맹정현 역, 『라캉
과 정신의학』, 민음사, 2002, 209-217면. 홍혜원, 「최명익의 「심문」에 나타난
히스테리 주체」, 『한국문학이론과 비평』26호, 한국문학이론과비평학회, 2022,
239-262면. 재인용)

기 전 빛나는 모습과 퇴폐적인 모습은 대비해서 다음과 같다.

> 동경 있을 때, 운학군이 사촌 동생이라고 문주를 소개하며 의학에서 무
> 용 예술로 일대 비약을 한 소녀라고 웃었을 때 저렇게 인상적으로 빛나는
> 눈은 역시 여의사의 눈이 아니었을 것이라고 생각하였던 자기가 3년 후인
> 지난 가을에 티룸 알리사의 마담으로 나타난 문주를 다시 보게 될 때 문주
> 의 창백한 얼굴과, 투명한 듯이 희고 가느다란 손가락과 연지도 안 바른
> 포개인 입술과, 언제나 피곤해 보이는, 초점이 없이 빛나는 그 눈은 잊지
> 못하는 제롬의 이름을 부르며 황혼이 짙은 옛날의 정원을 배회하던 알리사
> 가 저렇지 않았을 까고 상상되었던 것이다.[102]

문주는 한때 의학을 공부하다 무용을 전공한 동경 유학생이었으나 지
금은 다방 마담으로 전락한 결핵 말기의 환자다. 문주는 자신의 병으로
인해 심한 우울증을 앓고 있으며 또한 불안감을 가지고 있다. 그녀가 언
제나 피곤해 보이는 병적인 모습으로 나타나며, 연약하고 무기력해 보인
다. 그런데 정일은 결핵과 히스테리를 제외하면 성격적인 면에서 문주와
유사한 면모를 가지고 있다. 정일은 교사로서 한때 "문화탑에 한 돌을
쌓아 보겠다는 야심"을 가졌었지만 어떤 이유에서인지 "서재에서 매력
을 잃게 되고부터" 권태와 우울 등이 그의 마음을 지배하기 시작했다.
정일은 결핵에 걸리지는 않았지만 그의 퇴폐성은 마치 문주의 병적인
모습과 같다. 즉 정일의 내면적 무기력과 퇴폐성을 문주의 병적인 모습
을 통해서 엿볼 수 있다.

> 이 몸에는 벌써 육체적인 생의 본능욕 같은 것은 남아 있을 것 같지도
> 않다고 정일이는 생각하였다. 이렇게 생의 기능을 완전히 잃었다고 할밖에

---

102   최명익, 「무성격자」, 앞의 책, 76면.

없는 이 몸이 아직 살려고 하고 아직도 살아 있는 것은 육체적인 생의 본
능욕 이상의 의지력이 있는 탓이 아닌가? 자기가 만든 세상에 대한 애착을
버리지 않으려는 끝없는 의지력이 이 파멸된 육체의 생명을 이같이 끌어
나가는 것이 아닐까? 이렇게 정일이는 아버지의 황홀한 눈과 죽고 싶지 않
다고 부르짖는 말에 솟아오르는 자기의 감격과 눈물을 해석하였던 것이다.

문주가 죽었다는 운학의 전보를 받은 날 저녁에 만수노인도 죽었다.

죽은 사람은 죽은 사람으로 하여금 장사케 하라는 말대로 하자면 자기는
문주를 장사하러 가는 것이 당연하리라고 생각하면서도 정일이는 아버지
의 관을 맡았다.[103]

같은 날 일어난 문주와 아버지의 죽음 앞에서 정일은 아버지의 관을
맡기로 결심을 냈다. 정일은 아버지의 삶에 대한 의지력에 감화를 받고
그의 삶을 이해하기 시작했다. 그렇다고 해서 정일이 아버지의 삶에 완
전히 동화되었다고는 볼 수 없다. 정일은 무력한 현재의 삶에서 벗어나
'전날의 자존심'과 '삶의 의지력'의 회복을 희구하는 것을 보여주기 보다
는 자신의 퇴폐적인 모습을 알게 된 후에 이런 근대의 삶에서 누구도 자
유로울 수 없다는 불안감을 엿볼 수 있다.[104] 정일은 자신의 퇴폐성을

---

103   위의 책, 91면.
104   "결핵은 자본주의의 탐욕성에 대한 부정과 비판을 의미하지만, 암은, 정일 아버지
       의 삶이 상징하는 것처럼, 자본주의 탐욕성에 대한 확대를 의미한다. 작품 내에서
       정일은 이 두 세계 사이에서 갈등하는 모습을 보여준다. 식민지 사회에서 갈등하
       는 지식인의 모습을 전형적으로 보여주는 것이다." 이 논의에서 「무성격자」가
       "식민지 사회에서 갈등하는 지식인의 모습"을 형상화했다는 결론은 타당하다. 하
       지만 자본주의 탐욕성에 대한 부정과 비판이 곧바로 식민지 사회의 모순 비판으
       로 연결된다는 점은 '식민지'라는 조항을 텍스트가 아닌 반영론 적인 관점에서
       가져오고 있다는 문제를 지닌다. 또한 결핵과 암의 이분법적 대비에서만 이 결론
       을 취한다는 점은, 정일이 아버지에 대한 양가적인 시선을 간과하여 '근대의 삶
       에서 누가 자유로울 수 있는가' 하는 문제 제기를 했다. (임병권, 「1930년대 모

깨달아도 경멸했던 아버지의 세속적인 가치관을 계승하여 살아갈 수밖에 없다는 것을 알았다.

최명익의 「폐어인」에 나타난 현일과 도영은 결핵에 걸렸고, 「무성격자」의 문주도 결핵에 걸렸다. 이 질병들은 근대의 부정성과 비판을 담보하는 표시로 작용하는 동시에 등장인물의 '신체 자체'와 그런 병든 인물의 내적 불안 심리도 같이 표시한다. 최명익 소설 속의 주인공들은 대부분 삶에 대한 의욕이 거세당한 무기력한 소시민적 지식인이다. 자신이 병에 걸리거나 부모나 애인이 아픈 상황에 처하여 주인공들은 융화되지 못한 불안감의 팽배 속에서 고통스러워한다. 최명익 작품의 주인공들이 보이는 불안감은 자기 안으로의 칩거, 전망 부재, 허무와 퇴폐적인 일상을 통해서 나타난다.

스저춘의 「만추의 하현달」은 한 지식인의 아내가 딸 죽음의 상처에서 아직 벗어 나오지 못한 상태에서 자신마저 결핵에 걸린 설상가상의 상황을 보여준다. 아내는 결핵으로 인한 죽음에 대한 불안감도 동시에 드러낸다. 「만추의 하현달」에서는 스토리가 이루어진 시간이 짧은 밤뿐이었지만 가난한 부부간의 갈등과 병에 시달린 아내의 내면적 불안을 여실히 보여주고 있다. '그녀가 이미 침대에 육·칠 주 동안 누워 있었'기 때문에 위독한 상황을 맞이한다. 아내는 병상에서 아무 일도 하지 못하고 과거의 아름다운 세월을 회상하거나 미래를 동경하며 시간을 보낼 수밖에 없다.

아내는 남편이 생계를 유지하기 바빠 자신에게 소홀하다고 원망했다. 남편이 글에 집중하여 창작할 수 있도록 조용해 주어야 하지만, 결핵으

더니즘 소설에 나타난 은유로서의 질병의 근대적 의미」, 『한국 문학 이론과 비평』 17호, 2002, 92면. 재인용.)

로 인해 나타난 불안은 그녀로 하여금 이성적이지 못하게 하였다. 아내
는 남편의 글쓰기에 쏟아진 관심을 끌어오기 위해서 잔소리를 시작한다.
'또 밤이 되네.' 이 소리로 인해 집의 조용함이 깨졌다. 남편은 이제야
어두움을 느꼈고 불을 안 켜면 글을 못 쓰다고 생각한다. 그래서 그는
불을 켜고 카트를 내렸다. 하지만 막 글을 다시 쓰려고 하자 아내가 차
한 잔을 달라고 했다. 남편은 말이 없이 차 한 잔을 아내한테 주었다. 불
을 켜고 차도 갖다 주었지만 아내의 마음은 여전히 불쾌하다. 드디어 아
내는 자신이 왜 불쾌한지 알아냈다. 그녀는 남편이 이렇게 침묵하는 이
유가 결핵에 걸려 아픈 자신을 더 이상 돌보기 싫어진 것이라고 짐작한
다. 소설에서 아내의 내적 독백은 그녀가 남편에게 느끼는 소외감을 보
여준다.

"내가 몸이 아프지만 눈은 여전히 괜찮거든!"[105]

위의 아내가 남편한테 한 말은 불안한 자신에게 위안을 주고자 하는
것이며, 그녀의 내적 불안을 분노한 말투를 통해서 보여준 것이다. 남편
은 의사의 말을 생각나서 분노한 아내를 위로한다. 하지만 이런 위로는
오히려 아내로 하여금 더욱 불안하게 만들었다. 아프기 전에는 아내는
다른 사람을 잘 이해해 주는 현모양처였다. 결핵은 착한 아내의 품성을
바꾸었다. 아내는 곧 다가오는 죽음을 느끼며 내적 불안을 해소할 수 있
는 출구를 찾지 못한다. 결국 아내는 이성까지 잃어버리고 항상 안절부
절 한다.

---

105 我雖然身體上是病了, 但是眼睛還是不錯呢! 施蟄存, 「殘秋的下弦月」, 『施蟄存精选
      集』, 北京燕山出版社, 2009, 154면.

겨울은 참 무섭다. 겨울이 되면 내가 죽을 수도 있다.[106]

　소설의 제목을 통해서 이야기가 진행된 시간이 만추의 밤인 것을 알
수 있다. 겨울의 추위를 타서 죽을지도 모른다는 아내의 우려가 위의 인
용문을 통해서 나타난다. 만추는 겨울까지 얼마 남지 않은 시간이다. 결
핵은 현모양처의 이미지를 완전히 바꾸었으며, 이를 통해서 인간은 죽음
앞에서 얼마나 불안한 존재인지를 여실이 보여준다. 아내의 불안감은 죽
음에 대한 공포이며 자신이 곧 잃어버릴 남편에 대한 우려일 수 있다.
모든 우려와 고민, 감상(感伤)은 결핵으로 인해 날마다 약해진 몸 때문에
생긴 것이다.

　「만추의 하현달」이라는 제목은 소설의 우울한 분위기를 보여준다. 만
추의 하현달은 아내가 느껴진 소외감과 소멸감을 나타낸다. 감상적인 분
위기가 소설의 제목부터 소설의 결말까지 이어진다. 아픈 아내는 잠이
들 수 없었고 죽은 딸에 대한 그리움으로 딸의 무덤 위에 천사가 와 있
는 것처럼 상상하며 황홀해한다.

　결핵에 걸린 아내의 현실적인 비애와 무기력은 눈앞에 생생하게 나타
난다. 그녀는 달빛이 딸의 무덤에 쏟아진 것을 상상하며 남편의 반대와
분노를 무릅쓰고 밖의 달빛을 보여 달라고 간절히 소원한다. 하지만 그
녀의 간절한 소망은 곧 소멸될 하현달과의 대비를 통해서 살고 싶은 소
원과 차가운 현실 사이의 갈등을 뚜렷하게 보여준다. 하현달은 감상적인
부위기를 부각시킬 뿐만 아니라 아내가 결핵으로 인해서 점점 생명이
소멸되고 있다는 것을 예시하기도 한다.

　스저춘의 「만추의 하현달」에서 아내는 결핵에 걸렸다. 언제 죽을지

---

106   위의 책, 155면. 冬天是很可怕的, 到了冬天, 也許我會死的.

모른다는 아내의 결핵에 대한 공포감과 그녀의 내면적인 불안을 잘 드러내고 있다. 신체적인 질병 서사에서 최명익과 스저춘은 모두 결핵의 병리 현상을 작품에서 활용한다. 여기서 결핵은 근대의 부정성과 비판을 내포하는 표지이다. 이와 함께 등장인물의 '신체 자체'와 그런 병든 인물의 내적 불안 심리도 같이 그려진다. 최명익과 스저춘은 모두 1930년대 그 당시에 제일 유행했던 육체적인 질병인 결핵을 주목하여 주인공의 병과 내면적인 심리를 함께 보여준다. 결핵이라는 외부 세균이 인간의 몸에 침입하여 인간은 아픈 상태에 빠지고 치료되지 못하며 죽어 가게 된다. 이 과정은 당시 한국과 중국이 일본의 침략을 당해서 점점 악화된 상태를 암시한다. 아픈 개인은 국가를 은유하며 이러한 불안은 그 당시 한국이든 중국이든 구성원에 보편적으로 내재된 심리를 나타내는 것이라 짐작할 수 있다.

하지만 결핵 서사를 제외하고 최명익의 소설 중에 다른 질병 서사 따로 있다. 「봄과 신작로」는 1939년 발표되었다. 이 작품에서 전면적으로 등장하는 질병은 성병이다. "성병 중 가장 흔하게 불리는 매독은 세계 여러 지역의 사람들을 고통스럽게 했다. 매독은 '프랑스 질병'이라고 불리기도 한 병으로 예술가들이 유독 이 병에 많이 걸렸다고 전해진다. 샤를 보들레르, 귀스타브 플로베르, 기드 모파상, 에두아르 마네, 폴 고갱, 앙리 드툴루즈-로트레크 등 많은 예술가들이 고통을 받았던 질병이다."[107] 「봄과 신작로」 속 성병에 대한 이해는 시대적인 고려가 필요하다. 즉 이 작품은 1937년 중일전쟁과 1941년 태평양전쟁 중간에 쓰였기 때문에 시대적 맥락을 잘 파악하면서 읽혀야 한다. "최명익은 식민지 지식인으로

---

107   로날트D. 게르슈테, 강희진 역, 『질병이 바꾼 세계의 역사-인류를 위협한 전염병과 최고 권력자들의 질병에 대한 기록』, 미래의창, 2020, 76면.

살아가는 처지이기 때문에 제국주의와 자본주의에 대한 심각한 위기의
식을 가질 수밖에 없는 처지였다. 그의 대부분의 작품이 우울과 불안을
가진 무기력한 지식인들로서 절망적인 세계 인식관을 가지고 있었던 것
도 이러한 맥락에서 보아야 할 것이다."[108] 「봄과 신작로」에서 금녀의
병은 드러나지 않고 사람들의 대화를 통해 간접적으로 제시될 뿐이다.

> 이 봄도 다 가서 늦게 피는 아카시아꽃 마저 떨어지기 시작하였다.
> 금녀는 종시 자리에 눕게 되었다. 얼마 전부터 아랫배가 쑤시고 허리가
> 끊어내고 참을 수없이 자주 변소 출입을 하게 되었다. 금녀는 제 병이 무
> 슨 병인지는 알 수 없으면서도 제가 앓는 것을 누가 알 것만이 걱정이었다.
> 그래서 억지로 참아가며 더욱 부지런히 일을 하려고 애써보았다. 그러나
> 이번에는 아프기만 하던 배가 갑자기 붓기 시작하였다. 걸으려면 높아진
> 배를 격하게 보이는 발끝이 안개 속이나 구름 위를 걷는 것같이 허전하고
> 현기가 났다. 아침이나 낮에도 금녀의 눈앞에 보이는 것은 무엇이나 다가
> 오는 어두움과 싸우는 저녁노을같이 누렇고 희미하였다. 금녀는 이를 악물
> 고 무슨 병 인지 모르면서도 숨기기만 하려고 애썼으나 더 참을 수 없어
> 자리에 쓰러지고 말았다.[109]

"매독은 15-16세기 이탈리아에서 일어난 전쟁에서 나타났다고 한다.
프랑스 국왕 샤를 8세는 1494년 나폴리를 치기 위해 군대를 출정했는
데, 이 군대가 매독에 걸린 것으로 알려졌다. 이후 해산된 군대에서 인
접 지역에 퍼뜨렸다고 전해진다. 한국에서 성병이 문학사에 등장한 것은
1920-1940년대에 가장 많이 나타나고 있다. 이광수의 「재생, 1924-25」
과 「흙, 1932-33」, 현진건 「고향, 1926」과 「타락자, 1932」, 이효석 「장

---

108   표정옥, 「타자 혐오와 질병 담론의 연루로 읽는 최명익의 <봄과 신작로> 연구」, 『한
       국근대문학연구』, 한국근대문학회, 2021, 84면.
109   최명익, 위의 책, 159면.

미 병들다, 1938」, 심훈 「상록수, 1935」, 박태원 「악마, 1936」, 최명익 「봄
과 신작로, 1939」, 채만식 「탁류, 1941」 등이 대표적으로 거론될 수 있
다. 특히, 근대 문학을 병리애호적인 측면에서 깊이 있게 다루는 것으로
최명익은 단연 대표 작가로 인식될 수 있을 것이다. 은유로써 매독의 특
징을 가장 잘 보여주는 작품으로 채만식의 「탁류」를 살펴볼 수 있을 것
이다. 도덕의 타락과 신체의 쇠약과 부도덕의 징표를 메타적으로 가지는
매독은 일종의 문화와 인종 혐오의 대상이 된다."[110] 매독이라는 병은 문
화적으로 나쁜 뜻과 우매함이라고 할 수 있다. 현대 소설에서 성병의 전
파자와 감염원은 주로 여성화로 나타난다. 「봄과 신작로」에서는 근대
문명에 대한 여성의 욕망이 부당한 질병 성병과 연관돼 타락하고 혐오
의 감정과 함께 등장한다. 이는 근대 남성 작가들의 글에서 흔히 볼 수
있는 근대적 여성 배척 현상이라고 할 수 있다.

　스저춘의 심리소설에 이런 성병 은유이나 성병 서사가 없어 이는 두
작가가 가진 차이점으로 볼 수 있다고 생각한다. 질병 서사, 중국 문학
은 예로부터 지금까지 존재해 왔다. 문학 창작의 고전적인 소재로서 질
병 서술은 대부분 육신의 병을 이용하여 인간의 성격, 심리, 정신병을
표현하거나 질병을 통해 건강을 부르고 인류에게 희망과 힘을 주는 것
이다. 스저춘은 중국 신체질환의 전통에 반하여 그의 소설에서는 심리적
질환에 초점을 맞추고 있기 때문에 결핵을 제외한 다른 신체 질환의 서
사가 나타나지 않는다.

110　　　앞의 논문, 94면.

2) 정신적 질병 서사와 드러낸 불안감

질병의 침투는 육체적인 고통에 머무르지 않았고 반드시 정신적 질병을 수반하는 양상을 가졌다. 1930년대 모더니즘 소설은, 이유를 알 수 없는 불안감에 시달리며, 세계와 사물에 대하여 지나치게 예민한 신경증을 보이고, 극도의 자의식 과잉에 빠져 있거나, 혹은 이상과 현실의 괴리감을 극복하지 못한 채 방황하는 인간들, 또한 고등교육을 받았으면서도 룸펜의 생활을 벗어나지 못하는 무기력한 지식인, 심한 경우에는 자신의 가치와 정체성을 잃고 절망과 좌절에 빠진 허무주의자들, 간간이 망상, 환각을 비롯한 정신분열증에 매몰 된 병적 인물들을 주인공으로 하여 그들의 심리적 추이를 정치하게 다룬다. 이러한 이상심리는 일종의 심리적 질환이라고 할 수 있다.[111]

최명익 소설 속 인물들은 정신적으로 병들어 있거나 불안·우울 등을 주요 증상으로 하는 신경증적 징후를 드러낸다. 그들은 과도한 예민성, 강박증, 신경쇠약, 히스테리 등 다양한 신경증의 병적 증세를 나타낸다. 이러한 징후들은 그들이 정신적으로 힘든 상황에 놓여 있고 이로 인한 그들의 내면적 갈등이 매우 첨예한 것이었음을 보여준다. 「폐어인」의 현일은 예민성이 두드러지는 인물이라고 할 수 있다. 그는 절망과 패기, 비관과 낙관을 생각하며 살아온 갈등된 인물이다.

최명익은 예민한 사람의 심리를 날카로운 감각을 전달하는 언어 표현과 결합시켜 제시한다. 이 제시는 신경증적 인물의 예민한 심리상태를 감각적 언어를 통해서 보여준다. 그래서 인물들의 신경증 영상이 현실감

---

111   한만주, 「1930년대 모더니즘文學의 心理的 異常性 硏究」, 중앙대 박사논문, 2001, 1면.

있게 전달되는 것이다. 「폐어인」의 경우, 현일의 예민한 신경은 고양이의 털과 내면의 심리에 대한 묘사를 통해 효과적으로 제시된다.

> 쓰다듬고 쓰다듬어도 고양이의 털은 고슬러서기만 하였다.
> 늘 잠을 못 이루고 밤마다 쳐다보게 되는 천장에서는 제 세상이라는 듯이 쥐들은 날뛰는 것이었다. 단칸방 넓지 않은 천장을 이 모퉁이에서 저 모퉁이로 열을 지어 달리기도 하고 산병전(散兵戰)으로 뛰놀다가 서로 부딪치거나 얼크러져 싸우는 모양으로 찍찍 소리를 질러가며 뒹구는 양이 선히 보이도록 고삭은 천장 종이는 금시에 쥐 발이 쑥 빠져나올 것 같이 쥐의 몸무게로 불쑥불쑥 드나들었다.
> 현일의 눈은 최면술에 걸린 사람같이 쥐가 달리는 방향을 따라 천장 위를 밤새워 헤매는 때도 있었다. 밤이 깊어갈수록 신경질이 나고 신열이 나고 식은땀이 났다.[112]

현일은 잠을 이루지 못하며 자신의 얼굴로 쥐가 떨어질 것을 걱정한다. 그는 불쑥불쑥 움직이는 천장을 보면서 쥐가 뛰어다니는 방향, 모습들을 눈에 그리며 자신의 온 신경을 천장에 집중한다. 그는 아직 일어나지 않은 일을 걱정하며 자신의 성가시고 고통스러운 생각들에 의해 공격당하고 있다. 심지어 그는 일어날 가능성이 희박한 쥐가 얼굴로 떨어지면 어떻게 하지라는 생각에 불안[113]해하다가 결국 쥐가 "얼굴 위로 쏟아져" 내리는 꿈을 꾼다. 현일은 시간이 지날수록 자신의 생각에 골몰하게 되고 이로 인해 더욱 신경질적이 되어 "신열이 나고 식은 땀"이 나는 몸의 이상 증세를 체험하기도 한다. 현일은 과도하게 예민한 사람으로

---

112   최명익, 「폐어인」, 앞의 책, 152-153면.
113   물론 "어떤 특정인이 불합리한 공포나 불안을 느낀다고 해서 그것을 곧 신경증이라고 단정 짓는 것은 큰 잘못이다. 신경증적 행동은 불합리한 공포와 불안을 주요 증상으로 하고 있다."(이현수, 『정신신경증』, 민음사, 1992, 108면.)

신경과 심리는 늘 긴장되어 있다. 이렇듯 불합리한 공포와 불안은 현일의 신경증적 주요 증상이다.

현일이 "피부면까지 노출된 듯한" 신경을 가진 인물들 중 하나라는 것을 최명익은 언어 표현을 통해 전달한다. 현일의 이 날카로운 예민성은 일종의 과민 반응으로 그의 병적 징후의 원인이 된다. 외부에 노출될 듯한 그의 신경을 정상적이라 하기는 어렵다. 또한 현일의 예민함은 서술자의 감각적 언어 표현을 통해서 드러난다는 것을 위에서 이미 살펴보았다. 최명익은 긴장감을 전달하는 어휘나 묘사를 자주 사용한다. 최명익은 '바늘'이나 '칼', '억새풀' 등 무언가를 벨 수 있거나 찌를 수 있는 사물의 이름을 묘사에 자주 이용한다. 이런 것들은 모두 그늘지고 차가운 빛으로 작품 속 인물들의 심리와 연관돼 신경의 느낌을 생생하게 전달한다.

「폐어인」의 '쥐의 철학'을 운영하는 도영은 '신경쇠약이 덧나서 거의 실성한 사람'이 된 인물로서 그의 신경 증상은 현일보다 훨씬 더 심각한다. 흔히 정상인과 신경증 환자를 구분하여 정상적인 사람은 현실적 요구에 성공적으로 적응하는데, 신경증 환자는 본능적 구조가 어떤 장애에 부딪치면 현실에의 충분한 적응이 방해를 받고 있다고 규정한다. 이런 이유로 「폐어인」의 도영은 현실에 전혀 적응하지 못하는 병리적 개인이다.

> '덫 속에 갇힌 쥐가 오직 할 일은 덫 속에 있는 미끼를 먹고 사는 것밖에 없다'는 말이 있지 않소, 그런데 말요. 요놈이 꼭 그 말을 실행하는 구려. 신통찮아요? 그래서 나두 이 쥐를 배워서 이젠 아무런 것이라도 먹구 살려우. 별 수 있소? 아무런 처지에서라두 살아야지. 그래 나는 이 며칠째 쥐똥밥이건 꿀밥이건 막 먹지요. 김선생두 이 쥐의 철학을 배우시우.[114]

---

114   최명익, 「폐어인」, 앞의 책, 165면.

결핵 환자이자 지독한 신경증 환자 도영은 현일과 함께 영어 선생을 하다가 같은 병에 걸려 학교를 그만두었고 병세가 심해 집까지 팔아 근근이 살아가는 인물이다. 예문에서 병리적 개인의 삶이 쥐의 처지와 대비되어 그의 병리적 증상이 위험 수위에 다다랐음을 알 수 있다. 질병이 깊어질 경우 자아와 세계관에 상처를 입는다. 즉 현실을 왜곡하여 받아들이게 되고 자기 본위로만 생각하게 되며 더 심한 불안감을 경험한다. '심지어 변소 갈 때마다 담뱃갑과 손수건을 꺼내 놓고야' 가는 결벽성도 이런 불안감 앞에서 자유로워진다. 물론 결벽증도 일종의 병리이며 이상심리의 또 다른 표현이다. 이에 더하여 결핵은 불결한 환경에서 발생하여, 그러나 치유를 위해서는 요양과 충분한 영양 공급이 요구된다. 가난한 도영의 체험을 통해서 물리적 질병으로서의 결핵은 이상심리의 극대화에 영향을 미친 것을 알 수 있다.

「무성격자」에 나타난 문주는 결핵에 시달린 인물로 설정되는 것을 앞에서 이미 살펴보았다. 그것뿐만 아니라 문주가 정신적인 히스테리와 삶에 대한 부정적인 태도는 그녀의 죽음이 더욱 빨리 다가온 원인이다.

> 문주는 어떤 때는 자기가 조르기만 하면 같이 죽어줄 사람이라고 하면서 어떤 때는 그 것이 좋다고 기뻐하고 어떤 때는 그것이 싫다고 하며 그 때마다 설혹 자기가 같이 죽자고 하더라도 왜 당신은 애써 살아보자고 나를 힘 있게 붙들어줄 위인이 못 되느냐고 몸부림을 하며 우는 것이었다. 그러한 울음 끝에는 반드시 심한 기침이 발작되고 그러한 기침 끝에 각혈을 하는 것이다.[115]

위 인용문에서 문주는 정일에게 같이 죽자고 부탁한다. 이 부탁이 무

---

115   최명익, 「무성격자」, 앞의 책, 68면.

리한 것인 줄 알면서도 정일은 매번 그러겠다고 대답한다. 이에 문주는 어떤 때는 정일이 같이 죽어줄 것에 기뻐하고, 또 어떤 때는 같이 살자고 말하지 못하는 정일을 책망한다. 이 증상들은 그녀가 중증의 히스테리 환자라는 사실을 드러낸다. 그리고 이때 정일의 보이는 반응은 그가 우울하고 퇴폐적인 사람이라는 것을 엿볼 수 있다. 최명익의 소설에서 문주가 가지고 있는 이상심리는 주로 히스테리로 표현되지만, 이러한 이상심리는 "신경증"의 다양한 증상 중의 하나로 볼 수 있다.

스저춘 소설에는 정신적인 질병과 그로 인한 죽음에 대한 불안이 주요 모티프로 작용한다. 「마도」의 주인공은 신경증에 걸렸고, 「여관」의 주인공도 역시 신경증의 환자였다. 정신 질환은 근대 도시 콤플렉스의 직접적인 묘사이다. 스저춘 작품의 주인공들이 보이는 불안감은 자기 안으로의 정신적인 혼란·의심, 심지어 죽음에 대한 공포를 뚜렷하게 드러낸다. 일반적으로 의학에서는 정신분열증을 '망상·환각' 감정의 장애, 그리고 퇴행의 행동 등을 수반하는 현실로부터의 도피로 특징 지워지는 극심한 정신병으로 규정한다.[116] 「마도」를 비롯한 스저춘의 소설 주인공 상당수가 이와 일치하는 증상을 보인다. 이들은 대체로 무질서하고 불규칙적이며 비논리적 진술을 앞세우기 때문에 이를 통해 보이는 의식의 내면 층위는 난해한 특징을 갖는다.

스저춘 「마도」의 주인공인 '나'는 상하이에 살고 있는 지식인이다. 그가 걸린 신경쇠약증은 여러 가지 양상을 살펴보면 억압된 심리 질병으로 볼 수 있다. '나'는 자신이 신경쇠약증에 걸린 것을 무섭다고 소설 첫 부분에서 고백한다. 그런 무서움에서 그가 어찌 할 도리가 없는 것을 나

---

116   한동세, 『정신과학』, 일조각, 1969, 169면.

타내기도 한다.

> 소용이 없다, 내가 계속 이렇게 살게 되면 약을 먹어도 신경쇠약증을 예
> 방할 수가 없다.[117]

'나'는 스스로 진단을 함으로써 자신이 이상한 병을 걸린 것을 알았지
만 신경증에 걸린 것을 무서워했다. 또한 '나'는 이미 신경증 환자인 사
실을 모른다. 「마도」의 주인공은 친구의 초청을 받아 시골에 내려가서
주말을 보내고자 한다. 하지만 시골로 가는 기차를 타자마자 '나'는 불
안해졌다. 맞은편에 앉아 있는 노부인에 이유 없이 공포감을 느꼈다. 노
부인에 대한 이런 공포감은 실없는 정서이며 참 웃기는 것으로 생각했
지만 '나'는 노부인을 요부로 상상하고 나니 그녀에 대한 무서움이 갈수
록 깊어졌다.

> 그녀는 혼자였다. 그녀는 시종이 내다온 차를 거절했다. 그녀는 생수
> 를 원했다. 그녀는 자주 의자의 한 모서리에 걸터앉는데, 이러한 것은 모두
> 이상해 보였다. 그렇다. 요망한 노부인은 차를 마시지 않았다. 차를 마시면
> 그녀의 마법이 소멸되기 때문이었다.[118]

노부인에 대한 공포감은 '나'를 보고 그녀의 일거수일투족에 대해서
황당무계한 상상하게 한다. 급사가 갖다 준 차를 거부하며 뜨거운 물만
마시는 노부인의 행동은 기괴하다고 여긴다. 왜 이렇게 이상한지에 '나'

---

117   施蟄存, 「魔道」, 앞의 책, 107면. 沒有用, 這種病如我這樣的生活, 即使吃藥也是不
       能預防的.
118   위의 책, 107면. 她是獨自個, 她拒絕了侍役送上來的茶, 她要喝白水, 她老是偏坐
       在椅位的角隅裏, 這些都是怪誕的, 不錯, 妖怪的老婦人是不喝茶的, 因爲喝了茶,
       她的魔法就破了.

는 그녀가 요부라서 차를 마시면 요술이 없어질 것이라고 자기의 의문
에 그럴듯하게 꾸몄다. 소설의 시작 부분에서 이렇게 주인공의 공포한
심리를 부각한다. 하지만 이러한 불안 심리는 '나'의 망상에서 날조된
것뿐이었다. 이상한 병에 걸린 사실을 알고 있었지만 그 병은 완치될 수
없었기 때문에 '나'는 갈수록 불안해져 노부인을 뚫어지게 바라보며 공
포감을 가지게 되었다.

> 그녀를 바라볼 때, 눈은 언제나 먼 곳을 바라보고 있었다. 비록 그녀의
> 시선은 다른 의자에 앉은 사람에 의해 가려지더라도, 투시술이 있는 것처
> 럼 쭉 바라보고 있었다. the eternity ……그녀가 얼굴에서 눈을 돌릴 때,
> 그녀는 오히려 슬그머니, 아니, 음침할 만큼 너를 뚫어 보고 있었다.[119]

주인공은 노부인이 늘 자신을 쳐다보는 것에 신경을 쓴다. 노부인이
왜 하필 자신의 맞은편에 앉은 지에 '나'는 당분간 답을 찾지 못했다. 갈
수록 노부인이 자기를 바라보는 불안감에 대해서 도피할 생각이 들었다.
자기 방어 수단으로서 '나'는 자리를 바꾸려고 했다. 하지만 노부인에
대한 공포감은 마음속에 깊이 들어가 있어서 비록 자리를 바꿨더라도
허사가 될 것이라고 예상했다. 지금 주인공은 자신의 신경증이 발작하는
것을 의식하지 못하며 단지 노부인의 시선을 피하고자 한다. '나'는 책
을 보는 것으로 불안한 내면을 가라앉히려고 했지만 자신이 예상한 상
황이 도피할 출구를 다시 막아 버렸다. 즉 '나'는 일어나서 가방을 꺼냈
을 때 노부인이 나를 혼미하게 만드는 요술을 써서 짐을 빼앗아 갈 것으

---

119 위의 책, 107면. 眼睛是當妳看著她的時候, 老是空看著遠處, 雖然她的視線會被別
人坐著的椅背所阻止, 但她卻好像擅長透視術似地, 壹直看得到 the eternity……
而當妳的眼光暫時從她臉上移開的時候, 她卻會偷偷的, 或者說不如陰險的, 對妳凝
視著.

로 예상했기 때문이다. 주변 사람은 그녀가 '나'의 엄마라고 생각하여 수수방관할 것이라는 환상에 빠졌다. 그러므로 자신이 예상한 상황으로 때문에 책을 읽는 것으로 노부인의 시선을 피하려는 생각은 허사가 되었다. 이어서 '나'는 노부인이 물을 마시는 이상한 방식에 신경을 쓴다. 노부인이 늘 컵의 이쪽으로 물 한 입을 마시고 또 다른 쪽으로 물 한 입을 마시는 것에 신경을 쓴다. 주인공은 이런 괴이한 행동을 그녀가 요술을 하는 시작이라고 상상한다.

노부인에 대한 공포감은 '나'로 하여금 기차 밖의 아름다운 경치에 대해 소홀하게 만들었다. 기차가 목적지에 도착한 후 '나'의 긴장감은 어느 정도 풀어진다. 드디어 노부인의 시선으로부터 벗어날 수 있기 때문이다. 이때 슬그머니 '나'는 다음에 이 자리에 앉는 승객을 걱정한다. 분명 이런 공포감은 '나'만 있는 정서가 아니라고 자신을 위로한다. 기차에서 내린 후 농촌의 신선한 공기를 호흡하면서 진군(陳君)의 집으로 가면서 희열을 느낀다. 소설에서는 "자기의 일시적인 기쁨 때문에 다른 승객들은 누가 이 역에서 내려왔는지 신경을 쓰지 않았다(自顧自的往前走, 並沒有留意到別個下車的乘客)."는 것은 뒤에 '나'가 노부인을 다시 만나게 된다는 복선을 깔아 놓았다.

> 내가 찻잔을 들고 큰 유리창이 있는 거리를 거닐면서 시골의 비 내리는 풍경을 보려고 할 때……그런데 저 멀리 뿌연 연기 아래에 까만 그림자의 존재를 보게 됐다. 그렇다, 어두운 행인의 모습이다. —까만 치마를 입은 노부인이었다. 그녀가 여기 우리를 응시하고 있는 것처럼, 이렇게 큰 비가 내리고 있는데도 전혀 움직이지도 않았다. 찻잔이 내 손에서 불안하게 흔들렸다. 찻물은 이미 조금씩 넘쳐났다. 뭔가 큰일이 일어날려나? 나는 나의 공포감을 참을 수가 없었다. 급히 나의 친구를 불렀다.[120]

'나'는 편안하게 농촌에서 주말을 보낼 수 있다고 생각했을 때 공포감은 이유 없이 마음속에 떠오른다. 친구에게 노부인을 가리켜 보여줬을 때 친구는 아무것도 안 보이는 사실을 통해서 노부인에 대한 공포감은 단지 주인공이 스스로 날조했다는 것을 다시 확인할 수 있다. 하지만 이 요부가 자신에게만 보이고 다른 사람에게는 안 보이는 것도 '나'로 하여금 더욱 무섭고 의심하고 심지어 분노하게 만들었다. 이때 진부인이 유리창의 검은 점을 가리키며, '나'는 잘 못 봤다고 위로해주더라도 신경증 환자는 다른 사람의 말에 신경 쓰지 않고 단지 자신이 보이는 세상만 믿는 것이다. 그래서 '나'는 그 검은 점은 요부가 요술로 변화된 것이라고 상상한다. 신경증에 걸린 '나'는 자기 내면의 불안을 억압할 수 없으며 이런 불안감이 오히려 자신을 지배하고 공포감에서 빠져나가는 출구를 모두 막아 버린 것이다.

> 나는 눈을 크게 뜨게 됐고, 시선의 초점이 멀리 왔다 갔다 하면서 넋을 잃고 서있었다. 옆에 있던 진군(陳君)과 그의 부인의 웃음소리에 나는 놀라 깨어났다. 전쟁을 겪은 것 같이 나는 피곤함을 느꼈다. 진군(陳君)과 그의 부인이 나를 부추겨 소파에 앉힐 때, 나는 머리가 어지럽고 눈앞이 캄캄했다. 온몸으로 찬 기운이 느껴지며 독감에 걸린 것 같았다. 이러는 와중에 깜빡 잠들어 버렸다.[121]

---

120   위의 책, 110면. 我端起茶, 走向著街的大玻璃窗, 預備欣賞壹下郊野的雨景……但是我忽然註意到那青煙的下面還有壹團黑色的影子, 是的, 壹個黑色的人行……壹個穿著黑色衣裙的老婦人！她正如凝望著我們這裏壹般, 冒著這樣的大雨, 屹然不動……茶杯在我手中開始不安穩起來, 已經有壹二點茶水傾溢出來了, 會有什麼重大的事情發生呢？我忍不住這樣的恐懼了, 我驚叫我的朋友.

121   위의 책, 111면. 我睜大了眼睛, 眼光忽而矚遠, 忽而視近, 失神地呆立著. 但旁邊的陳君及其夫人的笑聲驚醒了我, 我覺得很疲乏, 好像經過了壹次戰爭.當陳君及其夫人把我扶到沙發上坐下的時候, 我覺得頭暈目眩, 並通身感覺到壹股寒冷, 像是發瘧疾的樣子, 我就這樣睡熟了.

과도한 공포감이 느껴져 '나'는 멀미 기운이 있어 약을 먹어야 된다고 생각한다. 소설의 시작 부분에서 주인공은 계속 약을 먹는 것을 설명한다. 그런데 마침 이번에 약을 안 가져왔다. 그래서 주인공이 제때 약을 못 먹는 것을 볼 수 있다. '나'가 멀미를 느낀 것은 약을 제 시간에 못 먹어서 신경증이 심하게 발작하는 것으로 추측할 수 있다. 즉 신경 환자인 '나'는 약을 안 먹은 상태에서 망상이 심해졌고 더욱 의심이 심해졌다. 사실 주인공은 유리창에 묻은 검은 점을 요부로 상상하고, 진부인이 사실을 알려줬는데도 검은 점을 요부의 화신으로 단정하는 것이다. 주인공의 병세는 약을 안 먹었기 때문에 갈수록 악화된다. 나중에 산책하러 나갔을 때 계곡에서 빨래하고 있는 소녀의 어머님을 또 요부로 상상한다. 그러므로 요부에 대한 공포감은 '나'로 하여금 주변의 모든 사물과 사람을 요부와 연결시켰고 요부의 화신으로 생각한다.

> 그를 힐끔 보니, 파란 눈의 까만 고양이를 안고 영빈실로 들어가 버렸다. 참, 그야말로 요상한 여자다. 이미 잊혀진 공포감이 다시 나의 머릿속 깊은 곳에서 기어 나왔다. 내가 어찌 그와 키스하는 걸 상상했을까? 그녀는 요상한 여자다. 그녀는 바로 어제 본 노부인의 화신이었을 것이다. 그래서 그녀는 자기의 환영으로 유리창 위의 검은 점을 나에게 가리켜준 것이다.[122]

어제 '나'는 친구의 부인에 대해서 성적 환상을 했다. 하지만 위의 인용문에서 보면 진부인(陈夫人)까지 그 요부의 화신으로 상상한다. '나'의 이러한 극한적으로 반대된 심리적 환상은 주인공의 신경증 증상을 말하

122 위의 책, 114면. 壹瞥眼又看到她抱了碧眼的大黑貓閃進會客室裏去，啊，這簡直也是個妖婦了. 已經被忘卻了的恐怖又爬入我的心裏.　我昨晚怎麽會幻想著她與我接吻呢？ 她是個妖婦，她或許就是昨天那個老婦人的化身. 所以她會把她的幻影變做玻璃窗上的黑汙漬指給我看.

고 있다. 그런데 성적 환상의 대상에서 요부로 변화한 이유를 살펴볼 필요가 있다. 진부인에 대해서 성적 환상으로 본 것은 전날 밤의 일이지만 자신은 주관적으로 진부인과 이미 서로 많이 친해진 사이였다고 생각한다. 하지만 진부인이 '나'와 간단하게 인사만 하고 바로 떠난 것은 어제 상상된 부드럽고 순한 진부인과 차이가 많이 났고, 이로 인하여 주인공의 리비도가 좌절당했다. 좌절된 리비도가 '나'로 하여금 진부인에 대한 혐오감을 생기게 했고, 요부의 화신이라고 생각하게 되었다. 정신적인 환자는 늘 현실에서 당하는 좌절에 적응하지 못한다는 것이다.

상하이에 돌아온 후에 '나'는 이제 안전한 피난처에 왔다고 생각한다. 주말에 영화를 보면서 쌓인 공포감을 해소하려고 했는데 '나'의 불안한 악몽은 여전히 지속된다. 영화표가 모두 팔린 것을 알고 '나'는 운이 좋지 않다고 생각하지 않고 요부의 요술이라고 상상한다. 요부가 요술을 부려 영화표가 다 팔리고 '나'를 불안하게 만들기 위한 목적이라고 여긴다. '나'는 순간적으로 위축되며 어디에 가도 요부에 대한 무서움에서 빠져나올 수 없다고 여겼다.

> 나는 그녀의 목을 껴안았다. 그녀의 머리가 내 가까이에 있었다. 아주 큰 진부인의 얼굴이었다. 그녀는 왜 나의 어깨를 한번 꼬집지? 응? 우리가 벌써 키스하고 있단 말인가? 꽤 춥네. 이처럼 차가운 입술은 없었다. 이것은 산 사람의 입술이 아니다. 설마 옛 무덤 속 왕비의 미이라인가? 그렇다면 그녀는 반드시 요상한 노부인의 화신이 틀림없다. 나는 정말로 그녀와 스킨십을 하고 있는 건가? 나는 눈 뜰 용기가 없었다. 나는 어떠한 광경을 보게 될까? 아니, 현실은 생각과는 전혀 달랐다. 나는 그녀가 놓은 덫에 걸렸다. 그는 왜 이리도 냉소하는가? 음침하게 웃는 승리의 웃음소리. 그녀가 혹시 나에게 어떤 액운을 씌운 것일까? 아니면 내가 죽게 되는 것인가?[123]

위의 인용문에서 '나'와 키스하는 사람은 진부인이 아니었고 예전에 '나'와 애매한 사이를 유지한 카페의 여인이었다. 하지만 내 눈 앞에 나타난 모습은 진부인의 얼굴이었다. 전에 '나'는 이미 진부인은 요부의 화신이라고 결론을 내려서 이제는 카페의 여인을 진부인으로 생각하는 것은 요부로 상상하는 것과 마찬가지로 볼 수 있다.

'나'의 불안한 정서의 궤적을 다시 정리해 보면 다음과 같다. 주인공은 기차 안에 검은색 옷을 입은 노부인을 만난 후에 공포감에 빠져 그녀가 요부의 화신이라고 상상한다. 그 다음 며칠 동안 신비한 노부인은 그림자 같이 '나'를 따라 다녔다. 처음에는 친구 집 유리창 밖의 대나무 그림자를 노부인으로 착각하고, 나중에는 유리창에 묻은 검은 점을 요부의 화신으로 상상한다. 그리고 시골에서 산책할 때 계곡에서 빨래하던 소녀의 어머니를 요부로 착각했다. 다음날 아침에 진부인이 '나'로 하여금 무서운 의식을 떠올리게 하여 공포감에 빠진다. 상하이에 돌아온 후에는 영화관에서 노부인의 뒷모습을 본 것으로 착각한다. 바로 그 요부의 화신인 노부인이 마지막 영화표를 사버린 것으로 생각한다. 그리고 자기와 애정 관계를 가지고 있었던 카페의 여인까지 요부의 화신으로 생각한다. 소설의 끝부분에서 주인공은 작은 딸이 죽었다는 전화를 받는다. 그리고 맞은편 작은 골목에 검은색 옷을 입은 노부인이 또 나타난다.

시간 순서에 따른 주인공의 행동 궤적을 정리해 보면 다음과 같다. 기

123　위의 책, 115면. 我已經勾住她的項頸, 她的頭在逼近我, 很大的壹個陳夫人的臉, 她為什麼在我肩上撐壹把？唉, 我們已經在接吻了嗎？怪冷！從來沒有這樣冰冷的嘴唇的, 這不是活人的嘴唇呢！她難道是那個古墓裏的王妃的木乃伊嗎？這樣說來, 她壹定也是那個老妖婦的化身了, 我難道竟真的會接觸著她嗎？我不敢睜開眼睛來, 我會看到怎麼樣的情形呢？天哪！事情全盤都錯了, 我上了她的算計, 她為什麼這樣的冷笑呢, 陰險的勝利的笑聲！她會將怎樣的厄運降給我呢？我會得死嗎？

차를 타고 농촌에 있는 친구의 집에 가서 주말을 보내고 다음날 저녁 상하이에 돌아온다. 영화관에 가서 영화를 보러 갔는데 표가 모두 매진돼 카페에 간다. 마지막으로 깊은 밤에 '나'는 아파트로 돌아온다. 시간에 따른 행동 궤적만을 보면 이 소설은 간단한 이야기일 뿐이다. 하지만 이 간단한 행적에 포함된 내면의 불안감은 아주 풍부하다. 매번 '나'의 의식 흐름을 묘사할 때 시간의 도착 현상이 자주 나타난다. 즉 주인공이 매번 연상하는 시간은 소설의 행동 시간과 엇갈린다. 그러므로 소설의 전체 시간 순서는 단일적인 것이 아니라 복잡하게 얽혀져 있는 것이다. 소설에서 시간 순서의 도착을 통해서 주인공의 불안하고 공포에 떠는 내면 심리를 엿볼 수 있다.

프로이트는 불안을 두 가지 표출 양상으로 나눈다. 불안은 마음의 상처를 크게 입어 올 때와 위험 상황이 봉착을 예감할 때 오는데, 전자를 외상 불안, 후자를 신호 불안이라 한다. 외상 불안은 감당해 내기 어려운 자극이나 방출시키기 어려운 자극에 마음이 압도당하면 불안이 자동적으로 생긴다. 불안을 야기하는 자극은 자기 내부와 외부 모두에서 올 수 있는데, 내부 쪽이 훨씬 많다. 자극이 내부에서 온다는 것은 자신의 이드, 즉 동에서 온다는 말로서 이러한 불안을 이드 불안이라 한다. 신호 불안은 위험한 상태 또는 위험이 곧 올 것이라는 상황에서 자아가 느끼는 정서이다. 이때의 위험이란 주로 무의식에 있는 이드의 충동들이 부글부글 끓다가 드디어 의식으로 터져 나오는 상황을 말한다. 또 가끔 초자아의 압력이 무의식적으로 작용할 때도 있다. 따라서 불안을 느낀 자아는 이드 충동들이 의식을 침공하지 못하도록 저지하고 찍어 누른다. 이런 의미에서 이 불안은 '예지적' 성격을 지니고 위험신호를 보내 준다는 의미에서 신호 불안이란 말을 쓴다.[124] 「마도」의 끝 부분에서 주인공

은 세살 딸이 죽었다는 소식의 전화를 받는다. 비록 소설 마지막 부분에
만 자신의 딸과 관련 있는 내용이 등장하지만 주인공의 불안한 내면 심
리에 따라 '나'는 딸의 위독한 소식을 이미 아는 상태에서 이어지는 불
안적인 심리가 더욱 합리화될 수도 있다. '나'는 신경증의 환자이며 딸
이 위독하다는 소식의 억압에서 병세가 더욱 심해지고 죽음이 언제 올
지 모른 신호 불안감에 빠질 가능성도 있기 때문이다.

  1992년 1월 15일에 스저춘은 화동 사범대 양잉핑에게 편지 한편을 썼
다. 그 편지에서 스저춘은 「마도」를 창작한 동기를 밝혔다. "내가 인간
의 여러 가지 착각과 무의식·의식이 합쳐지는 「마도」를 썼다. 또한 일부
분의 성적 각성, 환상과 현실이 엇갈리며 감성과 이성이 교차하는 표현
방법을 도입해서 한 도시 지식인의 편안하지 못한 정서를 표현하였다."[125]
이런 편안하지 못한 정서가 바로 이 글에서 말하고자 하는 불안감이다.
상하이가 식민지로 전락하게 되며 거기에 거주하는 중국인들의 편안하
지 못한 정서와 불안정한 외적 환경은 「마도」를 통해서 엿볼 수 있다.
스저춘은 환상을 좋아하는 작가이다. 또한 그는 '신심리주의' 소설을 즐
겨 쓰는 이유가 자신이 망상증에 걸렸기 때문이라고 말한 바 있다. 그는
스스로 "나의 단서 없는 생각은 연운(煙雲)들과 함께 만연되어 흘러내리
고 또한 나타나고 있다. 나의 많은 작품은 모두 병상의 망상에서 생성된
것이고 「마도」는 그 중에서 내가 제일 좋아하는 작품이라고 할 수 있
다"라고 말한 바 있다.[126] 소설 「마도」는 스저춘의 예술적 특징을 제재

---

124   조두영, 『프로이트와 한국문학』, 일조각, 2000, 65면.

125   在魔道這一篇中,我運用的是各種官感的錯覺, 潛意識和意識的交織, 有一部分的性
       心理的覺醒, 這一切幻想與現實的糾葛, 感情與理智的矛盾, 結合起來, 表現的是一
       種都市人的不寧靜情緒。杨迎平,「施蛰存关于「魔道」的一封信」,『新文学史料』2011
       年第5期, 180면.

와 주제를 형성하는 '의식의 흐름'이 환상 내지 환각의 형식 속에서 구체적으로 표현하고 있다. 다시 말하면 이 작품은 연속된 환각 또는 환상으로 이루어진 한 사람의 내면 의식의 흐름이 작품 그 자체라고 할 수 있다. 환상과 환각을 묘사하고 탐닉한다는 것은 심리소설이 모두 인간의 내면 심리를 현실화하려는 경향을 가지고 있기 때문이다. 내면 심리의 현실화는 현실적으로 존재하지 않거나 존재하지만 시공간으로 멀리 떨어져 있는 그 '무엇'을 인물의 내면 심리에서 비롯된 자유 연상, 회상, 환각, 몽타주 등의 기법으로 이루어진 '의식의 흐름'을 통하여 주인공의 망상증을 보여주고 있다. 그리고 물리적 시공간의 경계가 무너지고 과거·현재·미래가 끊임없이 융합되어 '연속 시간'을 형성하게 된다. 그렇게 함으로써 현실과 소설의 서술성이 희미해지고 인물의 내면 심리가 강화되는 결과를 얻게 된다. 「마도」의 주인공이 꿈꾸었던 일련의 환각과 망상은 역시 시공간을 뛰어넘는 주관적 환상과 무의식에서 싹 텄다. 망상의 주요 내용은 주로 늙은 요부에 대한 공포감에서 생겨난 환상이라는 것을 알 수 있다.

「여관」은 상인 띵 선생(丁先生)이 농촌의 한 여관에서 보냈던 무서운 하룻밤에 대해서 묘사한다. 띵 선생은 그의 아버지 가게를 물려받아 이삼십년 동안 상하이에서 장사를 해왔다. 심지어 일요일까지도 일을 해야 할 만큼 그의 삶은 바쁜 생활의 연속이었다. 그리고 이러한 삶의 압박 속에서 그는 점차로 신경쇠약증 환자가 되어갔다.

---

126   施蟄存, 「贊病」, 『施蟄存散文選集』, 百花文出版社, 2004. "我的沒端倪的思想就會跟著那些煙雲漫延著, 消隱著, 又顯現著. 我有許多文章都是從這種病榻上的妄想中產生出來的, 譬如我的小說「魔道」, 就幾乎是這種妄想的最好的成績".

건강은 점점 악화되고 하는 일마다 제대로 되지 않는 것을 보면서 그는 당황하기 시작했다. 이러다가 정신이상이 되거나 목숨을 잃게 되지 않을까 두려워했다. 이러한 두려움은 그의 사고를 지배했고 신경 쇠약 증세는 더욱 심해졌다. 길을 가다가도 목적지를 잃어버리는가 하면 일요일인데도 증권 거래소에 가서 공식 거래 상황을 들었다.[127]

띵 선생이 신경쇠약에 걸린 이유는 식민지로 전락해버린 상하이에서 아버지에게 물려받은 재산을 지키느라 겪어야 했던 압박감에 있었음을 알 수 있다. 위의 인용문을 통해서 띵 선생이 신경증의 초기 증상을 겪고 있음을 볼 수 있다. 자신이 제어할 수 없는 정서 앞에서 띵 선생은 갈수록 불안해졌다. 이런 신경쇠약 증상에 벗어나기 위해서 프랑스 친구의 권유에 따라 당분간 상하이를 떠나 농촌으로 휴가를 갔다. 하지만 띵 선생은 농촌 여관에서 보내는 그 밤이 자신의 악몽이 될 줄 모르고 신경 쇠약 증상이 더욱 심해진다. 사실은 그의 공포감은 모두 의심으로 인해 나타난 것이며 신경증의 임상 표현이라고 볼 수 있다. 이런 병세는 그가 상하이에서 가져온 것이며 무서운 밤이 되는 직접적인 이유이다. 하지만 소설에서는 그로 하여금 더욱 불안해진 외적인 환경을 함께 보여준다. 소설의 시작 부분에서 여관 주인의 '작은 덩치, 까무잡잡한 얼굴'은 띵 선생의 의심을 자극했고 나쁜 인상을 심어주었다. 여관 주인의 이상한 외모는 띵 선생의 무서운 밤의 징조가 된다. 여관 내부 구조는 띵 선생으로 하여금 더욱 불쾌하고 불안해지게 했다.

---

127   施蟄存, 「旅舍」, 앞의 책, 122면. 近來因為自己覺得身體太壞了, 做事情完全失掉了秩序, 便有些驚慌起來, 怕自己會發狂或是死.這種對於自己要發狂或是死的擔憂壹旦占據了他的思想, 他的神經衰弱癥便越發廣害起來.他會在路上忘記要到哪裏去, 他會在星期日趕到證券交易所去聽公債的市面.

이 방안에 청화 무늬 휘장을 설치한 큰 나무 침대와, 서양식 세숫대야 하나, 옛날 양식의 작은 팔선상 하나, 몇 점의 골패 걸상이 놓여 있는 것을 그는 흘낏 보았다. 방은 작지 않았지만, 가구가 너무 적은 탓인지, 띵 선생은 이 여관이 너무나 협소하지 않나 생각했다.

그는 또 방안의 모든 가구들을 하나씩 하나씩 자세히 살펴보았다. 그는 여기에 있는 물건들의 나무 종류, 양식 그리고 낡은 정도가 모두 다름을 알게 되었다. 어슴푸레한 불빛아래 가구들은 저마다 신비성을 보이고 있었다.

이 고요한 밤 시골의 이상한 방안에서, 그는 벽에 있는 검은 그림자를 보며 자신의 존재마저 의심해야했다.[128]

여관에 있는 시설들은 띵 선생의 의심과 환상을 자극한다. 여관은 그의 상상력에 의해 신비로운 공간이 된다. 띵 선생은 의심스러운 눈으로 여관의 구석까지 살펴보았다. 그는 불안정한 정서로 말미암아 긴장감이 더하여지고 급기야 공포감에 사로잡힌다. 띵 선생은 침대에 누워서 청나라 포송령(蒲松齡)의 『요재지이(聊齋志異)』를 연상하고 침대 밑에 여자의 시체가 숨겨 있는지를 의심했다.

그는 예전에 어느 여관 주인이 새 각시가 죽은 방을 손님에게 투숙시킨 일이 있었으며 그로 인해 손님들이 깊은 밤이면 무서운 처녀 귀신을 만났다고 하는 이야기를 떠올렸다. 이러한 이야기들이 그의 머릿속에 떠오르며, 방금 전 어린 여관 주인이 이 방을 그에게 투숙시킨 것에 대해 의혹을 품게 되었다. 여관 주인이 23개 방이 모두 나갔다고 하지 않았나? 어찌하여 여러 번 상의하고 질질 끈 끝에 방법을 찾았는지 "빈 방이 있긴 있으나"라

128　　위의 책, 123면. 他約略地看出了這房內所陳設著的壹只張著青花布帳子的大木床, 壹只模仿西式的洗臉臺, 壹只古式的小八仙桌, 和幾只骨牌凳.房間並不算小, 但這也許是家具太少之故, 丁先生覺得這樣的旅社, 真的未免太拙陋了……他又仔細地看了壹看這房間裏的每壹件家具, 他發覺這些東西的木質, 式樣和新舊, 全都不同的, 而在這幽暗的燈光下,每壹件家具都在顯現著它的神秘性……看了板壁上晃動著的黑影, 在這寂靜的鄉村的夜裏, 在這古怪的房中, 他差不多連自己的存在都不要信任了.

고 하더니, 이 방은 꼭 손님을 위해 준비한 것은 아닐 것이다. 아니면……
누군가가 죽었을 것이다. 이 여관의 사모님? 따님? 그렇다. 그래서 이 방
의 진열된 가구에는 옷장과 치마 옷장이 있는 것이다. 그렇다면 이 침대
는……침대를 생각하자 띵 선생은 또다시 소름이 끼쳤다. 그는 자신이 자
기 몸 아래로 차가운 여자 시체를 누르고 있다는 것을 느낀 것 같았다. 그
는 눈을 감고 자기 몸 아래로 감히 손을 뻗지 못했다.[129]

주인공은 그 방에서 사람이 죽은 적이 있다고 추측하자 여자 귀신과
관련이 있는 이야기들이 그의 머릿속에 떠오르기 시작한다. 자신을 그들
이야기의 피해자들에 전이하며 띵 선생 자신이 바로 그 여자 귀신들이
잡아먹은 식물로 연상한다. 이어서 여관 주인의 이상한 외모를 다시 눈
앞에 떠올리며 이 방은 고객들을 위해서 준비한 곳이 아니라고 단정한
다. 심지어 자신의 몸 밑에 차가운 한 여자의 시체가 누웠다고 느낀다.

주인공은 밖에서 반짝이는 빛을 보고 나서는 여자 귀신이 아니라 여
기가 손님을 해치고 돈을 빼앗을 목적으로 악당들이 열고 있는 여관이
라고 여기게 된다. 침대 뒤에 있는 옷장에서 어제 살해당한 고객의 시체
가 숨겨져 있을 것이라고 상상한다. 아니면 이 악당들이 다니는 지하 통
로일 수도 있다고도 생각한다. 그래서 그는 자신을 구할 방법을 찾고자
한다. 큰 소리로 차를 달라고 하는 방식으로 직원을 부르려고 했다. 하

129　위의 책, 124면. 他記得曾經有壹個旅館主人將壹個新近死了媳婦的房間賃給客人,
以至這客人在半夜裏遇到了可怕的女鬼, 當這樣的故事浮上了他的意識中來之後, 他
便對於剛才那個小的旅館主人將這個房間租賃給他的情形,　發生疑慮了.他起先不是
說二十三個房間都住滿了嗎? 為什麼當自己商情設法之後,　便好像思索出壹個變通辦
法似的說出: "還有壹個房間空著的話呢? 可見這個房間從前壹定不是預備給過客們
住的.然則……也許這裏曾經死過什麼人, 那旅館主人的妻子? 或女兒? 是的, 所以
這房裏還陳設著衣箱和群箱.而這床……壹想到這床,丁先生又是壹陣寒襟,他好像覺
得在自己身子底下, 正壓著壹個可怕的冰冷的女人的屍體, 他閉了眼睛, 手都不敢伸
到自己身子底下去了.

지만 이런 생각은 바로 부정 당한다. 왜냐하면 그는 여기에 일하는 직원들이 주인과 한패라고 의심했기 때문이다. "띵 선생은 자신의 의문을 풀어낼 재능이 넉넉하다"라는 문장을 통해서 띵 선생이 스스로 자신을 공포감에 가두어 놓고 자신이 불안감에서 빠져나갈 출구를 모두 막아 버린 것을 알 수 있다.

비록 그는 옷장이 잠긴 것을 보고 악당들의 지하 통로가 아닌 것을 단정할 수 있지만 순간적으로 더욱 무서운 대상을 찾아낸다. 옷장 안에 분명히 피해 여자 고객의 시체가 숨겨져 있다고 상상한다. 그는 계속 자신이 상상하는 무서운 대상을 부정하면서도 또 다른 더욱 끔찍한 대상을 상상한다. 드디어 띵 선생은 기진맥진하게 된다. "그는 귀신과 나쁜 사람이 이미 그의 옆에 서 있다는 것을 느끼자 숨이 막힌다. 또한 이는 살인 사건이며, 자기의 죽음이 타인에게 기억되지도, 발견되지도 않을 것이라 판단한다."[130] 띵 선생은 처음부터 끝까지 자신의 상상력에 의해 만든 공포 분위기에 가둬 진다. 마지막에 그는 자신이 숨진 것을 생각했지만 단지 너무 피곤해서 잠이 들었을 뿐인 것이 밝혀진다.

「여관」은 띵 선생의 하루 밤 망상을 보여주며 현대 도시인이 정신적 불안에서 벗어나기 어렵다는 것을 보여준다. 띵 선생은 농촌에 가서 평안한 휴가를 보내려고 했지만 오히려 무서운 심연에 빠진다. 여관에서 보낸 밤을 통해서 띵 선생은 신경증 때문에 어디서나 편안한 곳을 찾지 못한다는 것을 표현한다. 「여관」은 주인공의 질환 증상을 통해 식민지 상하이에서 살고 있는 민중들의 불안한 내면과 적대적인 정서를 암시한다. 개인의 정신 건강 여부는 개인 자신의 문제일 뿐만 아니라 본질적으

---

130   위의 책, 125면. 他覺得鬼和歹人已經同時站在他的兩旁, 而自己分明是窒息了. 並認為這是壹個謀殺案, 自己的死不會被別人記得和發現.

로는 그가 속해 있는 사회구조에 주로 의존한다.[131] 이는 개개인의 정상
과 병리가 당대 사회구조의 성격에 따라 좌우된다는 것이다. 1930년대
의 상하이는 식민지에 전락하여 근대 문명의 소용돌이로 인해 많은 변
화가 이루어진다. 사람들의 가치관이 변화하여 배금주의자와 향락주의
자들이 급격히 증가하고, 인간성이 마비된다.[132] 띵 선생과 같은 지식인
은 이런 객관적인 환경에 억압당하고 마침내 신경증 환자가 된다.

  근대성의 '위협하는 환경'에 대한 불안을 병리성과 직접 연관시켜 설
명한 것은 프로이트이었다. 물론 프로이트가 자본주의, 혹은 자본주의
체제나 생산양식을 직접적으로 비판한 사람은 아니었지만, 또한 사회적
구조에 대해 체계적이고 틀이 잡힌 의견을 구성한 적은 없었지만,[133] 그
는 분명 '부르주아 사회에 대해서는 진보적인 비판자'[134]였다. 그 핵심은
모더니티의 출현이 정신 병리의 주된 유형인 신경증, 즉 신경쇠약과 같
은 정신 병리의 일반적 조건을 만들어 냈다는 것인데, 프로이트에 따르
면 근대 사회 생활의 경쟁적이고 물질적 특성이 인간에게 심각한 정서
적인 고통을 초래했다는 것이다. 사회는 개인에게 매우 가혹한 요구를
부과하기 때문이다. '우리 문명은 본능 억제에 그 바탕을 두고 있다.'[135]

---

131   에리히 프롬, 김병익 역, 『건전한 사회』, 범우사, 1975, 77면.
132   余凤高, 『心理分析与中国现代小说』, 北京: 中国社会科学出版社, 1987, 209- 210면.
133   리처드 월하임, 이종인 역, 『프로이트』, 시공사, 1999, 367면.
134   에리히 프롬, 강영계 역, 『현대인간의 정신적 위기』, 진영사, 1976, 67면.
       "자기들의 세계의 붕괴에 압도된 회의적인 계몽 철학들은 역사 속에서 인간의
       운명을 완전히 비극으로 바라보는 철저한 회의론자가 되었다. 프로이트 역시 달
       리 반응할 수가 없었다." (95-96면)
135   프로이트, 김석희 옮김, 「문명적 성도덕과 현대인의 신경병」, 『문명속의 불만』,
       열린책들, 1997, 16면. 인간은 누구나 개인 재산의 일부, 즉 무엇이든지 할 수 있
       다는 의식의 일부와 같은 것들을 포기해 왔는데 개인들의 이러한 양보가 모여서
       물질적이고 정신적인 문명의 공유재산이 생겨났다는 것이다.

는 프로이트의 선언은 여기에서 비롯된다. 따라서 프로이트에게 근대 사회는 억압이며, 이 '억압'으로 인해 인간은 문명에 많은 불만을 갖게 되고 병리적 신경증 증상은 확대되고 있다고 말하고 있다.

최명익의 소설 「폐어인」, 「무성격자」에서 등장하는 인물들은 정신적으로 병들어 있으며 강한 예민성과 히스테리 등 다양한 신경증의 병적 징후들을 나타낸다. 이러한 징후들은 그들을 정신적으로 힘든 상황에 놓이게 하고 그들의 내면적 갈등을 더욱 첨예하게 보여준다. 스저춘의 「마도」, 「여관」에서 등장한 인물들은 망상증 병적 징후들을 앓고 있다. 주인공의 '의식의 흐름'은 환상 내지 환각의 형식 속에서 구체적으로 이루어진다. 다시 말하면 이 작품들은 연속된 환각 또는 환상으로 이루어진 한 사람의 내면 의식의 흐름이 작품 그 자체를 이룬다고 할 수 있다. 물론 최명익 소설은 강한 예민성과 히스테리를 통해서 인물의 불안감을 나타내고, 스저춘의 소설은 환상과 환각을 통해서 주인공의 불안감을 보여준다. 이는 모두 신경증의 증상이다. 그래서 최명익과 스저춘 소설에는 신경증의 병적 모습을 보여줌과 동시에 의식 흐름을 통해서 그들의 상이한 내적 심리를 표출하고, 상이한 내적 심리 뒤에 깊이 숨어있는 불안감을 보여준다는 공통점을 가진다.

앞에 살펴본 바와 같이 이상심리의 병인(病因)은 최명익과 스저춘의 심리소설에는 잘 드러나지 않는다. 사회의 억압 구조가 종종 은폐되기 때문이다. 이러한 이유로 최명익과 스저춘의 심리소설에서의 병리 현상의 표현 양상은 리얼리즘 문학에서처럼 한 개인이 외부 세계와 직접 충돌하는 방식으로 나타나지는 않는다. 또한 그것은 모든 정신 병리가 무엇보다 외부 세계와의 의사소통을 거부하고 자신에게만 지나치게 집착하는 경향으로 나타난다. 즉 리얼리즘 문학에서는 주인공들이 병리를 야기

한 외부적 요건들과 직접 맞서기 위해서 매우 이성적 성격을 소유하는 것과는 달리 심리소설의 주인공으로 선택된 인물들은, 그것이 외부적 요인에 의해서 발생한 것이든 내부적 요인에 의해 발생한 것이든 그 증상에만 집착한다. 그 때문에 세계관이나 가치관이 왜곡되는 경우가 흔히 나타난다. 질병은 개인적인 현상임에 틀림없지만 30년대 문학작품의 경우, 병을 둘러 싼 사회적 환경이 중요하게 작용하기 때문에 이를 단순히 병리학적인 문제로만 보는 것이 아니라 병을 앓고 있는 개인의 내면과 그 배경이 되는 사회 현상에 대해 살펴볼 수 있다. 즉 불안정적인 시대 배경에서의 불안정한 내면 심리는 한·중 양국 심리소설의 모티프가 되고, 질병 서사와 같은 은유성을 지닌 표출 방식은 인물의 갈등적인 내면을 형상화한다.

2. 이주 서사와 탈출 욕망

우리 사회의 주변인들은 평화와 행복을 추구하면서 끊임없이 삶의 터전을 떠나 새로운 삶의 터전을 찾아 이주하고 있다. 현재 삶이 더 이상 안정과 영속의 이미지를 충족하지 못하기 때문에 그들의 이주는 불가피한 측면이 적지 않다.[136] 희망은 욕망에 부합하는 전망일 수 있으며, 과거를 미래에 투사하는 것일 수 있으며, 혹은 개인이 살아갈 막연한 시간의 환상일 수 있다. 그래서 희망은 영원히 시간과 공간을 떠도는 무엇일 수 있다. 나의 행복은 내가 현재 살아가는 곳이 아닌 다른 어딘가에 머

---

136   이-푸 투안, 구동희·심승희 역, 『공간과 장소』, 대윤, 2007, 54면.

무는 것이다.[137] 인간은 늘 평안을 염원하고 추구한다. 평안을 느낄 때 만족하고 행복해 한다. 그것은 우리가 추구하는 이상이며, 유토피아이다.[138] 이런 보편적인 심리적인 기반으로 인해 인간은 현재 삶이 더 이상 평안하지 않고, 심지어 불안과 억압의 상태에 빠지게 될 때 그들의 이주는 불가피해진다. 1930년대 한국과 중국의 억압적인 시대 배경에서 사람들은 자신의 삶의 터전을 탈출하고자 하며 새로운 평화와 행복한 곳을 욕망한다. 최명익과 스저춘의 심리소설에서 당시의 사회적 현상을 내면화 하며 인물들은 탈출적인 욕망을 부각시킨다.

1) 농촌으로부터 도시로의 탈출 욕망

최명익의 「봄과 신작로」는 농촌을 배경으로 하고, 지식인 인물이 등장하지 않는다는 점을 들어 다른 작품들과는 별개의 것으로 다루어 왔다. 이 작품은 농촌을 그 공간적 배경으로 하여, 여성 문제들이 현실적·구체적으로 나타나고 있으며 서사의 초점이 여성 등장인물에게 맞추어져 있다. 시골 처녀인 '금녀'와 '유감'이는 동갑내기로 쌍둥이처럼 자라 같은 해, 같은 동네로 시집을 오게 된다. 그러나 유감과 금녀의 성격은 '보수성'과 '개방성'의 극단적 대립을 보인다.[139] 유감은 금녀처럼 같은 조혼 관습의 억압을 받고 있지만 성숙한 남편으로 인해 금녀만큼 절박한 상황은 아니라고 볼 수 있다. 유감은 외부적인 유혹에서도 탈출하고

---

137 가즈시게 신구, 「희망이라는 이름의 가장 먼 과저: 시공상의 이주에 관한 정신분석학적 에세이」, 『제4회 세계 인문학 포럼』, 2016, 105면.

138 송현호, 「<광장>에 나타난 이주담론의 인문학적 연구」, 『한국현대문학연구』42호, 한국현대문학회, 2014, 237면.

139 한순미, 「최명익 소설의 주체, 타자, 욕망에 관한 연구: 라깡의 욕망 이론을 중심으로」, 전남대 석사논문, 1997, 89면.

자 하는 생각이 없는 평면적인 인물이다. 반면에 절박한 상황에 처한 금녀는 적극적으로 탈출하려는 욕망을 보여준다. 금녀의 권태적인 시집살이는 자세하게 서술되지 않는다. 하지만 행간에 금녀가 가진 삶의 척박함을 엿볼 수 있다.

> 금녀의 남편은 금녀보다 두 살이나 어린 애였다. 큰상을 몰리자 후행 왔던 아버지를 따라간다고 한바탕 떼를 쓰고 울었다.
> 그래서 동리 사람들은 유감이 남덩(남편)은 주정뱅이요 금녀 새스방은 울램이라고 하였다.[140]

> "냉수는 오마니가 좀 길으소고래"
> 하고 위목에서 물레질을 하는 늙은 어머니에게 짜증을 냈다.
> "내 얼른 길어올라."[141]

> 금녀가 집에 돌아오기는 닭이 세 홰나 운 때였다. 이슬에 젖고 풀물에 더럽힌 보손과 옷을 감추고 난 때에 건넌방에서는 시어머니의 기침 소리와 문턱에 떠는 시아버지의 대통 소리가 들렸다. 부엌에 나온 금녀는 팥을 솥 안에 안치고 아궁 앞에 앉아서 불을 지폈다.[142]

15살인 지난 가을에 시집온 금녀는 올해 16살이다. 두 살이나 어린 남편은 14살의 애이다. 남편은 철이 없어서 울램이라는 별명까지 얻었다. 금녀는 남편이 남편으로서의 기능을 발휘할 수 없는 것에 삶의 의미를 상실했다. 그 상실이 금녀로 하여금 일상으로부터의 권태를 일으키게 한다. 하지만 가부장제 속에서 금녀는 자신의 삶의 의미를 어느 곳에서도

---

140   최명익, 「봄과 신작로」, 앞의 책, 51면.
141   위의 책, 61면.
142   위의 책, 68면.

찾기 힘들었다. 오직 제도로 규정해 놓은 역할 속에서만 그 존재를 인정 받을 수 있었다. 금녀가 매일 밥상을 차리는 것과 우물에 가서 물을 긷 는 것은 가정 안에 한정된 여성들의 영역과 역할을 보여주며 복종과 순 종, 희생의 강요로 인한 것임을 말해 주고 있다. 결코 자발적인 기쁨이 아닌 감당할 수 없는 금녀의 시집살이의 억압성을 보여준다. 이런 권태 적인 시집살이를 탈출하고자 하는 갈망은 다음과 같은 노래에 상징적으 로 표현되고 있다.

> 시집살이는
> 살까 말까 한데
> 호박에 박넝쿨
> 지붕을 넘누나[143]

　언제나 지붕을 넘고 뛰쳐나갈 듯한 이들의 억압된 탈출 욕망을 위의 민요를 통해서 엿볼 수 있다. '살까 말까'라는 어휘를 통해서 농촌 여자 가 삶의 구속성과 이탈하고 싶은 욕망이라는 이중성을 나타낸다. 금녀도 마찬가지로 그런 이중성을 지닌 여자인데 자동차의 출현은 그녀의 떠나 고 싶은 욕망을 자극한다. 자동차라는 문명의 상징은 금녀가 신작로 길 을 따라 "자동차를 타고 헐헐 떠날 뜻도 싶은 꿈"을 채워준 대상이 된다.

> 　그러나, 억세게 소구루마 체를 한 팔로 그러잡고 달려와서 바가지에 찔 찔 넘는 물을 뻘걱뻘걱 다 마시고 가는 유감이 새스방의 땀내와 술냄새가 코에 서리던 것을 생각하면 유감이가 우는 곡절을 알 듯도 모를 듯도 해서 말했다.
> 　하루에 두 번 거진 같은 시간에 오고 가는 운전수와 조수가 이 우물에서

기름 묻은 손과 머리를 씻을 때마다 여인들은 뛰어 나는 비누 거품을 피하여 쌀 함박과 나물 그릇을 비껴놓으며 "에이구 그 사향 냄새는 늘 맡아두 역해." 하고 코를 집는 시늉을 하면서도 물을 떠서 그들의 머리와 손에 끼쳐주는 것이었다.[144]

유감이의 남편 춘삼은 전형적인 농부의 모습으로 땀 냄새와 술 냄새로 특징이다. "이때 여인들은 같은 공간에서 다소 다른 공간으로 비껴설수 밖에 없다. 땀 냄새와 술 냄새는 밖으로 이야기 할 수 없는 불편한 내면의 목소리이다. 반면, 자동차를 타고 우물에 들어 온 이방인인 운전수는 여인들과 스스럼없이 이야기하며 비누 거품을 피하고 나물 그릇을 비 껴놓는다. 그리고 여인들은 춘삼이와는 다르게 운전수에게서 나는 사향 냄새도 자연스럽게 이야기할 수 있다. 땀 냄새와 사향 냄새의 두 가지 냄새는 서로 다른 문화의 충돌을 보여주는 기표들이다. 이러한 냄새에 대해 금녀는 유감이의 남편의 것에는 역함을 느끼지만 운전수에게는 호감을 가진다. 금녀가 호감을 가지는 것은 비단 운전수 하나만의 문제가 아니다. 운전수가 함의하고 있는 다양한 근대적 기의들에게 욕망을 느끼는 것이다. 운전수는 자동차를 함의하고 그 자동차는 대처 즉 도시를 향해있고 도시는 근대라는 욕망으로 향해있다."[145]

형애야 너두 자동차 못 타봤지?
유감이는 대답하기도 싫었다. 앞서 가는 유감이의 물동이에 바가지 소리만을 몇 걸음 들을 뿐인 금녀는 혼잣말같이
얼마나 훌륭하겠네 글쎄. 신작로로 내내 가문 피양(평양)인데 사꾸라래

144   최명익, 앞의 책, 34면.
145   표정옥, 「타자 혐오와 질병 담론의 연루로 읽는 최명익의 <봄과 신작로> 연구」, 『한국근대문학연구』22호, 한국근대문학회, 2021, 88면.

나? 요즘이 한창이래애.[146]

금녀의 욕망을 부추기는 역할을 하는 것은 자동차라는 근대적 상징물의 유입에서 비롯된다. 운전수가 넓은 벌판 그의 마음속 깊이 가라앉은 감히 들끓지도 못하는 초조함이 그를 향해 뚫린 신작로를 통해 출현하는 것은 금녀로 하여금 새로운 변화를 추구하게 한다. 전통적 공간에서 일과 순종밖에 모르던 금녀에게 '우차'보다는 '자동차'가, '진달래'보다 '사꾸라'가 훨씬 유혹적인 존재였다. '자동차'와 '사꾸라'로 상징되는 평양은 금녀에게 동경의 장소이자 유혹의 공간이다. 운전수가 가져온 물건은 '사향 냄새 나는 비누'와 '인조 하부다이 손수건'으로 이는 근대화의 물질적 표상이기도 하지만 금녀의 욕망을 자극하는 대상이기도 하다. 금녀는 항상 자신이 그 자동차로 날아가는 듯한 환상에 빠지게 되는 것이다.

「봄과 신작로」에서 금녀의 심리를 이끌고 나가는 기본 어휘소는 '그리워하다'이다. 이 단어가 지니는 의미를 금녀가 처한 상황과 연결하며 생각해 보면 '결핍되어 있는 것을 보충하고 싶어 한다.'로 바꿀 수 있다. 이 기본 어휘를 토대로 텍스트의 행간을 따라가 보면 '금녀는 신작로를 그리워하다', '금녀는 사꾸라 꽃을 그리워하다', '금녀는 평양을 그리워하다'로 나타난다. 금녀가 '그리워하는' 대상은 그녀의 욕망을 형상화한다. 금녀를 감싸고 있는 세계는 가부장적 이데올로기와 유교주의 색채가 아직 묻어 있는 농촌이다. 하지만 금녀에게 있어 자동차로 전해오는 외부의 세계는 그녀의 결핍을 채워줄 것 같은 곳이기에 평양에 대한 동경을 느낀다. 앞에서 나타난 '살까 말까'라는 양면적 태도는 전통적인 도덕 이데올로기의 억압과 자동차로 상징되는 문명에 대한 갈

---

146   위의 책, 55면.

망이라고 볼 수 있다.

> 그 고양이는 털을 거슬린 목을 짜내듯이 허리를 까부러치고 우는 것이었
> 다. 한참 서서 보는 동안에 그 고양이는 몇 번이나 울음을 멈추었다. 그때
> 마다 금녀와 유감이의 머리카락을 스치는 바람결에 바자의 수수깡잎이 버
> 들피리같이 울었다. 그러자 또 고양이가 우는 것이었다. 이번에는 저편에
> 서 다른 고양이가 울기 시작했다. 이놈이 울면 저놈이 귀를 재우고 저놈이
> 울면 이 놈이 귀를 재우는 모양으로 서로 소리를 더듬어 가까이 갔다.[147]

금녀가 시집온 후로 '첫 봄을 맞았다'라는 소설 첫 구절에서 봄의 분
위기가 나타난다. 소설 속에서는 봄이 금녀의 억압된 성 심리를 자극하
는 요인으로 직접 서술되지 않지만 앞부분에서 고양이의 울음소리가 다
섯 번이나 반복해서 나타난다. 고양이는 봄이 되면 짝을 찾게 되기 마련
이다. 고양이 울음소리는 바로 짝을 부르는 것이다. 봄의 아름다운 풍경
에 대한 묘사는 없지만 반복되는 고양이의 울음소리는 봄의 생명력과
금녀의 억압된 성 심리를 환기시킨다. 동물도 자유롭게 짝을 찾을 수 있
는데 금녀는 가부장제의 구속에 의해 행복을 잃어버린다. 하지만 금녀의
자유분방한 천성은 조혼의 관습으로 소멸되지 않았다. "이 봄에 이 동리
에서 우는 고양이 소리를 금녀도 들었고 유감이도 들었다. 그러나 유감
이만은 우물길에서나 집에서 우는 고양이를 만나면 발길로 차거나 부지
깽이로 갈겨 쫓아내었다."고 서술되듯이 유감은 고양이를 쫓아내는 반
면에 금녀는 깔깔 웃으며 달아난다. 즉 「봄과 신작로」에서 고양이의 성
애 묘사는 여러 번 등장하는데, 유감은 피하거나 무시하는 반면 금녀는
즉각적인 반응을 보이고 있다. 이러한 행동을 통해서 금녀가 자유롭게

---

147   최명익, 위의 책, 138면.

이성을 찾고자 하는 것에 대한 동경이 있다는 것을 엿볼 수 있다. 금녀가 유감과 다르게 고양이에게 취한 긍정적인 태도는 뒤에 그녀가 억압된 시집살이로부터 이탈할 행동에 대한 복선을 깔고 있다.

금녀는 운전수에게 호감을 가진 후에 더 이상 울램이 신랑이나 농촌 생활에 대해 관심이 없다. 우물가에 물을 길러 가는 것은 운전수를 만나러 가기 위한 동기로 변했다. "운전수가 오늘은 노상 쉬미(수염)를 매끈히 밀었어 얘"라는 말을 통해서 금녀가 운전수에게 호감을 가지고 섬세하게 관찰한 것을 엿볼 수 있다. "벌써 지나가지나 않았나? 금녀는 더욱 빨리 걸었다."를 통해서 금녀가 운전수를 만나고 싶어 하는 초조한 마음을 알 수 있다. 최명익을 비롯한 동시대의 작가들은 권태의 궁극적 해결 방법을 미적 유희에서 찾았다. 미적 유희란 외적 현실에서 의미와 가치를 발견하지 못한 인간이 만들어 낸 권태를 넘어서기 위한 의도라고 할 수 있다. 권태의 심리와 일상적 현실 사이에서 긴장을 조성하는 낭만적 사랑, 명랑성, 독서 등에 비해 미적 유희는 현실을 자의적 변형의 대상으로 삼는다는 점에서 일층 과격한 권태 파기의 방법이다.[148] 금녀의 권태 파기의 방법은 '낭만적 사랑'으로 설정되었다. 하지만 운전수로부터 밤에 만나자는 제의를 들은 후, 금녀 자신이 도덕 이데올로기에 구속되어 있다는 심리는 다음의 인용문에 잘 드러나고 있다.

> 그러한 금녀의 모양을 내려다보던 운전수는 "금녀 새스방하구 딴 방에서 단 둘이만 자지? 그럼 오늘 밤에 내 금녀 방으로 갈 테야. 정말."
> "아사요. 그러다 들키문!"
> 운전수의 말에 놀란 금녀는 금시에 눈이 동그래졌다.
> "그까짓 새스방 구실두 못하는 것한테 들킨들 멜 하나?"

---

148   강상희, 앞의 책, 149면.

"멜하다니 망신하고 죽게?"

"죽긴 누구한테?"

"그럼 안 죽어?"

이렇게 말하는 금녀는 누구한테 죽을지는 몰라도 죽기는 꼭 죽을 것만 같았다. 그런 짓을 하다 들키면 운전수 말대로 새스방 구실도 못하는 울램이 손에도 꼼짝을 못하고 죽을 것 같고 시어머니나 시아버지한테 코를 베이거나 인두로 지지울 것 같고 그렇지 않더라도 망신한 친정아버지나 어머니까지도 저를 죽이고야 말 것 같았다. 혹시 누가 안 죽이더라도 저 혼자 저절로 죽을 것 같기도 했다.[149]

최명익에게 있어 심미적 상태의 전이는 충동에만 있는 것이 아니라 억제에도 의미가 있는 것으로 나타난다. 금녀의 경우처럼 자신의 욕망을 쫓아 이 질서에서 벗어난다는 것은 남편 뿐 아니라 "시어머니나 시아버지한테 코를 베우거나 인두로 지질 것 같고 그렇지 않더라도 망신한 친정아버지나 어머니까지도" 죽이려 들만큼 용서받을 수 없는 일이다. 그러므로 금녀가 떠나고 싶은 마음은 자신의 욕망 충동의 결과뿐 만아니라 조혼 시집살이로 인해 자신을 억제해온 것에 대한 저항이라고 볼 수 있다.

금녀는 설마 운전수가 오랴 하면서도 마음이 놓이지 않아 저녁을 먹자 신작로가 바라보이는 나뭇새 밭에 가서 김을 매는 척 망을 볼밖에 없었다. … 중략 … 제 방으로 들어온 금녀는 벌써 잠든 새스방 옆에 주저앉았다. …중략… 지금 운전수가 이 뒷문에 와서 똑똑 두들기고, 열어보고 안 열리면 덜컹덜컹 밀어보고, 마침내 금녀 금녀 부른다면 그 문을 안 열 수는 없을 것 같았다. 깊어가는 밤에 그 뒷문을 바라보고 귀를 세울밖에 없는 금녀는 그 창밖에서 버석버석 발소리가 나고 검은 그림자가 마주 서서 방 안

을 엿보는 것만 같았다. … 중략 … 금녀는 더 가만히 있을 수가 없었다. 운전수가 이 방으로 오기 전에 제가 나가기로 결심하였다.[150]

위의 인용문은 금녀가 운전수와 만나기 전에 갈등하는 심리에 대한 묘사이다. 금녀는 운전수와의 불륜 관계를 들키기 무서워하면서도 운전수에 대한 욕망을 저지할 수 없다. 금녀가 운전수한테 만나자고 하는 제안을 받기 전에 금녀는 밤마다 그를 그리워했다. "운전수가 그리운 밤마다 이 길을 걸어가는 재미있던 꿈을 깨뜨린 듯" 이 구절을 통해서 운전수가 자주 금녀의 꿈에 나타난다. 심지어 늘 운전수한테 달려가는 같은 꿈을 꿨다. 프로이트의 이론에 따르면 꿈은 충족된 욕망이라고 말할 수 있다.[151] 현실에서 기대 이상의 일이 생길 때 꿈을 통해서 해소된다. 그날 밤에 금녀는 꿈을 현실로 이루고 싶어 한다. 그러므로 "무서운 줄도 모르고 슬픈지 기쁜지도 알 수 없는 채" 금녀는 운전수를 향해 달려 나간다. 그녀도 모르게 흘린 '눈물'은 앞에서 살펴본 금녀가 고양이의 울음소리에 대한 깔깔 웃음소리와 대비된다. 즉 금녀의 탈출 욕망은 행동으로 이루어져 그녀의 내적 갈등 심리가 눈물을 통해서 표출된다. 금녀는 결국 그에게서 옮은 성병으로 인해 비극적 죽음을 맞게 된다. 금녀의 욕망 대상이었던 운전수는 도시가 가지고 있는 부정적인 실체라기보다는 환상적인 이미지에 불과했던 것이다. 운전수를 따라간 금녀가 몹쓸 병을 얻어 죽게 되는 것은 그녀가 추구했던 도시가 얼마나 부정적인가를, 즉 그의 욕망의 대상이 얼마나 허구적인 공간에 불과했던가를 역설적으로 보여준다.

---

150   위의 책, 67면.
151   프로이트, 김인순 옮김, 『프로이트 전집-꿈의 해석』, 열린책들, 1997, 175면.

「봄 햇빛」은 1933년에 완성된 작품이다. 소설의 주인공 선 아주머니(嬋阿姨)는 상하이에서 멀지 않은 쿤산(昆山)에 살고 있는 여자이다. 이 작품도 역시 농촌을 공간으로, 여성 문제를 보여주며 선 아주머니의 내면적인 심리에게 맞추어져 있다. 12년 전, 결혼하기 75일 전에 약혼자가 갑자기 세상을 떠난다. 선 아주머니는 삼천 아르의 토지를 물려받기 위해서 약혼자의 위패를 안고 결혼하며 수절한 열녀가 되었다. 어느 봄, 아침에 그녀는 쿤산(昆山)에서 기차를 타고 상하이로 왔다. 따뜻한 봄 햇빛은 선 아주머니의 억압된 욕망을 자극하며 그녀로 하여금 명성과 재산을 위하여 평생의 행복을 희생하고 수절하는 행위에 대해서 의심을 품게 한다.

> 그녀는 모든 행복을 희생하여 거액의 재산을 물려받을 때 이 재산이 자신한테 얼마나 이득을 가져올 수 있는지 따져보는 것을 깜박한다. 친척들은 재산에 대해서 탐내며 그녀가 죽은 후에 나누려고 한다. 직속 상속자도 없는데 그녀는 무엇을 위하여 그런 결정을 내렸을까? 실은 그녀는 이 거액 재산의 관리자일 뿐이다.[152]

시부모가 돌아가신 후에 물려받은 재산은 선 아주머니에게 오히려 부담과 구속이 되었다. 위의 인용문에서 나타나는 선 아주머니의 삶은 거액의 재산에 구속된 것을 알 수 있다. 남편의 부재는 선 아주머니가 명혼(冥婚)으로 인한 제일 큰 희생이며 모든 억압의 원천이다. 남편이 부재하고 핏줄이 없어서 시집 친척들은 거액의 재산을 탐내기 때문에 선 아

---

152   施蟄存, 「春陽」, 앞의 책, 162면. 她忘記了當時犧牲一切幸福以獲得這財產的時候, 究竟有沒有想到這份產業對於她將有多大的好處？族中的虎視眈眈, 在指望她死後好公分她的財產, 她不會有一個血統的繼承人, 算什麼呢？她實在只是一宗巨產的暫時的經管人罷了.

주머니는 더욱 외로워졌다. 선 아주머니는 재산을 잘 관리하기 위해서 은행에 저축하고 매달 상하이에 한 번씩 와서 이자를 찾아 기본 생활을 유지한다. "은행에서 나온 후 인력거를 타고 기차역에 가서 대기실에 세 시까지 기다리고 기차를 타고 다시 쿤산으로 돌아간다."는 행적을 통해서 그녀의 삶이 얼마나 단조롭고 무미건조한지 알 수 있다.

어느 봄날의 햇빛은 선 아주머니의 마음을 흔든다. 선 아주머니는 원래 정해진 노선에서 이탈하여 남경로에 가서 산책하기로 한다. 30년대의 남경로는 상하이에서 제일 번화한 시가지 중 하나였다. 선 아주머니가 홀로 도시 공간에서 산책하는 것은 조금이나마 억압된 농촌 질서에 벗어나려는 것이다. 전통적인 농촌 공간에는 곳곳에서 법칙과 핏줄의 유대 관계가 부각되기 때문에 그녀를 구속한다. 하지만 낯선 사람으로 가득 차 있고 개방적인 상하이의 도시 공간은 익숙한 농촌 공간을 대치한다. 선 아주머니는 남경로에서 산책하면서 주변 남녀를 관찰하기 시작하다. 그들의 가볍고 아름다운 옷은 선 아주머니로 하여금 자신을 되돌아보게 한다. 그녀는 자신이 융털 목도리와 낙타 융털 치파오(旗袍)에 짓눌려 있다는 것을 깨닫는다. 이 부담감은 단순히 기온이 높기 때문도 아니고, 그녀가 도시 사람과 비교하기 위해서 부각하는 것도 아니다. 이 부담감은 농촌 공간에 오랫동안 지낸 행적을 보여주며, 남편의 위패를 안고 결혼 후 수절하게 된 여자에게 부가된 수많은 속박과 금기를 보여준다. 엄격한 도덕 이데올로기와 자아 억제는 치파오(旗袍)와 같이 시시각각 그녀의 몸을 둘러싼다. 그녀가 몸을 이완시키고 목도리를 푼 행동은 잠재된 욕망의 씨앗을 발화하기 시작한 것을 나타낸다. 주변에 있는 남녀의 가벼움과 자신의 무거움은 도시의 개방성과 농촌의 억압성을 형상화한다. 도시 공간에서 느껴진 모든 것은 선 아주머니의 마음을 흔들어

놓고 마침내 그녀가 상하이라는 새로운 공간에 적응한 모습을 보여준다.

몸에서 잃은 지 오래된 정력을 되찾듯, 그로 하여금 여러 기쁨과 모습을
가진 젊은이로 가득 찬 인파속에서 그를 가볍게 걷도록 했다.[153]

단순히 산책만 하던 선 아주머니는 처음부터 무엇을 살 마음은 없었
다. 아무리 여러 가게에서 상품을 대폭 할인하더라도 아무것도 사지 않
기로 했다. 다년간의 생활 속에서 필수품을 제외하고는 소비하지 않는
가치관을 가지고 살면서 설사 거액의 재산을 가지고 있지만 선 아주머
니는 여전히 자신을 속박하고 살고 있었던 것이다. 거액의 재산은 자신
의 청춘을 희생하고 얻은 것이고, 외롭게 살고 있는 지금의 삶에서 유일
한 위안이 되기 때문에 그녀는 늘 이 재산의 가치를 짐작해 보곤 한다.
그리고 그녀는 물려받은 재산을 더 소중하게 지키기로 한다. 대가와 책
임을 강요하는 재산은 무거운 부담과 같이 선 아주머니의 소비 욕망을
억압한다. 하지만 선 아주머니가 원칙을 지키고자 하는 사람이라 할지라
도 상품의 유혹을 뿌리치기는 힘들다. 벤야민부터 많은 연구자는 구경거
리가 환상의 세계로 정의를 내리고 거기는 집단이 꿈을 꾼 곳이라고 지
적했다. 어느 정도에서 말하자면 구경거리는 사람의 욕망을 만족시키는
곳이 아니라 욕망을 만든 세계이다.[154] 훌륭한 상품은 구경하는 사람의
소유욕을 자극한다. 모두 갖춰져 있는 상품 세계는 선 아주머니의 개인
적인 공간을 열어주며 그녀의 욕망을 방출시켰다. 근대의 거리는 이제

---

153   위의 책, 161면. 忽然地讓她覺得身上又恢復了壹種好像久已消失的精力, 讓她混合
         在許多呈著喜悅的容顏的年輕人的狂流中, 壹樣輕快地走.

154   발터 벤야민, 조형준 역, 『아케이드 프로젝트 4-방법으로서의 유토피아』, 새물결,
         2008, 246면.

소비 욕망을 재촉하는 소비 공간으로 모든 생활자에게 있어 산책로가
된 것이다. 거리 산책이 갖는 의미는 돈을 벌 수 있는 직업으로부터 소
외된 데서 연유하지만, 근대의 공포감, 질식 상태에 빠진 일상화된 삶에
서 벗어나고자 하는 탈출구이기도 하다. 근대에 사는 도시인들은 백화점
을 바라보면서 자기 내부의 어둠을 인식시키고자 한다. 자신의 소외된
인생을 도시의 화려한 외면에 견주어 보상받고 싶어 하는 것이다. 드디
어 그녀는 현대 도시의 독특한 상품 경관과 감상할 수 없는 물건에 대한
소유욕에 빠지게 된다. 그녀는 자신을 설득하여 손수건 하나를 샀다. 손
수건은 근대화의 물질적 표상이며 필요와 불필요라는 이중적 특수성을
지닌 상품이다. 수건으로 사용 가치를 대체할 수 있는 것은 그것의 불필
요성을 나타낸다. 손수건의 특성은 한 수절한 여자의 소비 절약 가치관
과 화려한 상품에 대한 욕망이라는 이중적인 심리를 잘 말해준다.

「봄 햇빛」 소설은 처음부터 끝까지 봄날 햇빛의 이미지가 일관되게
나타난다. 이것은 선 아주머니가 이성을 그리워하는 마음에 자연 배경을
제공하여 자신의 욕망이 소생한 것과 대응한다. 봄은 시간 배경뿐만 아
니라 그녀의 심리적 변화와 이성에 대한 욕망을 유발한다.

> 2월말인데, 오랜만에 상하이를 찾아온 태양을 그냥 놓칠 수가 없었다.
> 매력적이지 않은가? 며칠 전과 같은 궂은 날씨 같았더라면, 그는 회전문에
> 서 나와 찬바람 맞게 될 때, 목도리 끝자락으로 입을 가리고, 인력거 타고
> 북-(기차)역으로 바로 가서 대기실에서 오후 3시 차를 타고 쿤산으로 갈
> 때 까지 눌러앉아 있을 것이다.
> 무엇이 그녀로 하여금 이처럼 중요한 변화를 얻게 했는가? 바로 봄날의
> 햇빛임은 의심할 바가 아니다.[155]

---

155   施蟄存, 「春陽」, 앞의 책, 16면. 這二月下旬的, 好久不照到上海來的太陽, 妳別忽

이 봄날의 햇빛을 의심할 바가 아니다. 이 햇빛은 그의 체질을 바꿨을 뿐만 아니라 사상(생각)마저도 바꿔버렸다. 정말이지, 한바탕 출렁이는, 자기에 대한 반항심이 문득 그의 가슴속에서 달아오르기 시작했다. 상하이에 온 김에 왜 구경 좀 안하지? … 중략 …사람은 가끔은 마음을 넓게 하면, 날씨도 이처럼 좋기만 하던데![156]

햇빛은 양성·광명 및 역량을 상징하며 남성적인 호흡이 넘치는 상하이를 표현한다. 선 아주머니를 유혹한 근원은 바로 여기서 비롯된다. "이 햇빛은 그녀의 체질을 바꿨을 뿐만 아니라 사상마저도 바꿔버렸다"는 구절을 통해서 알 수 있다. 선 아주머니가 처음에 간단하게 국수를 먹기로 했던 국수집은 그늘에 있어서 외면당한다. 그늘은 봄빛이 비칠 수 없는 곳이고 봄빛과 다른 음성적인 공간에 속한다. 그 음성적인 국수집은 마치 선 아주머니가 날마다 규율을 잘 지키는 암담한 생활공간과 같다. 그래서 선 아주머니는 따스한 봄빛이 넘치는 남경로를 선택한다.

프로이트에 의하면 타고난 리비도는 인간의 정신과 생명력의 원동력이다.[157] 그는 어느 정도 리비도의 역할을 과장하지만 그의 원리의 합리성을 부정할 수 없다. 「봄 햇빛」에서 묘사된 선 아주머니는 이성에 대한 욕망을 보여주며 동시에 도덕 이데올로기의 억압도 나타낸다. 이 복잡한 내면적 심리 활동은 의식의 흐름을 통해 나타난다. 겉으로 보면 혼란스

略了, 倒真的有些魅力呢, 倘若是象前兩日壹樣的陰沈天氣, 她從玻璃的旋轉門中出來, 壹陣冷風撲上臉, 她準是把壹角圍巾掩著嘴, 雇壹輛黃包車直到北火車站, 在待車室裏老等下午三點鐘開的列車回昆山去的."
"什麼東西讓她得到這樣重要的改變? 這春日的太陽光, 無疑的.

156 위의 책, 161면. 這春日的太陽光, 無疑的, 它不僅改變了她的體質, 簡直還改變了她的思想. 真的, 壹陣很騷動的對於自己的反抗心驟然在她胸中灼熱起來.為什麼到上海來不玩一玩呢?……人有的時候得看破些, 天氣這樣好!

157 프로이트, 윤희기, 박찬부 역, 『프로이트 전집-정신분석학의 근본 개념』, 열린책들, 2003.

럽지만 사실은 선 아주머니의 정신 활동 자체가 내재 논리성을 가지고 있다. 즉 이성을 그리워하는 욕망과 도덕 이데올로기가 서로 부딪히는 갈등 심리 활동이 반복적으로 나타난다.

> 문득 옆쪽 원탁에 남녀와 한 아이가 앉아 있는 것을 보게 됐다. 아마도 한 가족인가 본데, 여자가 남자보다 나이가 훨씬 많은 것 같다. 그 여자도 아마 30대 중반 인듯하여 선 아주머니는 방금 전 동료를 만난 듯한 기쁨을 느끼게 되지만, 거의 같은 시간에, 그의 마음속 깊이 가라앉은 감히 들끓지 못하는 초조함이 그의 '기쁨의 탈'을 뚫고 나왔다.
> 가끔은 극히 드문 용기가 솟구칠 때마다 그는 이 모든 재산을 버리고 결혼해버리고 싶을 따름이다. 하지만 그는 거울을 주어 들고, 핼쑥한 얼굴을 볼 때마다 시집 친지들의 비웃음과 놀림이 떠올라 또다시 암울해졌다."
> "그가 외로움을 느낀다 하더라도 지금의 모든 것을 버리고 이 정적 분위기를 깨뜨릴 강렬한 용기는 더더욱 없다.[158]

위의 인용문은 선 아주머니의 가정에 대한 잠재된 욕망을 잘 나타낸다. 그녀는 재산을 물려받기 위해서 죽은 사람과 결혼한 것에 대해 후회한다. 여기에 돈과 행복을 대비시켜 수절 여성의 비극성을 부각한다. 돈을 버리지 못하고 마음속에 싹트는 이성과 가정에 대한 갈망도 억제할 수 없다. 그녀의 이중 갈등 심리가 "기쁨의 탈을 뚫고 나왔다." 식당 구석에 있는 선 아주머니가 자기의 정서(情緒)를 정리하고 있다. 아마도 이

---

158   施蟄存,「春陽」, 앞의 책, 162면. 壹溜煙, 看見旁座的圓桌上坐著壹男壹女, 和壹個孩子. 似乎是個小家庭呢？但女的好像比難的年長得多, 她大概也有三十四五歲了罷, 嬋阿姨剛才感覺到壹種獲得了同僚似的歡喜, 但差不多同時, 壹種沈潛在她心裏而不敢升騰起來的煩悶又沖破了她的歡喜的面目. 有時, 當壹種極罕有的勇氣奔放起來, 她會想, 丟掉這些財富而去結婚罷. 但她壹攬起鏡子來, 看見了萎黃的壹個容顏, 或是想象出了族中人的誹笑和諷刺, 她也就沈郁下去了.
"她感覺到寂寞, 但她再沒有更大的勇氣, 犧牲現有的壹切, 以沖破這寂寞的氛圍.

런 장면에서만 그녀는 억압된 리비도를 방출할 용기를 보여주고 있다. 이 용기가 그녀로 하여금 재산을 버리고 원하는 행복을 추구하도록 한 다. 이것을 통해서 프로이트가 주장한 인간의 원시적인 쾌락에 따라가는 리비도를 엿볼 수 있다. 하지만 친척들의 비웃음과 거울에 비친 핏기가 없고 누런 얼굴은 선 아주머니를 현실로 돌아오게 한다. 그녀의 농촌 질 서에 벗어나려는 용기는 없어지고 수절하는 도덕 이데올로기가 오히려 강화된다.

> 그래서 그는 신문지를 말고 있는 부드러운 손을 보게 됐다. 그가 머리를 들어 보니, 어떤 사람이 그의 탁자 옆에 서있는데, 자리를 못 찾아 그가 앉은 탁자 맞은 켠 빈자리에 앉으려는가 보다. 하지만 그는 머뭇거렸다. 결국, 그 사람은 앉지 않고 지나가버렸다.
> 그는 그 사람이 안쪽으로 들어가는 것을 바라보고, 머릿속에 뭘 생각해야 하는지 몰랐다. 그 사람이 최종적으로 그의 맞은편에 앉기로 한다면, 자기랑 같이 밥 먹게 되는 건가? 이는 안 될 것도 아닌데 말이다. 상하이에서 이런 상황은 아주 자연스런 일이다. 심지어 그 사람이 앉아서 그를 향해 방긋하며 고개를 끄덕이고 나서 어딘가에서 본 듯이 말 걸기 시작해도 안 될 것도 없을 뿐만 아니라 부끄러워할 것도 없다. 하지만, 그 사람이 진짜 앉기로 했다면, 그 사람이 진짜 말 걸기 시작했다면, 어떤 결과가 있을 것인가? 오늘 말이다.[159]

행동이 점잖은 남자가 나타남에 따라 선 아주머니의 강화된 도덕 이

---

159   위의 책, 163-164면. 她於是看見壹只文雅的手握著壹束報紙, 她擡起頭來, 看見壹個人站在她桌子旁邊, 她好像找不到座位, 想在她對面那空位上坐. 但她遲疑著, 終於, 他沒有坐, 走了過去.
他目送著他走到裏間去, 不知道心裏該怎麼想.如果他終於坐下在她對面, 和她同桌子吃飯呢? 那也沒有什麼不可以. 在上海, 這是普通的事, 就連他坐下, 向她微笑著, 點點頭, 似曾相識地攀談起來, 也未嘗不是坦白的事. 可是假如他真的坐下來, 假如他真的攀談起來, 會有怎樣的結局啊, 今天?

데올로기가 다시 무너지고 이성에 대한 환상에 빠진다. 선 아주머니는 그 남자와 같이 남경로에서 산책하는 것을 상상하며 남자와 밥을 먹고 영화를 보는 것을 동경한다. 심지어 그 남자의 관심을 잃어버릴 까봐 화장까지 하는 백일몽[160]을 꾸었다. 선 아주머니의 불만족스러운 현실 환경에서 그녀가 할 수 있는 것은 자신의 욕망을 충족시켜 줄 수 있는 비현실적인 세계를 상상하는 백일몽밖에 없다. 이와 함께 선 아주머니가 점잖은 남자를 은행 직원으로 상상하기도 한다. 선 아주머니의 잠재된 의식에서는 눈앞에 있는 점잖은 남자를 아침에 은행에서 만나던 젊은 직원과 연결하는 것이다. 아침에 돈을 찾으러 갔을 때 젊은 은행 직원이 자신을 쳐다본 눈빛을 그녀의 머리에 떠올린다. 은행 직원의 어깨가 자신 가슴을 부딪친 것이 다시 느껴지며 그녀의 욕망은 백일몽에서 방출되어 임시적인 만족감을 얻는다. 비록 선 아주머니가 남자와 데이트해 본 적이 없고 성애를 체험해 본 적도 없지만 그녀는 현실적인 위험이 없는 백일몽을 통해 쾌락을 느낀다. 선 아주머니는 아침에 돈을 찾으러 갔을 때 금고가 잠겼는지 안 잠겼는지 의심스러워한다. 남자에 대한 환상도 멈춘 채, 밥도 그만 먹고 바로 은행에 간다. 이 행동은 단순히 선 아주머니의 돈에 대한 집착을 보여준 것이 아니고 그녀가 은행에 가는 진짜 동기를 엿볼 수 있게 한다. 즉 젊은 은행 직원을 만나고 싶은 욕망의 화려한 위장인 것이다. 하지만 젊은 직원이 선 아주머니에게는 부인이라고 부르고 다른 여자를 보고 아가씨라고 부르는 것을 듣고 선 아주머니

---

160   백일몽이란 충족되지 못한 욕구나 소원을 충족시키기 위하여 비현실적인 세계를 상상하는 것을 말한다. 즉 인간은 삶의 좌절과 현실 세계가 주는 고난에서 탈피하기 위하여 환상이라고 하는 상상의 세계를 만들어 낸다. (프로이트, 정장진 역, 『프로이트 전집-예술, 문학, 정신분석』, 열린책들, 1997, 151면.)

는 모욕을 당했다고 느낀다. 드디어 그녀의 백일몽은 깨진다. 인력거를 타고 그녀는 원래 정해진 궤적으로 돌아간다.

전통적 성 역할에 따르면 남성은 합리적이고 강인하며 무언가를 보호하고 결정하는 존재지만, 여성은 감정적(비합리적)이고 연약하며 보호가 필요한 순종적인 존재다. 이 같은 성 역할은 오늘날까지도 상존하는 불공평을 정당화하는 데 매우 효과적이었다.[161] 하지만 금녀와 선 아주머니는 전통적인 성 역할에서 결핍성을 띤다. 금녀의 남편은 너무 어린 '울램이'라서 성의 대상은 불완전성을 지니며 선 아주머니의 남편은 죽은 영혼이라서 성의 대상으로서 결핍을 가진다. 봄이라는 다른 공간에서 두 여자의 억압된 리비도는 탈출구를 찾는다. 최명익 소설에 나타난 금녀는 꿈을 현실로 이루기 위해서 무서운 줄도 모르고 운전수를 향해 달려 나간다. 또한 스저춘 소설에 나타난 선 아주머니는 기대와 욕망을 보여주지만 살고 있는 질서에 그럭저럭 양보하며 유지하려는 보수성을 보여준다. 금녀는 무서울 것 없이 운전수에게 달려가고 결국에는 죽는 방식으로 자신의 욕망을 해소하지만, 선 아주머니는 안전한 백일몽을 통해서 임시적인 만족을 느낀다. 전통 관습에 억압된 상황에 처한 두 여자가 탈출 욕망의 해소 방식은 이렇게 다르게 나타나고 있다.

앞의 논의를 통해서 금녀와 선 아주머니가 농촌 전통 관습 때문에 억압을 당해 온 것을 알 수 있다. 「봄과 신작로」와 「봄 햇빛」에서는 여성들의 억압된 심리를 새로운 곳의 욕망하는 것을 통해서 나타낸다. 여성들이 억압을 당하는 근원적인 이유는 농촌의 가부장적 봉건제도와 전통적 윤리의 폐쇄성에 기인한다. 이러한 것들은 금녀와 선 아주머니로 하

---

161   로이스 타이슨, 윤동구 옮김, 『비평 이론의 모든 것』, 앨피, 2012, 197면.

여금 소외되고 닫힌 세계에서 자유분방함으로 열린 도시를 열망하게 만
드는 공통점으로 나타난다. 하지만 금녀에게 열망적인 도시 공간은 자동
차로 상징된 가상적인 공간이다. 즉 금녀는 상상적 이주[162]를 통해서 자
신의 욕망을 해소시킨다. 반면에 선 아주머니는 낯선 사람과 화려한 상
품이 가득 찬 실제적인 도시에 와서 임시적인 자신의 욕망의 출구를 찾
게 된다. 하지만 화려한 도시를 구경하면서 느껴진 소외와 부담으로 인
해 그녀의 도시로 이주하는 욕망은 좌절당하고 다시 농촌으로 돌아간다.

2) 도시로부터 농촌으로의 탈출 욕망

모더니즘 세대의 작가는 주로 도시를 작품의 배경으로 삼고, 도시가
갖는 근대 문물을 새롭게 체험하고, 도시적 감수성을 드러낸다. 근대적
문물의 경험을 통한 유용성, 풍요로움 등 일상성의 욕망과 왜곡된 식민
지 공간으로서의 도시는 근대적 사고를 지닌 작가들에게 모순된 공간일
수밖에 없다. 그들은 그러한 도시의 모순성을 자기 인식적으로 드러내는
데에 집중한다. 최명익과 스저춘은 다른 작가와 달리 한층 더 나아가서
인물을 도시로부터 농촌으로 탈출시켜, 기차 안에서와 농촌에서 겪어 왔
던 내적 심리를 나타낸다. 본 절에서 논의할 최명익의 「무성격자」와 스
저춘의 「마도」는 주인공이 기차를 타고 도시에서 농촌으로 임시로 이주
하는 내적 심리를 보여주고자 한다.

「무성격자」의 정일은 중산층 가정의 소시민이자 삶의 방향을 상실한
룸   지식인으로 아버지가 위독하다는 전보를 받고 고향으로 가는 급행

---

162   가즈시게 신구의 「희망이라는 이름의 가장 먼 과저-시공상의 이주에 관한 정신분
석학적 에세이」를 통해서 인간은 정신적 현재 삶에 대한 이탈과 어떤 곳을 욕망
하는 것은 상상적 이주로 볼 수 있다.

열차를 탄다. 그리고 기차 공간에서 '머릿속에는 차바퀴 소리를 따라 흔들리는 몸과 같이 순서 없이 떠오르는 생각조차 흔들리고 뒤섞이는 듯'했던 지난날들을 회상한다. 기차는 고향과 타향으로 대별되는 혼란스럽고 갈등하는 두 삶을 객관적으로 바라보고 정리할 수 있게 하는 공간으로서 과거를 반성하고 미래를 결정하는 회고와 성찰이 이뤄지는 공간이다.[163] 이러한 상황 속에서 정일이 자기 자신에게 가장 충실하게 휴식하고 그나마 편안한 마음으로 자기 속내를 풀어내는 공간으로 설정된다. 그의 공간 이동은 '기차'라는 매개 공간에서 귀향이라는 행동을 의미한다. 표면적으로 정일의 귀향은 자발적 귀향이 아니며 도피적 성격이 강한 외적 상황의 변화에 의해 통제된 귀향일 것 같다. 하지만 정착과 안주를 위해 고향으로 돌아가는 것이 아니라고 고향으로 향한 기차를 탄 것은 문주를 비롯한 도시의 퇴폐성에 벗어나려고 하는 탈출 욕망을 강하게 내포하고 있다.

> 대학 시대인 어느 때 지금같이 창밖을 내다보든 머리에서 새 맥고모가 휙 나라 뿌린 생각이 난다. 그 때는 지금같이 눈을 감고 지나치기에는 모든 것이 아까운 시절이었다. 나라가는 모자도, 탐내여 바라보든, 쉴 새없이 바뀌는 새로 새 풍경의 한 여흥이였던 것이다. 그리고 그 한여름을 무모로 지난 것이 삼사년 전일이 아닌가 불과 삼사년 전인 학생 시대를 감상적으로 추억하기는 아직 자존심이 선뜻 허락지 않든 듯도 하지만 이 이삼년간의 생활을 더욱이 문주와의 관계를 생각하며 자존심도 나라뿌린 맥고모같이 썩을 대로 썩었다고 생각함이 솔직히 않을까? 문주와의 관계! 문주를 충족으로 한 지금의 생활! …… 중략 …… 전날의 자존심이 남아 있을 리도 없을 것이다.[164]

---

163   이미림, 앞의 논문, 353면.
164   최명익, 「무성격자」, 75면.

고향을 향해 달리는 기차에서 창밖의 바람을 맞다가 과거 대학 시절을 회상하게 되고 그것은 다시 현재의 썩은 생활로 귀착된다. 과거 동경에서의 학생 시절에는 모든 것이 신선했던 '모자 있음의 세계'였으나 지금은 자존심도 날아가 버린 부패의 '모자 없음의 세계'라는 것이다. 현재 '모자를 쓰고 있지 않다'의 의미는 절도(節度)를 잃어버린 퇴폐적 성인으로 되어버렸고 자존심마저 잃어버린 시기인 것이다. 정일은 이렇게 타락하게 된 이유가 문주와의 관계 때문이라는 생각하였다. 표면적으로 보면 문주와의 관계로 인해서 그가 타락하게 되었지만, 확대하여 보면 문주는 당시 퇴폐적인 도시인을 은유한다. 여기서 당시 도시인 간의 타락된 관계성을 엿볼 수 있다. 문주와의 사이의 퇴폐적인 관계성을 비롯하여, 도시의 퇴폐성에서 탈출할 수밖에 없었다는 자위적인 자기 인식을 정일은 갖고자 하는 것이다. 기차에서도 정일은 문주의 기억을 떨쳐 버리지 못하고 기차에서 가졌던 문주와의 관계성을 떠올렸다. 따라서 현실에 대한 좌절과 절망을 느끼고 있는 그에게 있어 과거, 즉 문주를 만나기 이전, 애틋한 그리움을 불러일으키는 대학 시절과 교원 생활의 첫 일년간은 시원적 평화의 공간으로 인식될 수밖에 없다. 그때 그는 '문화의 탑에 한 돌을 쌓아 보겠다는 야심'으로 '연구의 체계와 독서의 플랜'을 갖고 정진하던 보람 찬 시기였으며, 현실에 대한 집념과 미래에 대한 의욕으로 충만 되었던 시절이었다. 지금은 실업자로 티룸 마담과 퇴폐적인 삶을 영위하고 타락하게 되었지만, 여기에서 회고하고 있는 대학 시절은 회고된 요즘의 시절과 대조로 표현되고 있다. 즉 대학 시절에서 주인공이 느끼고 있는 충족감과 정일이 현재 느껴진 환멸의 요소가 서로 대조되어, 정일이 느끼는 부담스런 일들이 더욱 어둡게 된다.

비교적 승객이 적은 이등차실 한모퉁이에 몸을 던지듯이 앉은 丁一
이는 심신의피곤이 일시에 머리로 끄러오르는듯한 현기에 차창에 비스
름이머리를 의지하고 눈을감었다. 자연이 찢으려지는 눈과 미간을 누
가 볼것이 싫은 생각에 손수건으로 얼굴을 가리운 丁一이는 잠들 수는
없 드라도 머리를 좀 쉬여보고 싶었다. 그러나 눈을 감고있는 머리 속
에는 차박휘소리를 많아 흔들니는 몸과같이 순서없이 떠오르는 생각쫓
아 흔 들리고 뒤석기는 듯하였다.(중략)

다시 눈을 감은 丁一이는 자기의 피폐하고 침태한 뇌의로페물이 발호 하
는 현상이라고박게 할수없는 생각이 맛치 여름날 썩은 물에 북질북질 끓어
오르는 투명치못한 물거품같이 작고 떠오르는 것이 괴로웠다. 한나 절후에
보게될 임종이 가까운 아버지의 신음소리와 오래알은 늙은이의 몸냄새 눈
물고인 어머니의눈과 마음놓고 울기회라는듯이 자기의 서름을 쏟아놓을
미운처의우름소리, 불결한요강...... 그리고 문주의 각혈 그 히 쓰테뤽한 우
슴과 우름소리...... 이렇게 죽음의 그림자로 그늘진 병실의 침울한 광경과
이그러진 인정의소리가 들니고 보이였다. (중략)

이급행차가 멈을지않는 차창밖으로 지나갈뿐인 적은역들은 오직 한빛으
로 청청한 신록이 흘으는 산과들 사이에 붉은 질그릇자박지같이 메마르게
보인다. 늦인 봄빛을 함빡 쓰고있는 붉은 정거장집웅의 진한 그림자가 에
각으로 비껴 있는 첨아래는 연으로 만든 인형같은 역부들이 보이고 천정
없는 부인 플랫폼 저편에 빛나는 궤도가 몇번인가 흘너갔다.[165]

인용문은 정일이 문주를 병원에 입원시키고 아버지가 계신 고향집으
로 돌아가는 기차에서 나오는 장면이다. 기차에서 정일은 두 사람에 대
한 걱정, 그리고 그들을 볼 때 감당해야 할 상황과 감정에 대해 이야기
한다. 이를 통해 기차는 문주와 아버지 덕수 사이에서 갈라진 김정일의
위상과 그 고민을 확인할 수 있는 공간이 될 것이다. 김중철은 "1910년
대 이래 기차가 문학 작품에 등장한 이래 형상화 되는 특징은, 이전 시

165   최명익, 「무성격자」, 『조광』, 1937.9, 259-261면.

대에까지 감각해본 적 없는 속도감"[166]임을 언급한 바 있다. 기차 안은 바깥의 세상을 멀리하고 속내로 침잠하는 자기 내면으로 파고들게 해주는 공간으로 꼽히고, 이는 사건과 갈등을 포착하여 진실을 말하는 정일의 고백을 자극하는 메시지 매개체로서 기능한다. 빠른 속도감 속에 풍경을 오가면서 자기 내면을 접하는 인물들은 기차를 통해 자신의 상황에 대해 회상할 수 있다. 그 과정을 통해 자기 내면으로 끊임없이 침잠해 들어가는 계기를 갖게 된다.

기차 안은 바깥의 세상을 멀리하고 속내로 침잠하는 자기 내면으로 파고 들게 해주는 공간으로 꼽히고, 이는 사건과 갈등을 포착하여 진실을 말하는 정일의 고백을 자극하는 메시지 매개체로서 기능한다. 빠른 속도감 속에 풍경을 오가면서 자기 내면을 접하는 인물들은 기차를 통해 자신의 상황에 대해 회상할 수 있다. 그 과정을 통해 자기 내면으로 끊임없이 침잠해 들어가는 계기를 갖게 된다. 이러한 면모는 작품의 많은 부분이 기차에서의 회상으로 이루어진다는 점에서 더욱 강조된다. 이처럼 작품 속 기차는 사건과 갈등을 포착하여 서술하고 진실을 말하는 정일의 고백을 끌어내는 미디어로서 기능한다. 고백하는 주체로서 정일은 근대 개인 주체로서의 면모를 강화하면서 병든 주체와 마찬가지로 환원 불가능한 실체로 등장한다. 작품 속 정일과 문주는 기차를 타고 문주가 본가로 향하는 갈 길을 같이 간다. 그러나 그 순간, 문주의 요구에도 불구하고 본가까지 이어지지 못하는 것으로 정일과 문주는 서로 다른 기차를 각자 갈아타고 제 갈 길을 향하게 된다. 이는 정일과 문주간의 분열과 화합 불가가 극대화된다는 것을 상징하고 있으며, 기차 공간

---

166   김중철, 「근대 기행 담론 속의 기차와 차내 풍경」, 『우리말글』33호, 우리말글학
       회, 2005.

은 정일의 내적 심리 공간으로 유지된다는 의미를 담고 있다.[167]

1930년대의 정치·사회적 상황에 의한 이면의 혼란, 그리고 서구 문물의 무절제한 도입의 결과로 파생된 문화 지체 및 전통 부정 등의 제 현상은 당대 지식인에게 양면 가지 내지 몰가치적 사고를 하게 만들었고, 많은 작가들이 소설 속에 이런 의식을 담아내었다. 이러한 의식이 과거와 현재의 대립이라는 동시적인 병치 구조로 나타난 이런 소설에서 미래라는 것은 막연한 시간의 흐름 속에 희미하게 존재하고 있는 폐쇄된 모습으로 존재하고 있었으며, 이런 상황 속에 존재하는 인물 역시 소극적으로 운명에 순응하는 무기력함을 보여주고 있다. 하지만 정일은 무기력한 인물과 다르게 기차를 타고 타락한 도시로부터 탈출하는 모습을 보여준다.

> "애연의 도시를 벗어난 차는 푸른 산 푸른 들 사이를 달리기 시작한 것이다. 창밖으로 보이는 밀 보리는 기름이 흐르는 듯이 자라서 흐늑흐늑 푸른 물결을 치고 있다. 오래간만에 보는 교외 풍경에 머리 속으로 시끄러운 바람이 불어 드는 듯이 가벼워짐을 느낀 정일이는 담배를 붙여 물었다."[168]

현재의 열차에서 정일은 일시적으로 아름다운 농촌의 여름을 즐겼다. 창밖으로 보이는 농촌의 자연 풍경은 정일을 하여금 가벼워짐을 느끼게 하였다. 하지만 고향에 내린 후에는 도시에서 느끼던 무거움이 사라지지 않았고 아버지의 세속적인 세계관으로 정신이 더욱 아득해졌다.

이렇게 결정적으로 말 하는 용팔이는 정일이의 앞에 위임장을 내 놓으며

---

167   이희원, 「최명익 소설의 기차 공간 연구」, 『한국문학논총』81호, 한국문학회, 2019, 295-326면.
168   위의 책, 76면.

도장을 치라고 하였다. 정일이는 더욱 불쾌 하여졌다. … 중략 … 이 소인 놈! 하는 의분 같은 심열이 떠오르며, 언제 내가 이런 음모를 하자고 너와 공모를 하였던 가? 하고 그의 뺨을 갈기고 싶은 충동을 느끼었다. 그러나 정일이는 금시에 미끌어지는 듯한 웃음이 자기 얼굴에 흐름을 깨달았다. 이러한 심열은 신경쇠약의 탓이 아닐까? 의분이랄 것도 없고, 결벽성도 아니고 그런 것을 공연히 이 같이 한 순간에 뒤집히는 자기 마음 한 모퉁이에 상식을 놓쳐 뿌린 결과가 어떤가? 해 보자 하는 놓치기 쉬운 어떤 힌트 같이 번쩍이는 생각을 보자 정일이는 조급히 도장을 뒤져 내며, 자 칠 대로 치우, 나는 어디다 치는 것도 모르니까 하였다. 이렇게 짖거리 듯이 말하는 정일이는 자기가 실없이 웃기까지 하는 것을 들을 때 내가 지금 더 심한 심열에 떠 있지 않은가? 하는 생각에 갑자기 말과 웃음과 표정까지 없어지고 말았다.[169]

  재산 처리에 대한 용팔의 권유에 철저히 동조할 뿐 아니라 그토록 경멸하던 용팔에게 '실없는 웃음'까지 흘려 보이는 정일, 그는 순간 자신이 용팔에 비해 조금도 우월하지 않은 인간임을, 즉 그와 똑같이 비속하고 천박한 모습이 자신 속에 내재해 있었음을 깨닫게 된다. 그것은 바로 그가 그토록 거부하고 달아나고 싶어 했던 천박한 자본주의의 전형인 '아버지'와 '용팔'의 모습이었던 것이다. 정일에게 돈의 축적에만 골몰하는 아버지는 늘 '경멸할 수 없는 경멸의 대상'이었고 또한 극복해야 할 대상이었다. 때문에 정일은 아버지의 돈으로부터 그리고 아버지의 천박함으로부터 달아나기 위해, 혹은 그 돈과 천박함의 논리로 자신을 좌우하는 아버지의 구속과 속박으로부터 달아나기 위해, 지식 즉 교양의 축적에 골몰했던 것이다. 그러나 정일의 딜레마는 그가 근대인으로서 아버지의 '돈'으로부터 한시도 자유로울 수 없었을 뿐 아

니라, 무엇보다 그가 열망하는 지식과 교양도 또한 결국은 자본주의 이데올로기를 지탱하는 중심축으로 일종의 상징적인 문화 자본에 불과하다는 사실이다.[170] 그래서 농촌으로 내려온 정일은 도시의 퇴폐성으로부터 당분간 탈출했지만 경멸했던 아버지의 속물성이 죽음 앞에서 소멸되지 않았던 것을 확인했다. 정일은 하나의 퇴폐적인 심원에서 탈출하더라도 하나의 세속적인 소용돌이에 빠졌다고 할 수 있다.

앞에서 이미 살펴보았지만 「무성격자」는 정일이란 주인공이 위암을 앓고 있는 아버지와 폐병을 앓고 있는 애인 문주 사이에서 방황하고 갈등하는 모습을 보여주는 이야기를 주 스토리 라인으로 삼고 있는 단편소설이다. 즉 문주는 도시에 거주하고 전락된 인물이고 살아가는 의지를 잃어버리며 도시 공간의 퇴폐성을 은유한다고 할 수 있다. 아버지가 농촌에 살고 있는 속물근성을 가진 인물이지만 위약하는 상황에 처해도 생명력을 강하게 보여주는 인물이다. 그러므로 만수 노인은 생기 왕성한 농촌 공간을 상징한다. 소설의 전체 틀을 살펴보면 정일은 도시에서 기차를 타고 농촌까지 내려가는 이주 구조를 가진다. 하지만 「무성격자」에서는 도시와 농촌의 공간적인 대립은 명확하게 나오지 않고 문주와 만수 노인의 대립을 통해서 보여준다. 그러므로 정일의 문주와 만수 노인에 대한 태도를 통해서 도시와 농촌 공간을 어떻게 인식하는지 엿볼 수 있다. 정일이 속히 문주를 떠나고자 한 심정은 그가 도시의 퇴폐성을 벗어나고자한 내면적인 심리를 보여주며 농촌에 내려와서 아버지의 강한 생명력으로 인해 감동을 받았지만 역시 아버지의 속물근성 때문에 이성적인 공간을 찾지 못한다. 여기서 주목해야 할 것은 소설에 나타난

170   김경연, 「최명익 소설의 식민지적 근대성 비판 양상 연구」, 부산대 석사논문, 1999, 93면.

농촌은 기차가 다니는 공간이다. 기차는 근대 문명을 상징하는 장치로 볼 수 있기 때문에 정일이 도시의 퇴폐성에서 도피하여 가려고 하는 농촌 역시 이미 근대성이 전염된 공간이라고 볼 수 있다. 최명익 소설은 이같이 무엇이라 규정할 수 없는 양면적이고 다층적인 성격의 인물을 제시함으로써, 인간의 합리적 이성에 대한 확신을 가지고 통합된 개성의 창조를 꿈꾸었던 근대성이 지닌 모순과 허점을 공격하고 있다.[171] 한마디로 요약하자면 정일은 도시에서 농촌으로 가는 인물이며 정일의 의식을 통해서 정일 자신의 삶, 문주의 삶, 아버지의 삶이 회고되고 정리된다. 그리고 시간이 지남에 따라 그는 문주를 비롯한 도시 공간에서 아버지를 비롯한 농촌 공간으로 나아가고 아버지의 죽음과 문주의 죽음으로의 대립이 사라지자, 그는 자신이 욕망하는 유토피아 공간을 어디에서도 찾을 수 없다는 것을 각성하게 된다.

「마도」에서 스저춘은 '화려한' 도시에 환멸을 느낀 주인공이 열차를 타고 친구가 있는 시골마을로 달려가는 것으로 소설의 첫 부분을 시작한다. 이는 도시에서 농촌으로 주인공이 이탈하는 이주 과정을 설명한다.

> 내가 노란색 백령기(百齡機)의 광고판을 보면서 혐오감을 느끼고 앉아서 고개를 돌렸을 때 노부인은 벌써 내 맞은편에 앉고 있었다.[172]

광고판은 상품으로 채워진 도시의 문명을 상징한다. 위의 인용문에서 주인공은 광고판에 대한 혐오감을 나타내며 이는 그의 현대 도시에 대한 감정을 함께 보여준다. 「마도」의 주인공은 도시에서 벗어나 이탈을

171　김양선, 『1930년대 소설과 근대성의 지형학』, 소명출판사, 2003, 93면.
172　施蟄存, 「魔道」, 앞의 책, 107면. 當黃色的百齡機的廣告牌使我感到厭惡而坐下的時候, 壹回頭, 在我的對面已經坐著這個老婦人了.

꿈꾸며 열차에 몸을 싣는다. '화려하고 어두운' 도시에 환멸을 느낀 나머지 잠시나마 대자연에 기대여 숨을 쉬고 싶었던 것이다. 자연은 시공간을 뛰어넘는 인간 개개인의 근원적 고향이다. 때문에 주인공에게 자연으로의 여행은 과거 지향, 탈출, 도피, 그리움으로 귀착된다. 소설은 열차 좌석에 앉아 열차 안으로 하나둘씩 들어오는 여객을 관찰하는 주인공을 집중 조명하면서 시작된다. 많은 여객이 그의 옆을 스쳐 지나가지만 정작 그의 옆 좌석에 앉고자 하거나 앉는 사람은 아무도 없다. 이는 작가 스저춘이 도시의 타자와의 단절과 소외라는 아이러니를 의도적으로 보여주는 대목이다. 이처럼 도시인인 '나'는 살고 있는 도시뿐만 아니라 여행 중인 열차 안 그 어디에서도 항상 근대 사회의 소외된 인간으로 대중 속의 고독을 느끼며 살아가는 이방인이다.

풍경이 참 좋다. 나는 오랫동안 도시에 살면서 이런 거대한 짙푸른 들판을 본 적이 없다.
나는 기쁘게 들판의 신선한 향기를 맡았다. 석영은 나무 꼭대기에 걸쳐 있고 하늘은 높고 날씨는 시원하다⋯⋯ 내 정신이 다시 회복될 것 같다. 안심하게 밖의 들판으로 향하여 걸어간다 ⋯⋯ 나는 서쪽으로 가야 한다. 이렇게 석영을 향하여 멀리 있는 저녁노을을 구경할 수 있다.
시골 사람은 참으로 편안하다⋯⋯ 푸른 호숫가, 그리고 아가씨들은 그쪽에 빨래하고 있지 않겠니? 이것은 평범한 경치가 아니다. 적어도 나는 만족한다.[173]

---

173   위의 책, 108-111면. 風景真好, 長久住在都市裏, 從沒有看見這樣壹大片自然的綠野過. 我欣喜地呼吸著內地田野裏的新鮮的香味. 外面樹林的梢上抹著金黃的夕陽, 天氣很高爽⋯⋯好像完全恢復了我的精神似的,放懷地走到外面郊原裏⋯⋯我該向西邊走, 這樣可以迎著夕陽, 看遠天的霞色.鄉下人家真是另外有壹種舒服的⋯⋯綠水的古潭邊, 有村姑洗濯嗎？這倒並不是等閑的景色, 至少在我是滿意了.

「마도」의 주인공은 마음속에 외로움과 절망감이 있어도 시골에 오자마자 곧 시나 그림처럼 아름다운 자연 경치에 빠져들게 된다. 스저춘은 중국 전통 미학의 영향을 많이 받았다. 중국 전통 문화의 영향은 그의 모더니즘 소설에 고풍스러운 미를 갖다 주었고 작품 곳곳에서 고전 시사에 대한 운용이 보인다. 「마도」에서 주인공이 시골 처녀가 빨래하는 것을 볼 때 '붉은 옷을 씻지 마시오, 자주 씻으면 퇴색해 질 것이니(休洗紅, 洗多紅色淺)'고 하는 옛날 시구가 그의 머릿속에 나타나게 된다. 또는 농촌의 경치를 구경을 하고 '비가 오기 전에 바람이 전 성루를 꽉 차다'(山雨欲來風滿樓)의 시구가 생각나며 어떤 불길한 일의 징조를 표현한다. 이런 고전 시사는 스저춘의 아름다운 전통적 농촌 풍경에 대한 그리움을 보여준다. 그러므로 「마도」에서 주인공은 도시에 대한 혐오감과 농촌에 대한 만족감을 분명히 대립적으로 보여준다. 하지만 아름다운 자연 경치는 신경증 환자인 '나'한테 일시적인 치료제일 뿐이다. 앞에서 이미 살펴봤지만 기차에서 조우한 노부인은 그림자처럼 주인공을 따라다니며 그로 하여금 공포의 심연에 빠지게 한다.

스저춘의 「마도」에서는 「무성격자」와 달리 명확하게 주인공이 도시 공간에 대해 혐오감을 보이며, 농촌에서 일시적인 휴식을 얻는 장면이 등장한다는 것이다. 하지만 그림자처럼 '나'를 쫓아다니는 환상의 요부가 농촌에서의 평안을 깨뜨리고 주인공의 탈출 욕망을 소멸시킨다. 앞에서 살펴보았던 「여관」에서와 마찬가지로 '나'는 농촌에 수영(休養)하러 가는데, 역시 평안을 얻지 못하고 도시의 불안감에서 벗어나지 못한다. 위에서 살펴본 작품의 주인공들에게는 하나의 공통점이 있다. 즉 그들은 한 공간에서 억압을 받고 있기에 다른 공간으로의 탈출을 욕망한다. 농촌의 전통 관습이든 도시의 억압이든 인물들로 하여금 다른 공간을 욕망하게 만든다. 하지만 인물들의 이탈적인 행동은 모두 실패한다. 이것은 30년대 식민지 공간에서 자신의 이상적인 공간은 어디서도 찾을 수 없다는 작가 의식이 작중 인물의 좌절된 탈출 욕망을 통해서 보여주고 있음을 알 수 있다. 최명익과 스저춘은 도시와 농촌 중 어느 곳이 옳은 곳인지에 대한 판단은 유보하고 있다. 아니 어느 곳도 옳은 곳은 없다. 그들에게는 도시도 농촌도 막연한 희망과 긍정의 공간은 아니라는 것을 알 수 있다.

제3장 서사 기법을 통해 보여준 내적 심리

1. 상징 이미지와 이중적 심리

이미지의 그리스어 어원인 아이콘(Eikon),[174] 에이돌론(Eidolon),[175] 판타스마(Phantasma)[176]를 통해 이미지는 두 가지로 나뉘게 된다. 그것은 가시적인 형태를 지칭하는 경우와 비현실적이고 가상적인 것이며 존재하지

---

[174] 에이콘은 대상의 형태를 실제와 비슷하게 나타내는 도상, 단순히 복사물이라는 뜻을 가진 에이콘은 이데아계를 곧바로 모사한다고 간주되어 현상을 설명하는 데 적합한 것으로 승격한다.
황수영, 『물질과 기억』, 그린비, 2006, 309면.

[175] 모양, 형태를 의미하는 에이도스 Eidos로부터 파생된 용어로서 그 뿌리는 '본다'는 뜻의 와이드 wide이다. 에이돌론은 비가시적 현상 혹은 비현실과 굳게 맺어져 있어 때로는 거짓과 연관되기도 한다.
유평근·진형준, 『이미지』, 살림, 2005, 23면.

[176] 판타스마는 시뮐라크르라고도 불리는데, 복사물을 다시 복사한 것이며 우리 기억 속의 심상을 의미하기도 한다. 이것은 이데아가 본래 가지고 있는 특성을 변질시키거나 왜곡시킬 위험을 안고 있다, 따라서 플라톤은 우리를 현혹시키는 판타스마로부터 에이콘을 잘 구별해내는 것이 올바른 인식이 된다고 본다. 황수영, 앞의 책, 309면.

않는 것의 산물을 지칭하는 경우 등 그 의미 규정의 범위가 넓음을 알 수 있다. '이미지가 어원적으로 지니고 있는 의미론적 가변성'으로 인해서, 그 단어에 어떤 속성을 부여하느냐에 따라 이미지에 대한 정의와 이해의 방식이 달라진다. 그렇다고 이미지라는 용어의 범주에 모든 것을 담아내려다 가는 '이미지 자체의 통일성을 잃고 그 함의를 역으로 빈약하게 만들어 버릴 위험'에 부딪힐 수 있다. 또한 이미지를 비현실적이고 가상적인 표현에만 국한시켜 버리는 것[177]은 위험한 일이 아닐 수 없다. 어원적으로 살펴본 바와 같이 이미지란 분명하게 정의 내릴 수 있는 속성의 것이 아님을 파악할 수 있다.

인간의 심리에 있어서 무의식은 의식보다 더 깊은 심리적 영역에 있으며 인간이 갖는 원천적 욕구로 가득 찬 인생이란 근본적으로 이 무의식적 욕구를 충족시키는 여정이며, 의식적 세계는 그 근원적 욕구를 현실적으로 만족시키는 구실을 한다.[178] 하지만 무의식은 명백히 의식 밖에 존재하는 것으로 무의식 그대로의 형태로는 표현될 수 없다. 그것은 우리들이 의식적 표현에 나타난 상징에서 추리할 수 있을 따름이다.[179] 개인의 내면에 자리 잡은 무의식적 욕망은 어떤 대체 이미지를 통하여 표출된다. 그러므로 본 장은 작가가 메시지를 전달함에 있어 감각적이고 구체적인 이미지를 사용했다는 전제를 두고 반복되는 이미지에 주목할 것이다. 최명익과 스저춘의 소설 텍스트는 인물의 이중적 심리를 나타내기 위해 이미지에 특별한 관심을 보이며 선택적으로 활용하고 있다. 그러므로 최명익과 스저춘 소설 텍스트에서 반복되는 이미지를 중심으로

---

177   유평근·진형준, 앞의 책, 23-24면.
178   R.Osborn, 유성만 역, 앞의 책, 37면.
179   Leon Edel, 이종호 역, 『현대 심리소설 연구』, 형설출판사, 1983, 84-85면.

서사와 함께 면밀한 분석을 한다면 이미지의 궁극적인 지향성을 이끌어 낼 수 있을 것이다.

1) 전통적인 이미지[180]를 통해 드러낸 억압과 욕망

「비 오는 길」[181]은 단순히 먹고살기 위해 모멸감을 참으며 공장의 회계(會計)일과 독서하는 것을 제외하면 특별히 자기 일이라는 것을 갖지 못한 병일이라는 지식인을 주인공으로 내세운다. 병일의 무의식적인 불안, 우울감과 소외감은 소설에서 반복해서 나타나는 주인공의 심리 매개물인 비와 방을 통해서 드러난다. '비'는 병일이 사진사를 만나게 되는 계기이며 그의 우울감을 대변하는 것으로 볼 수 있다. '방'은 외부 세계로부터 차단되고 단절을 시키는 공간이며 인물의 소외감을 반영하는 공간으로 제시될 수 있다. 「장맛비가 내리던 저녁」은 상하이에 사는 평범한 회사원인 중년 남자를 주인공으로 내세운다. '비'와 '우산'은 평범한 일상 속에서 소외를 당하는 주인공에게 일상의 무료함과 소외감을 벗어나게 하는 매개물이 되는데, 한편으로 '비'는 젊은 여자에 대한 주인공의 욕망을 상징하며, 우산은 주인공을 현실과 격리하게 하는 공간을 표

180　이 글에서 논의하고자 하는 "전통적인 이미지"는 "색깔 이미지"와 구별하여 '비', '우산', '방'(집의 변용)를 가리킨다.

181　「비 오는 길」(『조광』, 1936.5)은 평양 출신의 신인 작가 최명익을 중앙 문단이 주목하게끔 한 사실상의 등단작이다. 평양고보 재학 시 3.1운동에 참여하고, 1920년대 초반 일본 동경에서 유학한 이후, 1920년대 후반에는 『백치』 동인으로 참여하여 유방이라는 필명으로 몇 편의 작품을 발표한 이력이 있으나, 최명익이라는 작가로서의 이름을 세상에 알린 것은 1930년대 중반을 넘은 시점에서였다는 뜻이다. 최성윤, 「최명익 소설의 세속과 탈속 - 「비 오는 길」, 「무성격자」, 「심문」을 중심으로-」, 『Journal of korean Culture』, 한국언어문화학술확산연구소, 2018, 94면.

상한다.

「비 오는 길」, 「장맛비가 내리던 저녁」에서 '비'는 배경과 서정의 장
치로만 그치지 않고 주인공의 심리의 상징적 이미지로서 소설 전편에
반복해서 나타난다. 「비 오는 길」에서는 '비'를 활용하여 비가 오고 있
다는 사실보다는 '비'가 주인공 병일의 감정 및 심리 세계와 관련되는
상징물로 반복해서 나타난다.

다음은 '비'가 주인공 병일의 심리를 드러내는 장면이다.

> (1) 함석 지붕에 떨어지는 빗소리는 어수선한 좁은 방 안으로 침울하게
>   하였다.[182]
> (2) 사장 안의 둔각으로 꺾인 천장의 한 면은 유리를 넣었다. 유리 천장
>   밖으로 보이는 하늘은 캄캄하였다. 그리고 거기 내리는 빗소리는 여
>   운이 없이 무겁게 들리었다.[183]
> (3) 거기는 빗소리보다도 좌우편 집들의 처마에서 떨어지는 낙숫물 소리
>   가 어지럽게 들리었다.[184]
> (4) 우울한 장마는 계속 되었다. 그것은 태양의 얼굴과 창공과 대지를 씻
>   어 낼 패기 있는 폭풍우를 그립게 하는 궂은비였다. 이 며칠 동안은
>   얼굴을 편 태양을 볼 수가 없었다. 혹시 비가 개는 때라도 열에 뜬 태
>   양은 병신같이 마음이 궂었다.[185]
> (5) 오래간만에 비갠 아침에 병일이는 사무실 앞에서 신문을 보고 있었
>   다.[186]

인용문에서 살펴보듯 병일은 사진사가 권하는 대로 사진관 안에 들어

---

182   최명익, 「비 오는 길」, 앞의 책, 22면.
183   위의 책, 24면.
184   위의 책, 25면.
185   위의 책, 32면.
186   위의 책, 44면.

갔지만 상대방과 말하기 싫은 심리상태였다. '빗소리'가 방안을 침울하게 한다는 것은 병일의 내면적인 심리를 그대로 드러낸다. 병일은 심지어 사진사와 '이렇게 마주 앉게 된 것을 후회하면서 일종의 경멸과 불쾌감이 들었다.'고 한다. 병일은 사진사의 안내에 따라 사장에 들어가고 유리 천정 밖으로 보이는 하늘은 아주 캄캄하였다고 느꼈다. 인용문 (2)에서 내리는 빗소리는 인물의 내면심리처럼 여운이 없이 무겁게 들린다. 그런데 인사도 하지 않은 사진사가 갑자기 친근하게 술을 권한다. 병일은 불쾌하며 여러 번 거절하여 보았지만 미신적 습관에 집착하는 병일은 끝끝내 거절할 수가 없었다. 집에 가는 병일이 술의 취기로 어지러운 정신이 떨어지는 낙숫물 소리를 통해서 여실히 나타난다. 하숙방에 돌아온 병일은 2년 동안 변화가 없는 생활면을 다시 한 번 바라보았다. 반성이 병일이의 가슴을 답답하게 누르는 듯 했던 것은 위에서 살펴본 인용문 (4)번과 같이 '우울한 장마' 통해서 나타난다. 마침내 비가 개자, 병일의 마음도 개는데 사진사의 죽음으로 예전의 변화 없는 생활을 반성하거나 의심할 필요가 없이 마음도 편해진다((5)번). 비는 천상에서 지상으로 하강하는 까닭에 슬픔과 절망, 비애와 눈물을 의미하거나 이러한 정서를 일깨우는 매개체가 된다.[187] 앞서 말한 내용을 종합하여 보면 (1)-(5)의 서술에서 볼 수 있듯이 빗소리는 (1)의 침울함, (2)의 무거움, (3)의 어지러움, (4)의 우울함 (5)의 지루함 등을 통해 주인공 병일의 심리를 상황에 맞게 표현한다. 침울함, 무거움, 어지러움, 지루함은 실은 다 우울 증상으로 볼 수 있다. 소설에서는 직접적으로 주인공의 우울함을 서술하지 않고 '빗소리'로 독자의 청각을 자극하며 인물 심리를 공감하고 있다.

---

187   金載弘 編, 『韓國現代詩 詩語辭典』, 고려대학교 출판부, 1997, 68면.

「비 오는 길」의 주인공 병일은 공장에 근무하면서 하루도 빠짐없이 집에서 공장에 이르는 길을 왕래한다. 그가 자신의 집과 근무처인 공장 사이를 끊임없이 왕복하는 것은 '2년간' 계속된 일이다. 병일이 가장 오랜 시간을 보내며 휴식을 취하는 곳은 '하숙방'으로 제시되고 있다. '하숙방'에 거주한다는 것으로 보아, 병일은 가족과 떨어져 지내거나 혹은 자의적으로 떨어져 나온 인물이다. '하숙방'에서 지내는 병일은 스스로 모든 것을 해결하는데 이는 '소외자'에 가깝다. 또한 '하숙방'이란 지불한 하숙비만큼 일정 기간, 일정 공간 안에서의 거주만이 허락되는 곳이기에 정주의 가능성을 제한적으로 행사할 수밖에 없다. 말하자면 병일이 거주하는 '방'은 이미 전통적인 '집'의 따뜻함과 안전감을 잃어버린 하나의 밀폐된 장소일 뿐이다. '방'은 그 안에서 이루어지는 개인들의 행위가 외부에 드러나지 않도록 하는 기능을 하며, 외부 세계와 그 내부를 분리하는 경계와 단절의 이미지를 띠면서 독립된 하나의 세계를 이룬다.[188] 외부 세계로부터 차단되고 단절되어 있는 '방' 속의 한 개인은 현실과 반응하는 대신 자신의 내부를 응시하게 되며, 그러므로 이러한 '방'은 소설에서 인물의 내적 세계를 반영하는 공간으로 제시될 수 있다.

「비 오는 길」의 병일은 자신만의 공간으로서 '방'을 확보하고, 그 안에서 외부 세계와는 독립된 생활을 이루어 나간다. 다음에 '자신의 방'의 구체적 형상과 그 안에서 이루어지는 인물들의 행위를 통해 그의 내면 심리를 살펴보겠다.

어느날 밤엔가 늦도록 백치를 읽다가 잠이 드러슬 때에 도스토엡스키가

---

188   이미경, 「최명익 소설 연구 - 인물의 심리 공간을 중심으로」, 전북대 석사논문, 1997, 13면.

속궁군 기침을 깃든 끝에 혈담을 배트는 꿈을 꾸었다. 침과 혈담의 비말을 수염 끗에 못친 채 그는 혼몽해저서 의자에 기대이고 눈을 감았다. 그의 검은 눈자위와 움으러진 뺨과 검은 정맥이 느러선 버서진 이마 우에 솟친 땀방울을 보고 그의 기지함 숨소리를 드르며 눈을 떳섰다. 그때에 방안에는 네시를 치려는 목종의 기름마른 기계 소리만이 석격 들릴 뿐이었다. … (중략)… 후원에서 성낸소와 같이 거닐고 있는 니히체가 푸른 잇기 돗친 바위를 붓안고 이마를 부드치는 것을 상상하고 적은 신음소리가 나오려는 것을 깨닷고는 몸서리를 치기도 하였다.

모기 소리와 빈대 내음새와 반들거리다가 새츰이 뛰어오르는 벼룩이가 기다릴 뿐인 바람 한 점 없는 하숙방에서……[189]

위 인용문이 보여주듯, 하숙방은 휴식과 안정의 기능이 상실된 곳이다. 병일의 꿈과 상상 속에 곧잘 등장하는, '도스토예프스키'가 병들어 있는 '꿈'과 '니체'의 자해적인 '상상'은 그의 무의식이 투사되어 나타난 형상이다. 현실에서 마주치는 모기, 빈대, 벼룩 등 역시 그가 처한 상황의 참을 수 없는 고통을 형상화한 심리적 대체물인 바, 병일이 설정한 환각 상태이다. 이러한 '방'의 형상은 폐쇄된 자의식에 갇혀 자학하는 병일의 심리 세계를 드러낸다. 그는 현실로부터 소외되고, 그러한 현실과 반응하는 대신 고립된 자신의 심리 세계로 등을 돌리게 된다. 따라서 병일은 그의 내면공간이라 할 수 있는 '하숙방'에서 자신의 무기력과 소외를 확인하게 되고, 이러한 깨달음이 곧 그에게 고통으로 다가오는데, 그러한 심리 상태가 꿈·환상·환각 등을 통해 표현되고 있다.

---

189   최명익, 「비 오는 길」, 앞의 책, 18면.

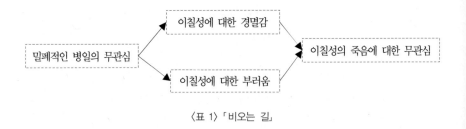

<표 1> 「비오는 길」

<표 1>에서는 「비 오는 길」의 주인공 병일은 의심 많은 주인에게 시달리는 인물이지만 밤에는 어려운 책을 읽는 공장 사무원이다. 그는 책을 사서 읽는 것을 유일한 취미로 살아왔다. 병일은 어떻게 살아야 하는지 반문하며, 행복을 믿지 못하고 오직 스스로 그만의 불안과 고독감을 느끼는 것이다. 골목을 시계추처럼 오가는 병일에게 흥미로운 관찰 거리는 없다. 누군가가 있다고 해도 병일은 그들이 늘 길가의 타인이라고 생각하며 밀폐적인 방 안에서 누구한테도 무관심하다.

어느 날에 병일은 비를 피하고자 사진관 처마 밑에 서 있다가 주인인 칠성과 우연히 만나게 된다. 공장까지 왕래하던 길에서 만난 타인들을 "모도 자기네 일에만 분망한 사람들"이라 여기며 그들과 어울리지 않고 홀로 지내던 병일이었지만 이날따라 칠성의 호의에 이끌려 술자리를 갖고 만남을 이어간다. 이미 20대 중반에 어엿한 사진관 주인이 된 칠성은 돈을 많이 벌어 세속적인 성공을 거두는 것을 생활의 전 목표로 삼는 인물인데, 그는 병일에게 속물로 보일 뿐이다. 병일과의 첫 만남에서부터 성명을 물어보기 전에 "하시는 사업이 무엇이신가요?"라고 궁금해하며, "월급을 얼마나 받느냐?"고 또 한 번 물어올 정도로 속물적인 모습을 보인다. 물질 위주의 '사람 사는 재미'에 대해 역설하는 칠성의 생각에 동조할 수 없는 병일은 "청개구리의 뱃가죽 같은 놈"이라 여기며

경멸스러워한다. 그런데 병일은 어느 날 불쑥 자신의 삶에 들어와 버린 칠성으로 인해 자의식의 혼란을 느끼게 된다. 처음에는 속물적인 칠성의 삶에 경멸감을 느끼지만 삶의 목표와 생활력을 가지고 살아가는 측면이 있음을 보고 동경하며 부러워하기도 한다. 또한 병일은 이칠성을 만난 이후로는 그동안 탐내어 사들인 책들을 "무거운 짐 같이" 여기고, "독서력을 전혀 잃"어가는 가운데 자의식의 혼란과 갈등이 점점 심화되어 간다. 돈벌이에 힘을 쏟아 소시민의 물질적 생활을 꾸려 나가려는 칠성에 대해 경멸감을 드러내면서 역겹다고 생각하며 비난한다. 하지만 한편으로는 현실에 적응할 능력과 의지가 없는 자신에 대해서도 반성하면서 그동안 갖고 있던 자신의 신념에 대해 스스로 의심하게 된다.

> "자 다른 말 할 것 있소 세집이나 아니구 작으마하게나마 자기 집에다 장사면 장사를 벌리고 앉아서 먹고 남는 것을 착착 모아 가는 살림이 세상에 상 재미란 말이오." 하고 그는 목을 추기 듯이 술을 마시고 병일에게 잔을 건네며,
> "이제 도구 보시우. 내가 이 대로 삼 년만 잘하면 집 한 채를 마련할 자신이 꼭 있는데, 그때쯤 되면 내 맏 아들놈이 학교에 가게 된단 말이오. 살림집은 유축이라도 좋으니 학교가에다 벌리고 않으면 보란 말이오. 그렇게만 되면 머어 창학이 누구누구 다 부러울 것이 없단 말이오."[190]

> 하숙방에서 활자로 식검엇케 메인 책과 마조 안즐 용기가 없어진 병일이는 엇떤 유혹에 끌니 듯이 사진관으로 찾아가게 되었다.[191]

이때 주인공들은 생활인의 속물적이고 교양 없음을 부정하지만 현실

---

190   최명익, 「비 오는 길」, 앞의 책, 30면.
191   위의 책, 25면.

에 적응하지 못하는 자신들과 달리 안정된 현실과 만만치 않은 일상을 부러워하는 등 양가적인 감정 사이에 갈등이 생기게 된다. 위의 인용문에서 살펴보는 듯이 병일은 칠성을 "청개구리의 뱃가죽 같은 놈"이라고 멸시하면서도 "신문 외에는 활자와 인연이 없이 살아갈 수 있는 그들의 생활"을 부러워하고 동경한다. 다시 말하면 병일의 무의식에 잠재 있던 돈에 대한 욕망은 전통적 인생관과 대립되어 내면적인 혼란이 더 심해진다. 병일이 그동안 꾸준히 해왔던 내면적 성찰의 행위인 독서를 꺼리는 것은, 돈에 대한 욕망과 속물적 현실적인 생활을 동경하는 근거로 볼 수 있다. 하숙방에 틀어박혀 2년간 책을 읽었는데, 이제 와서 읽기 싫다고 하는 것은 독서에 권태를 느꼈다는 것을 의미하기보다는 '방'을 벗어나고 싶은 그의 무의식적인 욕구가 직접적인 행동으로 드러난 것이라 볼 수 있다.

병일은 신문을 읽다가 평양 장질부사의 사망자 명단에서 이칠성의 이름을 발견하지만, "지금껏 자기 앞에서 이야기하여 들려주는 사람이 하는 이야기를 맞추지 않고 슬쩍 나가버린 듯"한 정도의 허전함을 느낄 뿐이다. 이칠성의 죽음에 대한 소식을 확인하고도 무덤덤한 반응을 보이는 병일의 심리 상태는 자신의 탈출 욕구가 실패로 일단락된 데 원인이 있다. "내 상처가 더 큰데 남의 사정 돌아볼 여유가 어디 있느냐"며 항변하는 식의 극단적인 자기방어로 인해, 병일은 시간과 한담을 공유했던 이칠성이라는 존재의 소멸에 대해서도 무덤덤하게 된 것이다.

노방의 타인은 언제까지나 노방의 타인이기를 바래였다. 그리고 지금부터는 더욱 독서에 강행군을 하리라고 계획하며 그 길을 걸었다.[192]

---

192   최명익, 「비 오는 길」, 앞의 책, 28면.

병일은 세상일에 무관심하고 태연한 '노방의 타인'의 자기 방어적인 심리공간의 원점으로 돌아간다. 이는 예전보다 독서에 더욱 매진하다. "이것은 병일과 같이 식민지의 일상에 충분히 귀속되지 않은 인물을 배제하고, 그 배제를 통해 세상과 불화하는 책의 세계를 잠식해 들어간다. 작가는 이러한 조건 속에 병일을 위치시키고 그 내면을 드러내 보이는 것이다. 최명익은 근대 도시문명의 이중성을 지적하면서 동시에 그 문명에 침윤되어가는 개인에 주목한다. 가속화하는 산업화는 도시 풍경뿐만 아니라 사람들의 정신도 바꿔가고 있었다. 그 전형적 인물이 병일이 다니는 공장의 주인을 통해서 보여준다. 병일이 공장에서 근무한 지 2년이 지났는데도 공장의 주인은 신원 보증인이 없다는 이유로 여전히 감시의 눈초리를 거두지 않는다. 심지어 자신의 아내조차 믿지 않는다. 사장은 근대의 물지 신성을 철저히 내면화한 존재다."[193]

스저춘은 '비는 원래 색깔이 없다, 비의 색깔이란 접촉하던 외부 세계의 색깔'이라고 하였다. 여기에서 '비'는 감정이 없는 한 사물일 뿐이지만 사람의 감정을 담을 수 있는 상징적 이미지가 된다. 또한 '비'는 사람의 시각과 기분에 따라 달라질 수밖에 없는 상징물이기도 하다. 앞에서 살펴본 「비 오는 길」에서 주인공 병일이 바라보는 '비'는 우울함의 화신(化身)이지만 「장맛비가 내리던 저녁」에서 주인공인 '나'가 바라보는 '비'는 완전히 다른 색깔을 가진 욕망의 화신(化身)이다. 앞에서 살펴본 「비 오는 길」과 같이 스저춘의 「장맛비가 내리던 저녁」에서도 '비'에 대한 묘사가 반복해서 나타난다.

---

193   이행선, 「책을 '학살'하는 사회-최명익의 「비 오는 길」」, 『한국문학연구』41호, 한국문학연구소, 2011, 226-227면.

(1) 후드득후드득 비 떨어지는 소리를 들으며 우산을 쓰고 가는 것을 좋아한다.[194]

(2) 저녁 무렵, 가로등이 막 켜질 때 인도를 따라 잠시 한가한 마음으로 걸으면서 비 내리는 도시 풍경을 보는 것은, 깔끔하지는 않아도, 나만의 오락거리이다.[195]

(3) 빗속에서 한가롭게 산책하는 재미를 몰랐다면 나도 저 사람들처럼 저렇게 다급하게 다리를 건넜을 것이다.[196]

(4) 그녀는 몸을 돌려 비스듬히 서서 몹쓸 비가 자신의 앞가슴을 적시는 것을 피하려했다.[197]

(5) 시간이 빗물처럼 이렇게 흘러가는 것을 완전히 몰랐다.[198]

(6) 비는 내리지 않았다. 완전히 개었다. 하늘에 듬성듬성 별이 나왔다.[199]

위의 살펴 본 (1)-(3)번은 주인공의 '비'에 대한 감정과 '비'로 인한 심리세계가 어떻게 나타나는지 보여준다. (1) 후드득후드득 비 떨어지는 소리를 들으며 우산을 쓰고 가는 것을 좋아한다. (2) 잠시 한가한 마음으로 걸으면서 비 내리는 도시 풍경을 본다. (3) 빗속에서 한가롭게 산책하는 재미를 몰랐다면 나도 저 사람들처럼 저렇게 다급하게 다리를 건넜을 것이다. '나'는 비를 좋아하니까 한가한 마음으로 걸으면서 비 내리는 도시 풍경을 보는 것을 시작한다. 비 내리는 도시 풍경은 주변의 건축물뿐만 아니라 또한 행인까지 포함한다. 저 사람들은 저렇게 다급하게 다

194 　　施蟄存,「梅雨之夕」, 앞의 책, 93면. 我喜歡在滴瀝的雨聲中撑著傘回去. (번역은 이옥연 옮김,『장맛비가 내리던 저녁』, 창비, 2009를 참고함)

195 　　위의 책, 93면. 尤其是在傍晚時分, 街燈初上, 沿著人行路用一些暫時安逸的心境去看看都市的風景, 雖然拖泥帶水, 也不失為一種自己的娛樂.

196 　　위의 책, 95면. 但要是我不曾感覺到雨中閑行的滋味, 我也是會和這些人一樣地急突地奔下橋去的.

197 　　위의 책, 94면. 她屢次旋轉身去, 側立著, 避免這輕薄的雨侵襲她的前胸.

198 　　위의 책, 95면. 我也完全忘記了時間在這雨水中流過.

199 　　위의 책, 96면. 并沒有雨降下來, 完全地晴了, 而天空中也稀疏地有了幾顆星.

리를 건넜지만 '나'는 빗속에서 한가롭게 산책하는 재미를 느꼈다. 비가 내리고 고이고 흘러 움직이는 모습은 그 모양과 상황에 따라 바라보는 사람에게 기쁨이 되기도 하고 슬픔이 되기도 하며 외로움을 자극하기도 하지만 한편으로 빗물을 바라보는 '나'의 욕망을 불러일으키기도 한다. (4)번에서 비가 그녀의 앞가슴을 적시는 것은 마치 주인공 속에 불타는 욕망과 같다. 즉 몹쓸(輕薄的) 비를 통해 인물의 심리를 암시 상징하고 있는 간접적인 서술이다. 여자의 아름다움에 빠진 자신의 욕망이 빗물의 흐름을 통해 형상화해서 물리적인 시간이 흘러가는 것을 전혀 모르는 상태를 의미한다. 비가 그치자 '나'의 비속의 낭만적인 여행은 끝나고 현실로 돌아와 집으로 간다((6)번). 비 오는 날 저녁 그를 무료한 일상에서 탈출시켜 주었던 낭만적 여행은 끝나고 다시 현실로 돌아온 것이다.

「장맛비가 내리던 저녁」이라는 소설의 제목처럼 장맛비가 내릴 때 비를 막아 주는 유용한 도구로서의 우산은 주인공에게 비 내리는 날에 어김없이 찾아오는 친구 같은 존재이고 그의 생명의 일부분이다. 후드득후드득 비 떨어지는 소리를 들으며 우산을 쓰고 가는 것을 주인공은 박쥐 모양의 우산 아래에서 자신이 살아 있는 생명체로서의 존재임을 실감한다. 그런데 그러한 우산은 주인공이 홀로된 공간을 향유할 수 있게 해주는 도구이기도 하다. 주인공은 비오는 저녁 도시 공간에서 산책자가 되어 군중으로부터 떨어져 나온다. 이때 주인공은 전차 타기를 꺼리는데, 이는 비옷을 입은 사람들과 비좁은 찻간에서 부대끼다 보면 비옷이 없는 자신은 빗물 투성이가 되는 것을 피하기 위해서이다. 거기에서 그치지 않고 주인공은 우산을 들고 빗속의 거리를 걸으며 도시를 응시하는 시선을 발한다. 그는 우산 아래에서 행인을 구경하면서 자신의 생각에 빠진다.

저 사람들은 뭐가 저리 급할까? 저 사람들도 지금 내리고 있는 것이 비이고 생명에 위협이 되지 않는다는 것을 분명히 안다. 그런데도 왜 저렇게 다급하게 피하는 것일까? 옷이 젖을 까봐 그렇다고 하겠지만, 우산을 들고 있는 사람이나 비옷을 입은 사람조차 서둘러 피하고 있었다. 내가 보기에는 이것은 무의식적인 혼란이었다. 빗속에서 한가롭게 산책하는 재미를 몰랐다면 나도 저 사람들처럼 저렇게 다급하게 다리를 건넜을 것이다.

어차피 앞에도 비가 내리는데, 무엇 때문에 뛰는 것일까? 우산을 펴면서 그런 생각이 들었다.[200]

위에서 살펴본 것과 같이 주인공은 우산이나 비옷이 있건 없건 비가 떨어지는 사실에 황급히 비를 피하는 사람들의 무의식적 행동을 비웃고 있다. 이는 우산을 들고 홀로 서 있는 주인공의 이미지가 대중과 더불어 있음이 결여된 상태라는 것을 보여주며 주인공의 소외 의식, 단절 의식을 나타낸다. 그런 상태에서 우산 속의 공간은 주인공의 '고립 상태'를 상징하는 공간으로 자리를 잡는다. 이는 도시가 표상하는 대중과 자아를 매개하는 끈이 없다는 점에서 소외 의식을 표상하고, 주인공의 도시 체험은 그런 점에서 소외의 체험이다. 그리고 소설 속 도시 산책자가 대중과의 거리감을 유지하는 과정에서 느끼는 것은 고독이다. 고독은 주관적인 것이지만 본질적으로 볼 때, 타인과의 관계에서 파생된 것이다. 이는 우산이 주는 긍정적인 이미지인 안정감과 따뜻함보다 우산의 고독, 소외, 단절이라는 부정적인 어두운 심리적인 이미지를 더욱 부각시킨다.

---

200   위의 책, 94면. 他們在著急些什麼呢？他們也一定知道這降下來的是雨，對於他們沒有生命的危險，但何以要這樣急迫地躲避呢？說是爲了恐怕衣裳給淋濕了，但我分明看見手中持著傘的和身上披了雨衣的人也有些腳步踉蹡了，我覺得至少這是一種無意識的紛亂.但要是我不曾感到雨中閑行的滋味，我也是會和這些人一樣地急突地奔下橋去.
何必這樣的奔跑呢，前路也是在下雨，撐開我的雨傘來的時候，我這樣漫想著.

나는 그래도 우산이 있어서 용감한 중세 무사처럼 우산을 방패삼아 습격
해 오는 빗줄기 화살을 막을 수 있었다.

이렇게 둘이 같이 가고 있는 것을 우리를 아는 사람이 보면 어떻게 생각
할까....(나는 우산을 내려 이마를 가렸다. 일부러 몸을 구부리지 않는 한 밖
에 있는 사람은 우리의 얼굴을 볼 수가 없다.

나는 갑자기 마음이 편해지고 숨도 탁 트였다. 나도 모르게 그녀를 위해
우산을 받치고 있었던 손이 점점 아려 오기 시작한 것 말고는 아무런 느낌
이 들지 않았다.[201]

한편으로 우산은 주인공과 젊은 여자를 많은 사람들로부터 격리시키
는 가리개 역할과 많은 사람들로부터 오는 시선을 막아 주는 보호막 역
할을 하면서 주인공에게 이성과 공유하는 어둠 속의 또 하나의 은밀한
공간을 만들어 준다. 하지만 우산을 같이 쓰고 있는 젊은 여자도 사실은
주인공이 만난 적이 없는 타인이다. 그들이 나누는 몇 마디 대화 역시
한결같이 단절된 마음의 벽을 느끼게 해준다. 그런데 바깥세상과 격리된
이 은밀한 공간은 '나'의 은밀한 욕망을 표출하는 공간으로 자리를 잡는
다. 그러나 이런 환상 속의 욕망도 잠깐 스쳐 지나가는 바람처럼 비는
멈추었고 주인공이 '다용도'로 쓰던 우산은 무용지물이 되어 버린다. 비
가 멈추어서 더 이상 바래다주지 않아도 된다는 그녀의 인사말은 주인
공을 무의식적인 자아에서 의식적인 자아로 돌아오게 만들고 그를 환상
에서 깨어나게 한다.

---

201   위의 책, 94-95면. 我有著傘, 我可以如中古時期驍勇的武士似地把傘當做盾牌, 擋
著鋪面襲來的雨的箭.無論認識我們之中任何一個的人, 看見了這樣的我們的同行, 會
怎樣想？我將傘沉下了些, 讓它遮蔽到我們的眉額. 人家除非故意低下身子來, 不能
看見我們的臉面. 我突然覺得很舒適, 呼吸也更暢通了, 我若有意若無意地替他撐著
雨傘, 徐徐覺得手臂太酸痛之外, 沒什麼感覺.

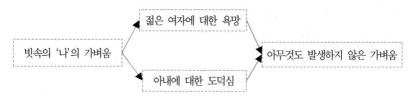

〈표 2〉「장맛비가 내리던 저녁」

　「장맛비가 내리던 저녁」의 주인공 '나'는 빗속에서 걸어가며 재미를 찾으면서 마음대로 비의 몽롱(朦朧)감을 즐거워했다. 제2장에서 살펴보던 것과 같이 '나'는 빗속에서 한가롭게 산책하는 재미를 즐겼다. 사실 이것은 감정의 '전이'와 '승화'로 볼 수 있으며 현실 생활의 억압에서 벗어나고 싶은 욕망이기도 하다. 하지만 산책하기만 하는 것은 계속해서 주인공의 욕망을 충족하지 못할 것 같다. 그러므로 도시의 한가로운 지식인인 주인공은 빗속에서 산책하면서 주변의 행인을 엿보기 시작했다. 주인공의 욕망은 모르는 사이에 가벼운 마음으로 떠오른다.

　자신도 모르는 힘에 이끌려 목적 없이 길을 건너지 않는 것을 통해서 주인공의 무의식적인 욕망을 엿볼 수 있다. 이때 차에서 내린 그녀의 아름다움이 주인공의 눈길을 끌었다. 또다시 "나는 왜 길을 건너서 집으로 가지 않는 것일까? 이 연인에게 무슨 미련이 있는 것일까?" 주인공은 의심하기 시작하고 여인에 대한 호기심에 자신이 감지된다. 처음으로 자신을 이끌어 가는 힘이 무엇인지도 느끼게 된다. 곤경에 처해서 외롭게 혼자 빗속에 서 있는 아름다운 대상인 그녀에게 호기심은 나의 잠재 되어 있는 '욕망'을 불러일으킨다. 마침 그녀를 "저렇게 날카롭게 쳐다보는 것이 호의에서일까?" 하고 스스로 묻게 된다. 여기까지는 여자와 말한마디도 하지 않은 채 내면으로만 의식이 흐르는 것이다.

그녀는 너를 쳐다보며 살짝 미소를 지었다. 그렇게 시간이 흘렀다. 그녀
는 내 행동의 동기를 파악하고 있었다, 상하이는 나쁜 곳이다. 사람과 사람
이 서로를 믿지 못한다.[202]

위에서 살펴본 것과 같이 주인공은 이 세상에서 사람과 사람이 서로
를 믿지 못하지만 내적 욕망 때문에 아름다운 대상인 그녀를 놓고 갈 수
없다. 마침내 남자로서의 용기가 솟았다. 그동안 내면에 짓눌려 깊은 내
면의 밑바닥에서 숨조차 제대로 쉬지 못했던 욕망은 장맛비 내리는 어
두운 저녁에, 비를 막는 우산 밑에서 드디어 실체를 드러낸다. 생면부지
의 젊고 아름다운 여성에 대한 남성의 욕망 즉 그의 심층 심리에 자리
잡고 있던 무의식이 수면 위로 밀려 나와 서서히 표면화된다. 젊은 여자
와 같은 우산 아래서 그녀의 향기로 설레고 행복한 주인공은 우연에 의
아해 한다. 왜냐하면, 근래에 주인공은 아내 이외에 다른 여자와 동행해
본 적이 없다. 주위 사람의 시선을 가리기 위해서 우산을 아래로 내려쓴
다. 갑자기 내 아내가 상점의 진열대에 기대는 것을 발견했다. "아내가
나를 미행하고 있을까?" 주인공은 젊은 여자와의 만남을 즐기면서 다른
여자를 자기의 아내로 착각한다. 아내에게 드는 죄책감과 도덕적인 억압
감으로 인해 주인공의 복잡한 내면은 갈등을 불러일으킨다. 주인공의 이
러한 심리적 갈등은 욕망과 도덕심의 싸움을 나타낸다. '나'는 욕망을
터뜨리고 싶지만 도덕심으로 인해 억압을 당한다. 심지어 주인공은 내적
인 죄책감 때문에 옆에 있는 여자를 첫사랑으로 연상했다. 이렇게 생각
해야 내 쏟아져 오는 성욕에 대해서 핑계를 찾을 수 있던 것이다. "감은

---

202   施蟄存, 「梅雨之夕」, 앞의 책, 94면. 她凝視著我半微笑著. 這樣好久, 她是在估量
       我這種舉止的動機, 上海是個壞地方, 人與人都用了一種不信任的思想交際著.

눈이 예뻤다. 무척이나 시적인 매력을 풍기는 모습이었다." 주인공은 일본화가 스즈키 하루 노부의 그림 「비 내리는 밤에 궁궐에 들어가는 미인도」를 떠올렸다. 하지만 자세히 보니 스즈키가 그린 미인은 그녀와 닮지 않았다. 아내의 입술과 그림 속 여인의 입술은 닮았다고 새로 느껴본다. 이번에는 자신의 세 번째 아내의 모습이 주인공의 머릿속에서 튀어나온다. 주인공의 무의식적인 여자에 대한 욕망과 의식적인 아내에 대한 도덕심은 짧은 시간에서 주인공의 의식의 흐름을 통해서 잘 나타난다.

빗속에서 '아름다운 상대'를 발견한 그는 우산을 들고 집까지 바래다주며 꿈틀거리는 성적 욕구를 억누를 수 없다. 그러나 유부남인 나의 무의식은 자아(이성)와 초자아(도덕) 사이에서 갈등하게 되고, 그 갈등은 결국 그의 성적 환각으로 대체됩니다. '아름다운 대상'-빗살로 빗겨진 소녀의 얼굴이 그의 눈에는 첫사랑이나 일본화 속 미인으로, 소녀의 향기도 왠지 자신의 아내처럼 보인다. 그리고 자신을 바라보는 길가의 가게 카운터에 서 있는 여자가 아내처럼 자신을 감시하고 집에 돌아와 그를 맞이하는 아내의 목소리는 이상하게 빗속의 가련한 소녀의 목소리처럼 들린다. "논리에 대한 부정으로 환상성과 함께하는 그로테스크의 특징은 이 작품에서 장맛비, 밤과 우산이 주는 어둠의 이미지라는 소설적 장치를 통해 주인공의 잠재의식의 외적 표현-환각·환청으로 드러난다. 여기에서 어둠의 사다리를 타고 나타나는 환시·환청 증세는 도시 문명이 인간에게 주는 정신적 억압이 '도시병'을 앓고 있는 근대 도시인의 잠재의식과 인격 분열의 초기 증세를 보여주었다고 할 수 있다."[203] 비가 그치자 주인공은 갑자기 마음이 평온해졌다. 시간이 완전히 저녁이 되자

---

203   한영자, 『예링펑(葉靈風)과 스저춘(施蟄存)도시소설의 에로틱과 그로테스크 미학 연구』, 『외국학연구소』24호, 387-414면.

우산에서는 가랑비 소리도 들리지 않는 것을 느꼈고 여자에게 작별 인사를 하고 집으로 돌아간다.

앞에서 살펴 본 「비 오는 길」과 「장맛비가 내리던 저녁」에서는 '비'를 묘사한다. 여기서 '비'가 유독 많이 나타나는 것은 '비가 온다.'라는 사실만을 서술하기 위한 것이 아니라, 비로 인해 혹은 비를 통해 인물의 심리를 함께 서술하기 위해서 임을 알 수 있다. '비'에 심리적 의미를 부여하는 것은 두 소설의 공통점으로 볼 수 있다. 「비 오는 길」에서는 병일의 침울한 심리들이 빗소리의 반복을 통해 상징화 되고 있는 바, 오래 자주 내리는 '비'는 주인공의 내면에 가라앉은 우울감을 상징한다. 그러므로 「비 오는 길」에서는 온갖 우울하고 어두컴컴한 분위기가 휩싸여 있는 듯하다. 이것은 작가의 개성에서 비롯된 것으로 볼 수 있겠지만 식민지 말기의 시대적인 상황과 연관성이 있다. 1930년대 군국주의로 치달았던 일제의 식민통치로 극단적인 억압 상태에 놓여 있었던 민족의 현실이 반영된 것으로 보인다.[204] 한편 「장맛비가 내리던 저녁」에서는 '비'가 주인공의 한가로운 심리상태를 부각시키기 보다는 주인공의 성적인 욕망을 상징한다. 1930년대 상하이를 중국의 '로망스'라고 했듯이 30년대의 상하이는 환상과 유혹의 공간이었다[205]는 것과 관련이 있다고 추정할 수 있다. 두 작품은 모두 주인공의 심리 세계를 묘사하기 치중하는데 비는 병일의 우울감과 '나'의 욕망을 형상화하며 인물 심리를 드러내는 장치로서의 기능을 한다. 밀폐적인 '방'과 반 밀폐적인 '우산'은 인물 심리를 그려내는데, 이로써 두 작품은 주인공의 소외감·단절감·고독

204   김옥준, 「최명익 소설 연구: 작가 의식과 주 인물의 자의식 중심으로」, 성균관대 석사논문, 2002, 33면.
205   방원, 앞의 논문, 27면.

감을 나타내는 공통성을 지니고 있음을 알 수 있다. 다른 나라의 작품이며 물론 소설의 소재가 다르지만 지식인인 주인공의 소외감과 단절감은 비슷하게 이미지를 통해서 나타난다. 하지만 「비 오는 길」의 '방'은 소외와 불안감에 시달리는 병일의 심리상태에 대한 하나의 암시라고 할 수 있으며, 방을 벗어나고자 한 것은 그의 내면적인 세속 생활에 대한 욕망을 나타낸다. 즉 「비 오는 길」은 비와 방을 통해서 병일의 우울감과 밖의 생활에 대해서 동경하고 갈등하는 심리를 보여준다. 「장맛비가 내리던 저녁」 소설 전편에 있어서 '우산'을 통해서 나타난 '나'의 행인에게 당한 격리감과 '비'를 통해서 보여준 '나'의 은밀한 욕망이라는 이중적 심리를 알 수 있다.

'비', '방', '우산' 이런 이미지를 통해서 표현된 인물의 심리 변화 과정의 유사점을 찾을 수 있다. 두 소설의 주인공은 모두 외부 환경으로 인해 내적인 갈등을 겪는 인물이다. 소설의 시작에서 주인공은 단일적인 내면을 가진다. 그런데 서술이 진행될수록 주인공은 이중적인 심리를 가지게 된다. 소설의 결말에서 주인공은 각자 생활했던 원점으로 돌아가고 아무 일도 발생하지 않은 채 살아간다. 생활에서 이런 소외, 불안, 무력적인 정서를 초래하는 이유를 당시의 사회 배경과 연결해서 분석하면 다음과 같다. 1930년대에 도시 인구가 급격히 증대하면서 전통적인 삶의 방식은 변화를 촉구하였다. 근대라는 제도적 장치에 의해 고유한 가치 질서는 인간의 소외와 더불어 금전의 절대적 통치로 변화하였다. 이 급격한 사회 변동과 가치 변화의 유동적인 현실 앞에서 당시 지식인들마저 그 흐름을 따라잡기 힘들었다. 그러므로 그 공간에서 생활한 주인공의 내면이 은폐적이고 우울한 것으로 다가올 수밖에 없었다. 병일은 사진사를 만나고 원래 살고 있던 밀폐적인 생활에서 벗어나고 싶지만 실패한다. 마찬가지로 '나'는 빗속에서 젊은 여자에 대한 욕망을 통해서 소외감과 외로움을 해소하려고 하지만 역시 소원이 이루어지지 못한다. 표면적으로 병일이 원하지 않은 생활에 벗어나지 못한 것은 사진사의 죽음 때문이지만 사실은 병일의 자폐적인 성격 때문임을 다시 확인할 수 있다. '나'는 결혼 생활에 대해서 불만을 갖지만 결국 의식 측면에 있는 사회 도덕심은 무의식적 욕망을 억압하고 다시 아내의 옆에 돌아가게 한다. 다음 절에서는 반복적으로 나타나는 이와 같은 색채 이미지가 가진 상징적 의미를 살펴볼 것이다. 이를 통해 반복적으로 나타나는 색채가 인물의 의식을 어떻게 효과적으로 드러내는지 파악할 수 있을 것이다.

2) 색깔 이미지를 통해 그려진 갈등 심리

최명익과 스저춘은 소설 속에 나타나는 색깔에서 이미지[206]를 만들어 내고 인물 내면적 심리를 감각적으로 형상화한다. 그리고 현일이 바라본 색깔 이미지를 통해서 그의 내면적인 세계를 더 선명하게 나타낸다. 우리는 색채를 지각할 때, 시각 이외에 촉각이나 청각 등의 감각이 함께 느껴지는 경우를 쉽게 주변에서 찾아볼 수 있다.[207] 색이라는 시각이 다

---

206   베르그송은 이미지를 "의식도 사물도 아니면서, 의식과 사물 둘 다에 대해서 선행하는 것"이라고 주장한다. 그는 우리가 아침에 눈을 뜨는 순간, "자신의 의식과 그 의식에 현전하는 사물이라는 두 항목을 지각하는 것이 아니"라 "가장 먼저 보여지는 것은 의식도 사물도 아닌 일정한 색채의 덩어리들과 일정한 형태의 배치들"이라고 말하며 '이미지'라는 이름을 붙였다. 또한 그는 이미지 존재론을 펼치는데 이는 "존재론적으로 가장 먼저 존재하는 것이 바로 이미지이며 의식이나 사물은 차후에 구성된 것이라는 관점"을 말한다. (박성수, 『들뢰즈』, 이룸, 2004, 38-39면.)

207   "실제로 그러한 유추는 일상적인 말 속에서 빈번히 사용되는데 일례로 따스한,

른 감각들을 환기시키는 것이다. 이러한 현상은 "한 인간 존재가(혹은 어떤 지각 자가) 하나의 대상을 경험할 때, 거기에는 이미지화 혹은 지각 작용이라는 사건"이 일어남을 말해 주며, "그 자체가 하나의 조우 또는 차이의 사건, 능동적이거나 욕망하는 생성"으로, "지각 작용이 있고 나서 대상이 지각되는 것이 아니라, 상호작용하는 지각들이 조우하면서 자신을 그리고 다른 것들을 생산한다.[208]

「페어인」의 경우, 소설 속에 색깔 이미지는 파란색과 붉은 색으로 나타나며 차가움과 따뜻함이라는 느낌을 불어온다. 붉은 적색은 태양, 불, 정열 등을 연상시키기 때문에 적색 계통의 색은 따뜻하게 느끼게 된다. 이러한 계통의 색을 난색이라고 한다. 푸른 청색은 바다, 젊음, 생기 등으로 연상하기 때문에 청색 계통의 색은 차게 느끼게 된다.[209] 그러므로 따뜻한 붉은 색과 차가운 파란색을 대비하여 현일의 내면적인 갈등을 나타낸다.

현일의 아내 선희와 H학교의 교직원 인사를 맡은 중노인의 얼굴 색깔 이미지 대조가 현일의 지각에 의해 생겨난다. 여기서 지각은 현일의 일인칭 시점으로 서술되고 있다. 이 일인칭 시점의 확보는 지각이 인식될 때의 과정을 보여준다. 인간의 경우, "지각은 언제나 일인칭"이 될 수밖에 없기에 인간의 지각은 언제나 주관적이다. 이런 주관적인 지각은 여실히 인물 내면적인 갈등을 보여줄 수 있다.

혹은 차가운 색깔이라든가 요란한, 딱딱한, 부드러운 색깔, 음악의 어둡고 밝은 음색(tone-colour) 등을 말할 때가 그러한 경우들」로, "시각과 청각 및 촉각 사이에" "어떤 연계성이 있"으며, "이들 세 감각 중 어느 하나에 의한 자극"이 "나머지 두 감각의 절대 식역(absolute threshold)을 낮춘다"는 것이 실증된 바 있다. (신명희 편저, 『지각의 심리』, 학지사, 1995, 89-90면.)

208 클레어 콜브룩, 한정헌 역, 『들뢰즈 이해하기』, 그린비, 2007, 119면.
209 김용숙, 방영로 공저, 『색채의 이해』, 일진사, 2007, 70면.

(1) 새벽빛을 받고 있는 그 얼굴은 푸르도록 희었다. 푸른 모기장을 격하
여 저편에 멀리 겨울 달같이 쳐다보일 뿐이었다. 그 눈도 표정 없이
그저 푸르게 빛날 뿐이었다.[210]

(2) 현일은 벗어진 혈색 좋은 그의 이마를 잠깐 바라보았다.
…… 중략 ……
때마침 서창으로 기운 햇빛에 그의 안경알은 인화(燐火)가 피어오르
듯이 눈부셨다.[211]

위 인용문에는 현일의 아내 선희와 중노인의 이미지가 묘사되어 있다.
(1)은 현일의 눈에 비친 선희의 모습을 드러낸다. 그녀는 푸른빛을 띨 정
도로 창백하며 그녀의 얼굴은 겨울의 달에 비유되어 차가운 이미지를
전달한다. 현일은 자신이 아픈 육체와 실업 때문에 집이 갈수록 빈곤해
진 것을 알고 있다. 아내의 푸른 얼굴은 생활의 궁핍으로 인해 영양 상
태가 불량한 건강하지 않은 육체를 나타내고 있다. 그래서 현일은 아내
에 대해서 자책감을 느끼고 있다. 현일의 아내 선희는 인과응보를 믿는
선량한 여인으로 남편의 건강을 위해 금욕적인 생활을 한다. 이 같은 삶
을 살고 있는 그녀의 묘사에 청색과 흰색이 쓰이는 것은 깊은 의미를 가
지고 있다. 일반적으로 청색은 "상실감을 치유하고 회복을 가져오는 색"
으로 상실감과 재생이라는 두 가지 감정을 반영[212]하며, "청결과 고독의
느낌을 강하게 준다."[213] 흰색은 처녀성과 순결을 상징[214]하기도 하는데,

210　　최명익, 「페어인」, 앞의 책, 155면.
211　　위의 책, 158면.
212　　스에나가 타이오, 박필임 역, 『색채 심리』, 예경, 2001, 72면.
213　　박영수, 『색채의 상징, 색채의 심리』, 살림, 2003, 78면.
214　　고대 로마에서 집정관은 모두 흰색 옷을 입었다. 특히 도가 칸디다는 장래에 관
　　　　리가 될 사람이 착용했던 옷으로 이 옷의 흰색은 국민들에게 약속하는 '정치적

이로 미루어 보아 색을 통해 그녀의 금욕적인 생활을 표현하고 있는 것이라 할 수 있다. 선희의 묘사에 주로 사용되는 파란색은 선희의 여성으로서의 상실감과 그로 인해 현일이 아내에게 받는 성적인 억압을 보여준다.

선희와 달리, (2)의 중노인은 좋은 혈색과 인화(燐火)가 피어오르는 안경알로 표현되어 붉은색에서 따뜻함을 드러낸다. 대조되는 두 사람의 이미지는 현일이 그들을 어떻게 바라보고 있는지를 보여준다. 중노인은 현일이 취직자리를 얻기 위해 찾아간 H학교의 인사권을 지닌 인물이다. 그 노인은 현일을 좌지우지할 수 있는 권력을 지닌 인물로 현일에 의해 붉게 표현된다. 그렇기에 이 중노인이 현일에 의해 붉게 지각되고 있음은 매우 중요하다. "혈색"은 식욕 혹은 영양 상태와 관련되어 나타나는 피부색인 셈이며, 혈색으로 그 사람의 형편을 파악할 수 있다.[215] 중노인의 붉은 혈색은 현일이 보기에 행복한 상태에서 가능한 것이다. 그가 좋은 음식을 꾸준히 섭취하고 있다는 것을 간접적으로 드러내는 하나의 지표로 그의 경제적 상황을 보여준다. 또한 이는 현일이 취업을 위해 여기저기 찾아다니는 현실과 현일의 경제적 궁핍을 다시 일깨워 준다. 이로 인해 현일은 중노인에 대해 무의식적으로라도 적의를 느낄 수밖에 없으며, 이 적의는 현일에 의해 붉은색으로 표현된다. 하지만 현일이 처하고 있는 실업 상황은 권력을 가지고 있는 중노인을 찾아갈 수밖에 없다. 중노인에 대한 적의와 의탁은 현일이 중노인을 바라보는 얼굴 색깔 이미지를 통해서 은유한다.

지조와 순결'을 의미했다. 또한 기독교인들은 흰색 예복을 입었는데 이 흰색 예복은 순종, 순결을 상징했다. (박영수, 앞의 책, 83-85면.)

215 위의 책, 53-54면.

이런 색깔 이미지의 은유 의미는 「무성격자」에서도 나타난다.

> 흰 병실에 흰 침대에 흰 요세 싸여 있는 탓인지 흰 베개 위에 놓인 문주
> 의 얼굴은 어제 아침 입원했을 때보다 더 여위고 창백하게 병상(病狀)이
> 난 듯이 보였다. 종시에 입원하게 되었다는 생각만으로도 저렇게 원기를
> 잃을 문주였다는 생각에 문주가 싫다는 것을 달래고 강권하여 이렇게 입원
> 시킨 것이 후회되기도 하였다.[216]

「무성격자」에서 문주의 죽음과 관련되어 그려지는 것은 흰색으로 표
현된다. 위의 인용문은 「무성격자」의 소설 도입 부분으로 문주의 창백
함이 강조되어 서술되고 있다. 문주의 여위고 병이 난 모습은 과하다 싶
을 정도로 하얗게 묘사된다. 이 부분뿐 아니라 문주는 정일에 의해 흰색
의 이미지로 계속 반복 표현된다.

> 눈을 감아서 빛에 감춘 눈에 푸른 살눈썹이 더한층 그늘진 문주의 얼굴
> 은 더욱 창백하였다. 이렇게 잠자는 듯한 문주를 쳐다보는 정일이는 떨어
> 지는 흰 꽃잎 같은 얼굴과 풀잎 같은 문주의 몸에는 사라다운 체온이 있을
> 것 같지도 않게 생각되었다. 또 기침을 깃고 난 문주가 눈을 떠서 자기를
> 바라보는 정일의 눈을 보자 역시 초점이 없는 듯하면서도 빛나는 시선으로
> 정일의 얼굴을 바라보다가 다시 눈을 감으며 입김 같은 말소리로 "염려마
> 세요"하고 다무는 입술에는 엷은 웃음이 비쳤다.

> 문주의 그 창백한 얼굴과 투명할 듯이 희고 가느다란 손가락과 연지도
> 안 바른 조개인 입술과 언제나 피곤해 보이는, 초점이 없이 빛나는 그 눈
> 은 잊지 못하는 제롬의 이름을 부르며 황손이 짙은 옛날의 정원을 배회하
> 던 알리사가 저러지 않았을까 하고 상상되었던 것이다. 그러나 검은 상복
> 과 베일에 싸인 알리사의 빛나는 눈은 이 세상 사람이라기보다 천사의 아

---

216   최명익, 「무성격자」, 앞의 책, 66면.

름다움이라고 하였지만 흐르는 듯한 곡선이 어느 한 곳 구김살도 없이 가
냘픈 몸에 초록빛 양장을 한 문주의 눈은 달 아래 빛나는 독한 버섯같이
요기로웠다.[217]

흰색은 정일의 문주를 바라보는 내적 심리를 은유한다. 문주는 정일
의 애인으로서 정일의 정신적인 의탁이며 정일에게 아주 소중한 사람이
다. 위의 인용문들에서 문주는 이상화된 여인으로서 현실과의 거리감을
보여준다. 문주는 "떨어지는 흰 꽃잎 같은 얼굴"과 풀잎 같은 "몸의 소
유자로" 사람다운 체온조차 있을 것 같지 않은 연약하고 여성스런 인물
로 그려진다. 문주의 눈은 '달 아래 빛나는 독한 버섯' 같은 요기 넘친
표현을 사용한다. 정일의 이와 같은 표현은 자신이 그토록 이상화시키고
자 하는 문주가 실제로는 이상적 존재와 상당한 거리감을 지니고 있다
는 사실을 인식하고 있는 데서 생겨난다. 그래서 문주는 정일의 이상적
인 정신적 의탁이며 왠지 무언가 부족하다. 또한 흰색은 일반적으로 순
수함과 깨끗함을 나타내지만 실제 흰색은 더러움을 잘 타기 때문에 그
대로 유지하기 어려운 색깔이다. 이런 표현은 문주가 결핵으로 인해 갈
수록 생명력이 잃어버려 히스테리가 심해진다는 것을 암시한다. 마치 순
결한 흰색이 더러움을 타서 본질이 변화하는 것과 같다. 그것뿐만 아니
라 정일이 문주에 대한 순수한 '흰색'과 같은 감정은 변하고 그대로 유
지하기 어려워진다는 것을 예시한다.

문주와 자기의 생활에 자연히 눈살을 찌푸리게 되면서도 퇴폐적 도취가
그리워 패잔한 자기의 영상을 눈앞에 바라보면 아편굴로 찾아가는 중독자
와 같이 교문을 나선 발걸음은 어느덧 문주의 처소로 찾아가는 것이다.[218]

---

217   위의 책, 73면.

정일이 결핵 환자이면서 히스테리적인 문주에게 이끌리는 이유는 자신과 그녀가 동질적이라는 인식 때문이며, 자신의 처지를 그녀에게 투영하고 있기 때문일 것이다. 즉 정일은 문주와 동일화 되고 문주에게 위안을 받을 수 있는 것이다. 그래서 아편굴로 찾아가는 중독자와 같이 정일은 문주의 처소로 찾곤 했다. 퇴폐적인 문주가 배운 의학이나 무용을 자신의 나라에서 발전시키지 못하고 마담으로 전락된 것과 정일의 '문화탑 건설'에의 야심이 꺾어버려 서재에서 매력을 상실한 현상이 똑같다고 볼 수 있다.

> 만수 노인이 이렇게 화를 내어 아들을 책망하는 이유는 정일이가 조강지처를 소박할 뿐 아니라 귀한 돈을 써 가며 일껏 '대학 공부'까지 시켜놓은 아들이 가문을 빛낼 벼슬도 못 하고 돈벌이 잘 되는 변호사나 의사도 못 된 바에는 명예랄 것도 없고 돈벌이도 안 되는 교사 노릇을 그만두고 집에서 자기를 도우며 장사 문리를 배우라는 자기의 말을 듣지 않고 초라하게 객지로 떠돌아다니며 돈까지 가져다 쓴다는 것이다.[219]

교사인 정일은 권태와 우울증에 빠져있는 방향 상실자이다. 그는 학생시절 '눈을 감고 지나치기에는 모든 것이 아까운 시절'을 경험한바 있었고 교원 생활 첫 일 년간은 '연구의 체계와 독서의 플랜'을 갖고 있었던 인물이었다. 그러나 삼십이 가까운 지금의 정일은 '두들겨도 소실되지 않는 벙어리 질그릇같이 맥맥한' 마음과 서재에서의 매력조차 잃고만 상태로 바뀌었다. 이렇게 대조되는 현재 정일의 삶의 상황은 우선은 지적 갈망에 있어 정일이 어떠한 '장벽'을 느낀다는 사실에 있을 듯하다.

---

218   위의 책, 74면.
219   위의 책, 81면.

정일의 이러한 절망적인 생활에서 나타난 인물이 문주이다. 문주의 존재
는 정일의 삶의 성격을 규정하는데 거의 본질적이다. 즉 정일에게 있어
문주는 자의식의 공감대, 정신적 위안처일 뿐만 아니라 '독사의 송곳니'
의 이미지이다.[220] 그런데 퇴폐의 생활 속에서 위안을 받으며 살던 정일
은 문주의 결핵이 악화되자 문주에 대한 태도가 돌변했다. 문주는 내 영
혼의 치명적인 상처를 줄만한 독사이면서 나를 감시하고 부담감을 준
이중적인 여인이기 때문이다.

> 지금 정일이가 차창으로 내다보는 플랫폼에 그때 문주를 따라 내렸던 정
> 일이는 여기서 문주가 돌아갈 어긋나는 차를 기다리는 3분도 안 되는 동안
> 에 여러 번 시계를 꺼내 본 모양이었다. 몇 번째인가 또 시계를 꺼냈을 때
> 히스테릭한 문주의 웃음소리에 머엉하니 바라보는 정일이가 더욱 우습다
> 는 듯이, 시계 그만 보시고 어서 차에 오르세요.
> ⋯ 중략 ⋯
>
> 그때 정일이는 자기의 마음과 시선을 한순간도 놓치지 않고 감시하는 문
> 주의 곁을 일각이라도 속히 떠나고 싶은 생각에 자주시계를 꺼내게 되었던
> 것이다.[221]

위의 인용문과 같이 정일은 속히 문주를 떠나고 싶은 내면적인 심리
가 3분 안 되는 동안에 여러 번 시계를 본 행동을 통해서 보여준다. 여
기서 정일이 떠나고 싶은 이유도 같이 서술해 준다. 즉 이전의 문주는
정일에게 있어서 마치 아편 중독자에게 있어서 아편과 같은 존재였는데,

---

220   '내가 잠시라도 放心하면 毒蛇와 같이-내 魂에 致命傷을 줄만한 毒說과 反逆 그
       리고 쉴 새 없이 나를 監視하는 智의 눈을 갖인 戀人을 創造했으면 한다.
       최명익, 『明眸의 독사』, 조광, 1940.1, 318면.
221   최명익, 「무성격자」, 앞의 책, 77면.

지금의 문주는 육체적인 아픔으로 인하여 히스테리가 악화된 존재일 뿐이다. 정일은 문주에게서 한순간도 놓치지 않고 감시당하고 있다는 억압을 느끼며, 결핵으로 시달린 문주가 자주 같이 죽어 달라고 조르는 그녀의 히스테리를 감당하기 어려워졌기 때문이다. 그런데 정일의 떠나고 싶은 마음은 단순히 문주로부터 도피하는 것만을 의미하는 것이 아니다. 문주의 같이 죽어 달라고 조르는 억압은 인해 정일로 하여금 자신의 전락된 퇴폐적 현상을 알게 되었고, 이런 퇴폐적인 생활에서 벗어나고자 하는 마음을 예시한다. 위의 살펴보았던 '흰색' 이미지는 정일이 문주에 대한 감정이 변화하고 있다는 징조라는 것을 증명한다.

> 하루에도 이모에서 저모로 바꾸어 누일 때마다 자리에 닿았던 것은 단독이 인 것같이 빨개졌다가 차차 검푸르게 멍이 들기 시작하였다. 핏기 없는 이마와 코와 인중만을 남기고 자리에 닿았던 좌우편 얼굴이 더욱 검푸르러질수록 흰 곳은 더 희고 검푸른 데는 더 거멓게 보였다. 그리고 그 흰 이마 아래 희 콧마루를 사이에 두고 흡뜬 두 눈은 눈꼬리가 검은 관자놀이에 잠겨서 더욱 크고 무섭게 빛나 보였다. 그 빛나는 눈을 죽음의 그림자가 좌우로 엄습하듯이 몸의 검은 면은 점점 넓어갔다. 그러한 만수 노인은 멍든 자기의 어깨와 팔을 볼 때 대낮에도 왜 전기가 들어오지 않는가하고 성화하였다. 밝은 전등불에 비치는 자기의 몸이 여전히 검은 것을 볼 때에는 무슨 그림자가 이러냐고 그 그림자를 물리치듯이 손을 뿌리치며 애가 탔다.[222]

문주는 현실과 떨어져 있는 존재처럼 그려지지만 만수 노인은 그렇지 않다. 만수 노인은 현실에 발붙이며 세속적인 인물로 묘사된다. 그는 병으로 죽어가며 병세가 깊어 갈수록 그의 몸에는 죽음의 증상들이 자세

---

[222]   위의 책, 83면.

히 나타난다. 위 인용문에는 만수 노인의 몸에 죽음의 그림자가 점점 넓어지는 상황이 묘사되어 있다. 그의 병든 몸은 검은색과 붉은색·흰색이 뒤엉켜 자세히 그려지고 있다. 이 색들의 엉킴은 그가 죽음에 이르는 과정을 구체적으로 형상화한다. 정일에 의해서 바라보는 '아버지'의 죽음에 이르는 과정을 통해서 아버지에 대한 이중적인 태도를 내포할 수 있다. 죽음의 그림자로 여겨지는 검은색은 만수 노인의 몸을 통해 퍼져나가면서 붉은색과 만난다. 이 두 색의 만남과 몸의 변화는 두 색들이 연결되어 있는 느낌을 전달한다. 만수 노인의 몸에 나타낸 색들의 경계는 모호하다. 우리는 구체적인 몸 부위와 색의 명칭을 통해 검은색이 퍼져나가는 것을 상상해 볼 수 있지만 그 색들의 경계를 정확히 그려낼 수는 없다. 사실 색은 퍼지고 흐르며 번지고 얼룩지며 넘쳐흐르고 흡수하며 스며들고 합쳐지기에 그것은 분할되거나 잘게 나누어지지 않는다.[223] 색의 분할 불가능성은 삶과 죽음의 관계에도 그대로 적용된다. 우리는 삶과 죽음을 나누어 이해하지만 죽음과 삶은 명확히 나누어지지 않는다. 죽음은 살면서 언제라도 마주칠 수 있기 때문이다.

만수 노인의 몸에 나타나는 붉은색은 인간 "내면에 흐르는 피와 호응하여", "살려고 하는 인간의 처절함"을 드러낸다.[224] 동시에 아버지의 속물근성을 나타낸다. 붉은색은 아버지가 죽음 앞에서 보여주는 '돈'에 대한 미련과 토지에 대한 집착을 의미한다. 때문에 정일은 아버지에 대한 있었던 경멸감을 다시 떠올린다. 또한 이 붉은색은 검은색과 섞이며 드

---

223   데이비드 바츨러, 김융희 역, 『색깔이야기』, 아침이슬, 2002, 162면.
224   공포와 싸우면서 살려고 하는 인간의 에너지는 처절하다. 그러나 그 순간 인간은 내면에 흐르는 피와 호응해서 빨강색에 눈을 뜨기 시작하는 것이 틀림없다. 생명력을 발생 시키려고 하는 색이 바로 빨강이다.
       스에나가 타미오, 박필임 역, 『색채심리』, 예경, 2001, 35면.

러나는데 이는 죽음의 그림자와 맞서 싸우는 인간의 생명력을 보여준다. 만수 노인은 자신의 검은 몸을 볼 때마다 그림자가 왜 이러냐며 손을 뿌리치며 애탄다. 소멸시키는 힘은 색으로 말하면 검은색이다. 제 아무리 생성하던 것들도 죽고 나면 검게 변한다. 그의 검은색에 대한 거부는 곧 죽음에 대한 거부라 할 수 있다. 그는 욕망하는 사람이기에 "일체의 욕망을 잠들게"[225]하는 검은색의 지배에서 벗어나고자 한다. 그에게 죽음은 그의 욕망을 강제로 종료시키는 위협적 존재이다. 그러나 죽음은 검은색을 통해 그의 몸에 영향력을 행사한다. 소설 안에 드러나는 검은색과 적색을 대비해서 죽음이라는 그림자의 무거움과 압박감, 그리고 이 상황에 놓여 있는 만수 노인의 극한 정신 상태를 나타낸다. 이것을 바라보며 정일은 아버지의 강력한 생명력에 진한 감동을 받는다.

「마도」의 주인공인 '나'는 농촌에 내려가서 평안한 주말을 보내고자 했는데 검은색 옷을 입은 노부인이 늘 눈앞에서 나타난다. '나'의 주말 휴가는 무서운 신비감으로 충만하다. '나'는 상하이에서 출발하여 기차를 타자마자 맞은편에 앉은 노부인의 악몽의 시작이 된다. 소설 시작 부분에 "검은 무늬의 머리 수건과 저주하는 듯한 모양으로 차탁에 놓인 마른 세 손가락을 이상하게 생각하였다."(即使她那深淺黑花紋的頭布和正擱在茶几上的, 好像在做什麼符咒似的把三個指頭裝著怪樣子的乾枯而奇的手.) 이 문장은 검은색의 이미지를 소설에서 처음 등장시키며 벌써 무서운 부위기를 부각한다. 검은색은 소설에서 계속하여 나타나며 그 때마다 주인공의 불안감과 공포감을 가중시킨다.

기차가 X주역에 도착했을 때, 날씨는 갑자기 흐려졌다. 나는 기차 안에

---

225   박영수, 앞의 책, 82면.

서 맞은편에 앉아 있는 늙은 여인을 의심한다. 의심한다기보다는 두려워한
다는 표현이 더 적당할지도 모르겠다……그녀는……나이가 지긋한 늙은
여인이다. 구부정한 허리에 얼굴에는 사악한 주름이 많이 끼어 있고, 납작
코에 입은 항상 비뚤어져 있는 것 같다. 시선은 내가 그녀를 쳐다 볼 때,
항상 먼 허공을 바라보고 있다. 비록 그녀의 시선이 항상 다른 여행객이
앉아 있는 의자에 의해 가려져 있으나 그녀는 마치 투시술을 즐기는 것처
럼the eternity 까지 쭉 볼 수 있는 것 같았다. 나의 시선이 잠시 그녀의
얼굴에서 벗어나면 그녀는 또 몰래- 음험하게 나를 응시하고 있다.[226]

요부처럼 갑자기 눈앞에 나타난 이 늙은 노부인의 추한 외모와 수상
한 행동을 몰래 엿보는 주인공은 의심 많은 망상증 환자로 등장한다. 여
기서 주목할 것은 작품에서 제일 먼저 등장한 이 노부인이 검정 옷과 검
정 무늬의 두건을 쓴 추한 여성으로 그려졌다는 점이다. 그리고 잇따라
나타난 화려한 여성들은 처음에는 주인공의 정욕을 자아내지만 나중에
는 빠짐없이 요부의 화신으로 간주되었다. 노부인은 소설의 전체를 일관
하여 성욕과 공포의 대상을 동시에 상징하는 어둠의 이미지로 부각된다.
또한 노부인이 입은 검은색 옷과 머리에 두른 검정 무늬의 두건에 잇따
라 나타난 검은 그림자, 먹구름, 유리창에 묻은 검은 자국, 검은 고양이
극장 매표소의 검은 글자, 독일제 검은 맥주 등 일련의 검은색으로 된
구체적인 물체는 주인공이 어디로 가든 그림자처럼 주인공의 주변에서
계속 맴돈다. 검은색은 요부에 대한 주인공의 불안감을 자극하여 주인공

---

226   施蟄存,「魔道」, 앞의 책, 107면. 當火車開進X州站的時候, 天色忽然陰霾了. 我是
       正在車廂懷疑著一個對座的老婦人……說是懷疑, 還不如說恐怖較為適當些……她 …
       …這個龍鍾的老婦人, 佝僂著背, 臉上打著許多邪氣的皺紋, 鼻子低陷著, 嘴唇永遠
       地歪著, 打著寒顫, 眼睛是當你看著他的時候, 老是空看著遠處, 雖然她的實現會得
       被別人坐著的椅背所阻止, 但她慾好像擅長透視似地, 一直看得到the eternity, 而
       當你的眼光暫時從她臉上移開去的時候, 她卻會得偷偷地……或者不如說陰險地, 對
       你凝看著.

을 공포 속으로 내밀어 넣었다.

그림자같이 따라 다니는 검은색 이미지는 요부에 대한 주인공의 불안감을 충분히 자극할 수 있고 소설의 긴장감을 유지시키며 주인공의 공포심을 자아내는 효과를 가져왔다. 어둠만큼 인간의 깊은 내면에 잠재한 무의식을 드러낼 수 있는 이미지는 없을 것이기 때문이다. 주인공은 순조롭게 친구의 집에 도착했지만 아직도 무서운 검은색의 자신으로의 침입을 벗어나지 못한다. 검은색 옷을 입은 노부인이 또 친구 집 유리창 옆에 서 있는 것을 본 것이다.

> 그런데 한 무더기의 검은색은 뭐지? 이다지도 짙고, 이다지도 광택나며, 또한 투명하기도 하다. 이는 반점이다. -반점? 누가 그래? 내 뜻은 유리창에 묻은 그 반점이란 말인가? 그것은 도대체 어떤 물건이길래?…… 설마 요즘 진군(陳君)이 아편에 인이 박혔나? 그것은 분명히 한점의 아편인데, 짙게 유리창에 묻었을 뿐인데, 그리고 아편만이 이러한 광택을 가진다. ……결코 검은 때는 아니다. 검은 것. 하하. 귀중한 것은 모두 검은 것이다. 인도의 검은 구슬, 이거 말고도 또 있는데, 많이 생각나지 않는다. ……그것은 한 송이 검은 구름이다. 그렇다 그것은 점점 사라졌다.[227]

농촌에서 상하이에 들어온 후에도 검은색의 공포감은 여전히 '나'를 따라 다닌다. 영화관에 가서 영화표를 사러 갔을 때 네 개의 큰 검은색 글자-'상하객만'(上下客滿)이 내 눈 앞에서 나타났다. 주인공은 실망하여

227　위의 책, 112면. 但是, 那壹塊黑色的是什麼呢？這樣得濃厚, 這樣地光澤, 又好似這樣的透明！這是壹個斑點, 斑點, 誰說的？我的意思是不是說玻璃窗上的那個斑點？那究竟是壹點什麼東西呢？……難道陳君近來有了鴉片癮嗎？那明明是壹點鴉片, 濃厚的粘在玻璃窗上的, 而且唯有鴉片才有這樣的光澤……絕不是黑漬, 黑的, 哈哈！貴重的東西都是黑色的. 印度的大黑珠子, 還有呢, 記不起許多了……那是壹朵黑雲, 對了它消淡下去了.

영화관을 떠났는데도 검은색 옷을 입은 노부인이 또 나타났다. 이어서 카페에 들어가서 검은색 맥주를 봤다. 그리고 눈앞에는 폭이 어마어마한 검은색 주단이 흔들거리고 있다. 이렇게 소설에서 검은색은 빈번하게 나타나며 주인공을 검은 심원으로 끌어내렸다. 소설 전편에서 시공간을 뛰어넘고 어디든지 달려가는 요부의 존재와 함께 '공포'라는 어휘가 14번이나 나타남으로써 도시적 신경증에 걸린 주인공의 심각한 병세와 깊숙이 숨겨져 있는 내면 심리의 어두움을 나타내고 있다. 요컨대 이 검은 어둠은 늙은 요부와의 연속된 갈등과 대립, 그리고 매번의 패배를 의미한다. 소설에서 스저춘은 남성이 가진 여성에 대한 원초적인 두려움, 특히 도시 근대화와 여권 신장에 따른 남성의 패배감과 거세 콤플렉스를 가지고 요부를 비롯된 일련의 어둠의 이미지를 창조해 냈다.

「마도」에서는 색채가 많이 나타나지는 않지만 유독 검은색이 어두운 이미지를 형성한다. 그러나 빨간색 또한 이 작품의 깔려 있는 어두운 이미지에 빈번히 등장한다. 진부인의 토마토와 같은 입술을 비롯하여 빨강은 '나'의 내면적 성적 욕망을 나타낸다. "성욕"은 스저춘 작품에 있어서 시종일관하게 관심을 가져 온 주제라고 할 수 있다. 앞에서 이미 언급한 것과 같이 성욕 이론은 포로이트 정신분석 학설의 토대이다. 프로이트에 따르면, 인간의 생존을 유지하고 종족을 이어가는 여러 가지 성적 본능을 전부 다 생활의 본능이라고 할 수 있다고 하였다. 프로이트에 따라 성욕은 인간이 타고난 것이며 아주 강한다. 인물의 성적 심리에 대한 스저춘의 관심은 20세기 30년대 근대 도시에서 시작되었고 "성욕"은 그의 소설의 독립적인 심미 주제가 되었다.

미국의 인류학자 바린과 케이의 연구에 따르면 인류가 최초로 의식한 유채색은 '빨강'이라고 한다. 태초의 색, 삶과 죽음에 연결된 색, 색의 황

이라고도 불리는 빨강은 많은 언어권에서 아름다움의 의미를 내포하고
있다. 생명과 핏빛이며 불과 대지의 색이자 결실의 색, 열정과 의지, 권
력과 탐욕의 색이기도 하며 동시에 악마적인 자극과 흥분의 색이고 가
장 유혹적인 색이기도 하다.[228] 화려한 빨간색은 대부분의 사람들 가슴
깊 속한 곳에 자리 잡고 있는 성적 욕망과 집착을 자아낸다. 더 정확히
말하면 빨간색은 무엇보다도 성욕을 의미한다. 심지어 이성에 대한 심층
적인 환상, 즉 터무니없는 성적 환성에 빠져들게 할 수 있다. 특히 중국
에서 홍색은 항상 여성과 밀접한 관계가 있다. 예를 들면 '홍루'(紅樓) (예
날 유흥가), '홍낭'(紅娘)(혼인 중매). 또한 '홍선'(紅線)(남녀 사이를 잇는 인연의 실)
등 빨간색과 관련이 있는 단어가 있다. 그래서 중국에서 빨간색은 여성
을 향한 남성의 성욕과 남녀 사이의 뜨거운 정욕과 사랑의 부호가 된다.

「마도」에서 스저춘은 진부인에 대한 묘사를 할 때 역시 빨간색에 대
한 서구의 감지와 실크에 대한 동양의 전통적인 감지를 융합하였다. 약
간 어두운 노란색이 반짝이는 불빛 아래서, 토마토처럼 빨갛게 생긴 입
술을 가진 진부인이 전체가 빨간 실크 치마를 입었다. 여기서 몹시 요염
한 빨강은 성욕을 상징한 반면 매끄러운 실크는 그 질감이 마치 여성의
피부와 같다. 그는 새로 딴 빨간 토마토를 친구 부인의 입술로 인식했다.
토마토를 잘근잘근 씹을 때의 미묘한 느낌이 마치 그녀와 키스를 나누
는 것 같은 느낌에 빠졌다. 즉 빨강과 실크의 결합은 주인공으로 하여금
터무니없는 성적 환상에 빠져들게 하고 그녀와 비밀연애를 하는 성적
충동을 일으킨다.

"나는 그녀의 맞은편에 앉지 않고 진군은 우리 옆에 앉아 있었다. 내가 진군

---

[228]   피버 비렌 저, 김화중 역, 『색채심리』, 동국출판사, 1991, 198면.

의 채소밭에서 나온 토마토를 먹을 때 진부인에게 어떤 욕망을 느꼈다. 이런 느낌이 아무 이유 없이 돌연히 생겼던 것이다. 진부인은 매우 아리따운 여자인 편이다. 그녀는 주홍색의 작은 입술과 영원히 미소를 짓는 것 같은 눈을 가지고 있다……그런데 오늘 그녀의 꽉 매어있는 하얀색 비단 안의 날씬한 몸, 드러난 팔뚝, 아주 낮게 만든 옷깃, 연지를 바른 채 노란색 전등의 빛으로 약간 시들어가는 그녀의 입술 때문에……그녀가 일부로 이런 옷을 입어서 나를 유혹하고 있는지 모른다."

"내 입술에 물고 있었던 붉은 토마토가 마치 진부인의 붉은 입술인 것 같았다. 나는 토마토를 베어 물다가 어떤 신비스러운 연애의 슬픈 느낌이 생겼다. 나는 눈을 반쯤 감았다……그녀가 오른 쪽 손으로 내 이마를 만지고 있는 것 같았다.[229]

"자유로운 사랑과 육체적 욕망에 대한 적극적인 수용, 에로티즘을 정당화"하는 초현실주의 연애관의 특징을 보여주는 스저춘의 이 대목은 프로이드의 "잠재의식과 의식의 두 가지 심리요인의 충돌"에서 묘사된 '정신의 참된 실제'인 것이다. 하비에르 고띠에(Xaviere Gauthier)는 『초현실주의자의 이미지에 대한 연구』에서 여성의 양면성에 대한 분석을 시도하면서 여성의 파괴적 힘을 나타내는 이미지들은 남성의 성적 능력에 대한 여성의 육체적 위협으로서, 남성에게 무의식적으로 형성된 것이라고 하였다."[230] 주인공은 진부인의 연지 바른 입술에 성적 흥분을 느껴

---

229   施蟄存, 앞의 책, 113면. 我坐在她對面, 陳君坐在我們的旁邊.當我吃到壹片陳君園裏裏的番茄的時候, 我忽然從陳夫人身上感到壹重意欲. 這是毫無根據的, 突然而來的. 陳君夫人是相當的可算得美顔的女人. 她有纖小的朱唇和永遠微笑的眼睛. 但是我並不是這樣地壹個好色者. 從來不敢……是的, 從不曾有過……但是, 今天, 壹眼看了她緊束著幻白色的輕綢的纖細的胴體, 袒露著的手臂, 和剃得很低的領圈, 她的塗著胭脂的嘴唇給黃色的燈光照得略帶枯萎的顔色, 我不懂他是不是故意穿了這樣的衣服引誘我. 我覺得納在嘴裏的紅紅的番茄就是陳夫人朱唇了. 我咀嚼著, 發現了壹種秘密戀愛的酸心的味道. 半閉著眼……我覺的她的右手撫摸我的前額了.

230   한영자, 「예링펑(葉靈風)과 스저춘(施蟄存)도시소설의 에로틱과 그로테스크 미학

그녀와의 키스를 상상했다. 입술은 남녀를 막론하고 제2 성감대로 꼽을 수 있다. 서로의 입술을 훔치는 키스는 성욕의 표현이자 성적 흥분을 한 층 유발하는 행위이기도 한다. 극심한 상실의 감각을 가진 인간에게 있어서 사람을 사랑하고 공포와 싸우면서 살아야 하는 에너지는 절실하다. 그 순간 인간의 내면에 흐르는 피와 호응해서 빨간색이 눈에 띄는 것은 틀림없다. 그리하여 현대 도시 문명 속에서 강한 소외감과 상실감에 젖은 지식인 신세가 된 도시인의 원초적 욕망 세계에 깊숙이 자리 잡은 무의식의 어둠은 빨간색의 유혹에 더 쉽게 넘어간다는 것을 알 수 있다. 이때 인간은 이 빨강이 위험, 죽음 등 음산함을 상징하는 사실을 알고도 빨강을 강렬히 욕망한다. 그런데 공포감이 욕망을 이길 때가 되면 사람들은 더욱 불안하고 두려워하게 된다. 마치 소설의 주인공이 빨강에서 요부의 어둠을 발견하자 성적 환상은 깨지고 공포에 사로잡힌 게 된 것과 같다고 할 수 있다.

빨간 토마토가 진부인의 입술 상징하여, 억제된 인간의 욕망을 표상했다. 그녀가 입은 하얀 드레스 그리고 창백한 하얀 얼굴은 삶의 비극적 차원을 감촉했다. 이는 스저춘의 섬세한 관찰력과 심리 감각을 돋보이는 대목이라고 할 수 있다. 「마도」를 통해서 현대 도시 문명과 인간의 원초적 욕망이 가져다준 심리적, 성적 자극이 색채 이미지를 통해서 어떻게 망상으로 반응되고 표현되었는지를 살펴보았다. 반식민·반봉건 사회의 상하이 남성들은 유교 사상과 현대 문명이 요구하는 윤리 관념으로 자신의 정욕을 끊임없이 억제해 왔다. 억압과 타파는 동전의 양면처럼 함께 있고 또한 성욕이 심하게 억제 당할수록 이러한 속박을 타파하려는

연구」, 『외국학연구』24호, 2013, 387-414면.

욕망이 더욱 커지는 법이다. 더구나 상하이 조계지의 화려한 도시 생활과 시각적 자극, 그리고 사람들이 보편적으로 품고 있었던 '과객'심리로 인간의 도시적인 원초적 욕망(본능적인 성욕과 도시의 관능적인 정욕이 새로 빚어낸 욕망)이 더욱 극대화 되었다가 드디어 방종한 짓을 하게 된다. 이렇듯 우리는 「마도」의 주요한 색채 이미지인 검정을 통하여 복합적인 이미지, 즉 완전히 야수적이고 원초적인 성욕과 도시의 정욕의 자극으로 새로 생긴 도시 원초적 욕망에 대한 집착과 그에 따르는 도덕적 제약에 대한 이중적 감정을 읽어낼 수 있다. 그리고 남자 주인공의 환상과 현실, 의식과 무의식 사이를 넘나드는 초현실주의적 묘사를 통해 스저춘은 남성적 리비도가 드러내는 에로틱한 욕망을 투사하는 한편, 남성의 성적 능력에 대한 여성의 육체적 위협으로서의 여성의 파괴적 힘을 보여준다. 따라서 텍스트 속의 상하이 이 '지옥위에 천당'의 탈색된 세계에서 에로티즘은 초조하고 불안하고 공포스런 분위기를 유도하는 흰색으로 뒤덮이면서 극적인 미학적 공간을 창출하고 있다. 이처럼 스저춘은 개체로서의 인간의 정신적인 면에 천착하여 인간의 성 심리를 해부하였다.[231]

같은 시기에 창작된 「야차」에서도 색깔을 통해서 주인공의 내면적인 불안감을 형상화한다. 변 선생(卞先生)은 조모의 장례를 처리하기 위해서 유하진(留下鎭)이라는 시골에 내려갔다. 그는 배를 타고 시골로 가는 도중 우연히 소복을 입은 여인의 미모를 엿보게 된다. 하지만 이상하게도 단 한번 밖에 보지 못한 아르다운 여인은 항상 그의 머릿속에 나타나면서 그를 유혹하고 있다. 어느 날 밤, 변 선생은 전설을 기록한 책을 읽고 술기운에 비몽사몽 한 밤중에 숲속으로 들어가게 된다. 숲속에서 그는 하

---

231   한영자, 위의 논문, 387-414면.

얀 빛을 보게 되고 그 빛을 좇아 숲속을 헤매했다. 이때 그는 소복차림의 한 여인을 발견하게 된다. 그녀는 악마와 같은 눈과 사악한 얼굴을 가진다. 변 선생은 그녀가 '야차'의 화신이라고 확신한다.

> 야차와의 연애라, 몇 분 아니면 몇 시간 후에 나의 사지는 떨어져나가 이런 자연스럽지 못한 연애로 인해 잔혹한 희생품이 될 텐데 말이다, 하지만 아직 이런 혹형을 받기 전에 내가 겪게 될 체험이 얼마나 기괴하고 재미있을까? 나의 마음은 갑자기 하나의 황당한 욕망에 불타고 있다. 나는 옛날 지괴소설에 기재된 사실을 경험해보고 싶었다. 그리고 인류를 대신해 연애의 영역을 확장하여 하나의 자연스럽지 못한 일에서 자연스러운 아름다움을 찾고자 한다. 나는 완전히 이성을 잃었다. 나는 항상 내 앞에서 아리따운 자태로 나를 유혹하는 아름다운 야차와 연애하고자 한다.[232]

그는 이 아름다운 야차와 연애만 할 수 있다면, 사지가 찢어지고 몸이 부서져도 괜찮다는 황당하고 모순적인 욕망을 드러낸다. 「야차」에서 소복을 입은 여인은 에로틱의 화신으로 뛰어난 미모를 갖고 있다. 이와 같은 뛰어난 미모는 일반적 의미에서의 인간의 심미 능력을 훨씬 초월한다. 뛰어난 미모는 항상 인간을 유혹하고 인간의 욕망을 불태우게 한다. 이는 한편으로는 위험을 동반하고 인간을 기괴함, 공포, 병적인 것과 연관된다. 아름다운 야차의 유혹을 이겨내지 못해 숲속으로 달려간다. 그는 무의식중에 밤중에 데이트를 하기 위해 나온 한 시골 여성을 죽인다.

---

232   施蟄存,「夜叉」,『施蟄存文集-十年創作集』, 274면, "與一個夜叉戀愛, 雖然明知數分鐘或數小時之後, 我會得肢體破碎地做了這種不自然的戀愛的殘虐的犧牲, 但是在未受這種虐刑之前, 我所得到的經驗將有何等怪奇的趣味呢?於是, 我的心驟然燃燒著一種荒唐的慾望。我企圖經驗古代神怪小說中所記載的事實。我要替人類的戀愛擴大領域。我要從一種不自然的事宜中尋找出自然地美豔來。我真的完全拋撤了理智。我戀愛這永遠在前面以婀娜的步姿誘引我的美麗的夜叉了。"

이는 중국의 고대 지괴소설(志怪小說)을 모방한다. 이 텍스트에서 요부는 중국 전통 윤리 사상에 남성 욕망의 잠재적 수요로 존재한다. 금기에 대한 위반으로 요부는 요염하고, 매혹적이다. 뿐만 아니라 요부는 사회적 통념의 윤리도덕의 구속을 받지 않고 자유롭고 능동적인 여성이기도 하다. 중국 전통 소설에서 요부는 아름다움 미모와 성적 매력을 가진 여성이다. 요부는 남성의 성적 이미지로 간주되면서 남성을 일종의 인격과 정신분열의 상태에 빠뜨리게 한다. 장례가 끝난 후에 그는 거기에서 휴양을 하려고 했다. 하지만 흰색 옷을 입은 여자가 끊임없이 그를 따라다녔다. 소설에서 나타난 하얀색은 '야차'의 색깔이다. 서양 문화가 많이 반영된 이 소설에서 흰색은 서양의 전통에서 마성을 지닌 여자를 가리키며 무엇보다도 신비로움을 보여준다.

> 내가 힐끗 눈을 돌리자 온통 하얀 여자가 보였다. 밝은 빛을 번쩍이는 그림자가 계속 나의 눈앞에서 흔들거린다. 안경알에 묻은 한 점의 먼지 때와도 같았다.[233]

위의 인용문과 같이 흰색은 처음에는 변 선생의 시선에 나타나지만, 마치 변 선생의 안경알에 묻은 때와 같이 그로 하여금 계속 신경이 쓰이게 한다. 또한 흰색 옷을 입은 여자의 이미지가 그의 악몽이 되어 어디에 가도 따라다닌다.

> 내가 방금 한 그루의 큰 나무 옆으로 지나가는데, 갑자기 흰 빛을 발견하게 된다. 비스듬히 비춰 와서 나의 머리 위를 지나, 앞을 향해 날아갔다.

---

233   施蟄存, 「夜叉」, 앞의 책, 135면. 我壹瞥眼看見了壹個渾身白色的女人, 壹個閃著明亮的白光的影子永遠地舞動在我的眼前, 正如我眼鏡片上的壹粒塵垢.

나는 흰 물건이 지나간 것을 확실하게 봤다. 아래에 있는 길에, 달빛은 그렇게 밝은데, 이 차가운 빛 속에 흰옷 차림의 여자 모양을 한 것이 번쩍거리고 있었다. 그것은 흰옷을 입은 여인의 모습이었다. 나도 모르게 그 흰옷 여인을 바라보았다. 그는 여전히 사뿐사뿐 앞으로 나갔다. 졸졸 흐르는 물 속에는 더 이상 흰 그림자가 나타나지 않고 있다. 그것은 단지 거대한 뱀이었다. 물 따라 흘러 내려가며, 시냇물에 비추어진 나의 그림자를 지나는데, 예전의 나의 심장을 먹었던 것 같았다. 내가 다시 머리를 돌려 담장 모퉁이를 보니, 그 흰옷 입은 요귀는 아직도 거기에 있었다. 그녀는 쪼그려 앉아 입으로는 무언가 부르며 두 손은 앞으로 내밀더니 싸우려는 모양새를 취했다.[234]

흰색 옷을 입은 무서운 여인은 변 선생의 신경을 팽팽하게 잡아당긴다. 위의 인용문을 통해 변 선생은 그 흰색 옷을 입은 여자를 자기의 목숨을 가져갈 요부로 생각한다. 그래서 변 선생이 그녀를 먼저 죽여 버렸다. 하지만 실은 그가 무섭다고 생각한 흰색 옷을 입은 요부는 단지 한 평범한 시골 여자이었다. 흰색은 변 선생을 완전히 미친 정신병자로 만들었고, 결국 변 선생은 정신병원에 들어갔다.

「야차」에서 반복되는 하얀색은 무엇을 암시하는지 살펴볼 필요성이 있다. 서양 문화권에서 하얀색은 건강, 적극성, 순결, 신비성을 상징한다. 하지만 중국 문화권에서 하얀색은 '소멸, 죽음, 흉조'를 상징한다. 「야차」

---

234   위의 책, 138면. 我剛從壹株大樹旁邊走過, 突然我覺得有壹個白色的光, 從斜刺裏投過來, 掠過我頭上, 向前方疾飛而去, 我的確看見壹個白色的東西, 我看見下面的小路上, 月光是那麼樣明亮, 而在這明亮的冷光中閃動著的, 婉然壹個白衣婦人的模樣…….它又變作白衣的婦人了, 我又不由地註視那白衣婦人, 他還是在飄忽地前行, 流水潺潺, 水中也不再有白色的影子, 只有壹條巨大的蛇, 順水流過去, 順著水流過去, 它對穿過溪水上我的影子, 好像曾經食了我的心, 我在回頭看牆角邊, 那白衣的女妖還在著, 她蜷縮做壹堆, 嘴裏呀呀地呼號著, 兩手向前伸出, 好像做著預備搏擊的姿勢.

의 시작 부분에서 병원에 대한 서술은 다음과 같다.

> 나는 437번 병실 문 앞에 섰다, 흰 벽과 흰 문이 나로 하여금 공포에 떨리게 한다. 이들은 검정색이여야 정상인데, 병원은 흰색—벽과 문뿐만 아니라, 모든 침대, 이불, 용기, 해부대 등이 나로 하여금 상갓집에 들어온 것처럼 긴장되게 하여 숨을 턱턱 막히게 하였다.
> 뒤는 하얀 벽이고 머리에는 하얀 모자를 쓰고, 또한 뽀얀 얼굴을 갖고 있다.[235]

병원에 있는 모든 것은 흰색이다. 간호사의 모자와 얼굴까지 모두 흰색이다. 현대식 병원은 서양에서 중국으로 전해진 문화이다. 그래서 병원의 모든 것은 서양 문화권에서 건강을 상징한 흰색으로 설치되어 있다. 하지만 동양 문화권의 사람은 하얀색에 대해서 타고난 거부감을 가진다. 이와 같은 문화적 충돌은 서양 열강에 의해 강제 당하는 당시 중국의 피동성을 암시한다. 「야차」에서는 죽음과 공포를 상징한 흰색이 유일한 색깔 이미지로 등장하는데, 흰색 이미지는 여성과 긴밀한 관련성을 가진다.

프로이트의 말에 따르면 "하나의 특수한 정신 영역에는, 자기가 원하는 충동이 있고, 자기의 표현 방식과 특유의 정신적 메커니즘이 있다." 성욕은 인류에 있어서 모든 심리 활동의 기본 추진력이다. 인간의 모든 정신 활동은 다 성욕과 관련이 있다. 변 선생에게 흰색으로 상징되는 것은 주로 여성과 관련된 것이다. 바로 억압적 성본능의 방출이라고 볼 수

---

235   위의 책, 133면. 我站住在四百三十七號病房門前, 白色的墙和白色的門使我覺到壹種恐怖.這似乎應當是黑色才不錯, 但醫院中的白色……非但是墙和門, 凡壹切的床, 被褥, 器皿, 解剖臺, 卻都使我好像走進了喪事人家去的那樣, 感動了緊張的情緒, 連呼吸都屏窒起來.後面是百的墙, 上面是白色的帽子, 而她又生著壹個同樣皎白的臉.

있다. 대체로, 성욕의 방출은 섹스 행위로 완성된다. 하지만 이러한 경로가 억압되거나 차단될 때, 무의식 상태에서 특별한 방식으로 해소하게 된다. 이러한 특별한 방식은 흔히 병적인 성욕으로 방출된다. "흰색"이 바로 변 선생의 잠재의식 속의 성적 충동이라고 볼 수 있다. 즉 흰색 옷을 입은 여성 이미지는 주인공의 여성에 대한 공포와 욕망이라는 이중적인 심리를 나타낸다.

최명익과 스저춘은 모두 색깔 이미지를 통하여 인물의 내면 심리를 형성하고 표출했다. 최명익의 「폐어인」에서 아내의 푸른(청색) 얼굴은 궁핍과 건강하지 않은 육체를 보여준다. 현일은 그로 인해 아내에 대해 가책을 느낀다. 현일의 아내 선희는 인과응보를 믿는 여인으로 남편의 건강을 위해 금욕적인 생활을 한다. 청색은 인간의 소외감과 고독의 느낌을 강하게 준다. 그래서 푸른색은 현일의 아내에 대한 가책과 아내의 금욕적인 생활로 인해서 성적인 억압이라는 이중적인 갈등을 나타낸다. 반면 중노인은 좋은 혈색과 인화가 피어오르는 안경알로 표현되는 붉은색으로 표현한다. 건강과 영양 충족을 상징하는 붉은색은 중노인을 바라본 현일의 내적 심리를 형상화 한다. 중노인에 대한 무의식적인 적의와 취직자리를 얻기 위한 그에 대한 의탁을 동시에 나타낸다. 최명익의 「무성격자」에서 문주는 정일에 의해 흰색의 이미지로 계속 반복 표현된다. 흰색은 정일의 문주에 대한 순결한 감정을 나타낼 수 있으면서도 더러움을 잘 타는 색깔로 표현된다. 그래서 정일의 문주에 대한 감정이 변화될 것이라는 것을 예시한다. 정일의 아버지인 만수 노인은 검은색과 붉은색으로 표현된다. 만수 노인은 검은색을 통해서 죽음에 대한 공포와 불안한 내면 심리를 나타내고, 붉은색을 통해서는 돈과 토지에 대한 세속적인 욕망을 보여준다. 이것에 대응하여 만수 노인을 바라보는 정일의 내적인 갈등도 같이 나타난다. 즉 아버지에 대한 동정과 경멸감이라는 이중적인 내적 심리이다.

스저춘의 「마도」에서는 검은색 이미지가 나타남에 따라 '나'의 공포와 불안이 생겨난다. 검은색은 그림자와 같이 하루 종일 나를 따라 다닌다. 그러면서도 빨간색은 깔려 있는 어두운 이미지가 빈번히 등장한다. 진부인의 토마토와 같은 입술을 비롯하여 빨간색은 '나'의 내면적인 성적 욕망을 나타낸다. 작가는 소설의 등장인물과 사건들이 시각적으로 서로 연결되게끔 설정하였다. 주인공의 심리적 변화는 검정의 작용으로 더욱 뚜렷하게 나타나는데 이때 검정은 곧 요부의 색깔이고 공포, 또는 타나토스를 상징한다. 소설에서 검은색은 주인공 곁에 늘 죽음과 같은 공포감을 동반하여 나타나고 있으며, 주인공의 심리와 행동을 비극적 극단으로 끌고 간다. 검은색의 공포 세계에 나타난 빨간색의 유혹은 요부, 진부인, 커피숍, 여인 등 일련의 여성에 대한 성욕과 여성 공포(거세 콤플렉스) 간의 간극을 극대화한다. 「야차」에서 죽음과 불안을 상징한 흰색은 작품에서 유일한 색 이미지로 등장하지만 여기서 흰색 이미지는 여성과 긴밀한 관련성을 가지며 흰색 옷을 입은 여자는 늘 주인공을 이끌어 나갔다. 그래서 흰색은 주인공의 여성에 대한 공포와 욕망이라는 이중적인 심리를 나타낸다.

색깔 이미지는 인간의 내면 심리의 흐름 심지어 플롯의 전개와 엄밀히 대응되어 있다. 이렇게 보면 색채 개념은 오히려 자신보다 한 단계 우위에 서서 주체의 의식을 조종하고 표출하는 '연속적 도구'라고 할 수 있다. 색깔 이미지는 인물의 단일적인 심리를 나타나는 것보다는 인물의 이중적인 갈등 심리를 표출한다. 이는 다른 심리소설과 구별되어 더욱 생동감 있게 인물의 내적 갈등을 보여 주고 있다. 최명익과 스저춘의 색깔 이미지에 부여되어 있는 은유적인 의미를 살펴보면 검은색과 빨간색은 원시적인 색깔 의미를 유지한다. 하지만 우연일지라도 최명익과 스저춘은 하얀색, 검은색, 빨간색을 이용해 인간의 지각에 있어 기본이 되는 세 가지 색을 보여준다. 최명익과 스저춘 소설의 이미지 형상화에 사용된 이 세 가지 색깔은 인간 지각의 원초성, 본능성, 생명성을 바탕으로 한다. 검은색은 죽음과 억압을 상징하며 빨간색은 인간의 욕망을 상징하는 공통적인 의미를 강조한다. 하얀색의 서정적 순수성은 「무성격자」에서 나타나며 「야차」에서는 하얀색이 죽음을 상징한 동방적인 의미를 더욱 부각시킨다.

2. 의식 흐름과 내면적 리얼리즘

심리소설들은 외적 세계 또는 인간의 행위보다 내면의 의식 세계에 관심을 지녔고, 인물의 내면 심리를 표현하는 것이 이들 공통의 예술 추구가 되었다. 그런데 인간의 의식은 고정적인 것이 아니다. 순간순간 쉼 없이 움직이고 있으며, 그 흐름은 과거·현재·미래라는 객관적인 시간 순서를 따르지 않는다. 시간에 대한 이와 같은 인식에 심리소설에는 과거의 소설과는 전혀 다른 '내적 독백'이나 '자유 연상'[236] 등의 기법이 등

---

236 로트 하아틀리(Locke Hartley)의 심리학이나 프로이트-융의 심리학 중 어느 쪽에 근거를 두고 있든지 간에 자유연상의 기본적 사실은 동일하다. 그리고 그 기본적 사실은 단순하다. 의식은 거의 부단히 움직이고 있는데 그 과정에 있어서 의지력이 가장 왕성하게 작용할 때조차도 계속해서 오랫동안 집중된 상태로 지속될 수 없다. 의지가 거의 작용하지 않을 때는 그 초점은 어떠한 사건에도 머무르지만 그것은 순간적인 것에 불과하다. 이처럼 쉼없이 움직이지만 의식은 그 자체의 내용이 있음에 틀림없다. 이것은 공통적 혹은 대조적인 특성을 지닌 어떤 연

장하였다.

내적 독백은 독백과 마찬가지로 어떤 인물이 혼자 하는 말이며 작품 중에 끼어들어 설명 또는 비평을 가하지 않고 그 인물의 내면생활로 독자를 직접 이입시키는 것을 목적으로 한다. 독백처럼 듣는 사람도 없고 더욱이 무언중에 일어나는 담화이다. 그 본질상 시에 가까운 성질을 가지고 있는 내적 독백은 인물이 마음 내부의 무의식에 가까운 곳에 있는 사상의 논리적 구성을 도외시하고, 미분화된 상태로 경청하는 사람도 없이 무언으로 하는 말이다. 문장 구성상 최소 단위로 압축된 문장을 사용하여 마치 마음에 떠오르는 그대로의 사상(事象)을 재현한 듯한 인상을 주게끔 구성된다.[237] 내적 독백은 인간의 내면 심리를 드러내는 기법으로서 고도의 지적 작업이기도 하다. 즉 작가가 소설에서의 외적 현실을 내적 현실로 바꾸어 가는 작업이기도 한데, 이는 현대 소설의 중요한 특징이 되고 있다. 내적 독백을 편의상 '직접'과 '간접'의 두 가지 기본형으로 구별해 보는 것은 중요한 일이다. 직접 내적 독백은 거의 작가의 개입도 없고 예상된 청자도 없는 내적 독백의 형태로서 뒤자르댕이 그의 정의에서 지적한 유형의 독백이다. 서술자가 한 인물의 심층 의식을 묘사할 때 내적 독백이 흔히 나타나는데, 간접 내적 독백은 전지적 시점

상을 통하여 다른 것을 전체적 혹은 부분적으로 암시하는 -아니면 미미한 암시 정도로 그치는 -어떤 것의 힘에 의해서 제공된다. 세 가지 요소가 그러한 연상을 통제하는데 첫째는, 기억으로서 연상한다. 둘째는 감각인데, 이것은 연상의 탄력성을 결정한다. 셋째는 상상력인데, 이것은 연상의 탄력성을 결정한다. 이 세 가지 요소의 작용의 미묘함, 우선 등급, 이 요소들의 생리에 대해서는 심리학자들에도 논의가 분분하다. 어떤 의식 흐름의 작가도 복잡한 심리학적 문제에 관심을 두지는 않았다. 그러나 모든 작가들은 그들 주인공의 의식과정의 움직임을 결정할 때 자유연상을 제일 먼저 생각하지 않으면 안 된다는 것을 인정했다. 로버트 험프리, 앞의 책, 59면.

237   Leon Edel, 앞의 책, 81-82면.

의 서술자가 작중 인물의 의식과 독자 사이에 끼어들어서 인물의 의식을 묘출하기 때문에 의식 상태의 현장감을 유지한다. 직접과 관접 독백의 근본적인 차이점 중의 하나는, 전자에서는 1인칭 대명사를 사용하는 것이고, 후자에서는 3인칭 혹은 2인칭 대명사를 사용한다는 것이다.[238]

자유 연상이란 심리적 과정으로서 인간의 의식이 감각 기관을 통해 어떤 자극을 받아들이게 되면 이와 비슷한 혹은 아주 반대되는 개념이나 이와 관련된 과거의 경험이 연상되어 의식의 흐름이 꼬리를 물고 이러지면서 구성되는 것을 말한다. 의식을 기술하는데 있어서의 어려움은 의식이 한곳에만 집중하는 것이 아니라 계속 움직이는 유동성에 있다는 것이다.[239] 인간의 정신은 계속 집중과 분산을 반복하며 집중을 한다 하더라도 대상이 꼬리에 꼬리를 물고 바뀌어 나가기 마련이다. 이러한 인간의 의식을 그대로 기술해 놓은 것은 바로 자유 연상의 특징이다.

내적 독백과 자유 연상으로 말미암아 최명익과 스저춘의 소설은 종래의 소설과는 달리 내면 깊숙이 들어 있는 마음을 샅샅이 드러낼 수 있게되었다. 이는 인간 사고의 중요성을 인식하고 인간 심리의 내면에 잠재하고 있는 무의식의 세계까지 드러내 보임으로써 유동적인 언어가 흘러나오게 된 것이다.

1) 내면 독백과 반성 의식

최명익의 내면세계를 표출하는 방법은 내적 독백에서 그 특징을 찾아볼 수 있다. 그의 작품에서는 직접 내면 독백과 간접 내면 독백을 통해

---

238   위의 책, 58면.
239   위의 책, 80면.

서 내면세계를 성찰·고백하는 양식을 취하고 있다. 그리고 내면 독백의 과정을 통해서 주인공들은 자아에 대한 비판적 성찰과 자기 고백을 시도한다.

최명익의 6편 심리소설 중에서 「心紋」은 유일하게 1인칭으로 서술되고 나머지 작품들은 모두 3인칭으로 서술되고 있다. 「心紋」은 1939년 『문장』지에 발표된 작품으로, "30년대 모더니즘적 표상의 심리적 반영의 최고 수준"을 보여주었다고 평가[240]하거나, 타락한 사회주의자의 자굴적 심리를 형상화했다는 측면에서 독특한 '전향소설'의 범주로 주목받아 왔다.[241] 그래서 먼저 「心紋」부터 살펴보도록 하겠다. 「心紋」은 상처한 '나'가 과거에 동거를 한 적이 있는 모델 겸 애인인 여옥을 찾아 기차를 타고 하얼빈으로 향하는 장면에서 시작한다. 즉 결말을 이미 알고 있는 서술자의 회고담으로 이뤄졌다. '나'는 일정한 직업도 집도 없는 지금의 생활을 견디기 힘들어 사업가로 성공한 이군을 만나러 하얼빈으로 간다. 그러나 이는 표면적 이유였고, 이군의 편지를 통해 여옥의 소식을 듣고 그녀를 만나기를 기대했던 것이다. 소설은 기차 공간에서 시작되는데, 여기에는 여옥과의 만남과 이별, 이후 하얼빈에서 일어난 사건들이 회고적인 형식으로 서술되어 있다. 하얼빈에서 여옥과 만남 이후 사건은 여옥과의 관광-1차 삼자대면-여옥과 연극 기획-2차 삼자대면-여옥의 자살 순으로 전개된다. 거기서 화자가 만난 여옥은 과거의 애인이자 유명한 좌익 이론가였던 현혁과 동거를 하고 있다. 현혁은 아편쟁이로 전락한 상태이고 여옥 역시 마약에 젖어 카바레 댄서로 일하며 퇴폐적 생활을

---

240   김윤식, 「최명익론」, 『한국 현대 현실주의 소설 연구』, 문학과지성사, 1990, 107면.
241   홍혜원, 「최명익의 <심문>에 나타난 히스테리 주체」, 『한국문학이론과 비평』26호, 한국문학이론과비평학회, 2022, 239-262면.

하고 있다. 여옥은 '나'에게 갱생의 의지를 호소하고 현혁의 본심을 시험하도록 도움을 요청 한다. 현혁은 자굴감을 연기하고 궤변을 늘어놓으며 결국 여옥의 몸값을 챙겨 두 사람 앞에서 사라진다. 갱생을 위해 하얼빈을 떠나기로 약속했던 여옥은 자살해 버리고 '나'는 죽은 여옥의 인당을 보며 아내와 여옥의 심문(心紋)이 비치어 보이는 것을 느낀다.

시속 50몇 킬로라는 특급차 창밖에는 다리쉼을 할 만한 정거장도 역시 흘러갈 뿐이었다. 산, 들, 강, 작은 동리, 전선주, 꽤 길게 평행한 신작로의 행인과 소와 말. 그렇게 빨 흘러가는 푸수로는, 우리가 지나친 공간과 시간 저편 뒤에 가로막힌 어떤 장벽이 있다면, 그것들은 캔버스 위의 한 터치, 또 한 터치의 오일같이 거기 부딪쳐서 농후한 한 폭 그림이 될 것이나 아닐까? 고 나는 그러한 망상의 그림을 눈앞에 그리며 흘러갔다. 간혹 맞은편 홈에, 부풀듯이 사람을 가득 실은 열차가 서 있기도 야였다. 그러나, 무시하고 걸핏걸핏 지나치고 마는 이 창밖의 그것들은, 비질 자국 새로운 홈이나 정연히 빛나는 궤도나 다 흐트러진 폐허 같고, 방금 브레이크되고 남은 관성과 새 정력으로 피스톤이 들먹거리는 차체도 폐물 같고, 그러한 차체에 빈틈없이 나붙은 얼굴까지도 어중이 떠중이 뭉친 조란자같이 보이는 것이고, 그 역시 내가 지나친 공간 시간 저편 뒤에 가로막힌 캔버스 위에 한 터치로 붙어버릴 것같이 생각되었다.
이런 생각은 무슨 대단 하다거나 신기로운 관찰은 물론 아니요, 멀리 또는 오래 고향을 떠나는 길도 아니라 슬픈 착각 이랄 것도 없는 것이다. 그렇다고 내가 영진이 되였거나, 무슨 사업열에 들떳 거나 어떤 희망에 팽창하여 호기와 우월감으로 모든 것을 연민 시하려드는 것도 아니다. 정 말 그도 저도 될턱이 없는 내 위인이요 처지의 생각이라 창연하다기에는 너무 실없고, 그렇다고 그리 유쾌하달 것도 없는 이런 망상을 무엇이라 명목을 지을 수 없어, 혹시, 스피-드가 간즈려 주는 '스릴'이라는 것인가고 생각하면 그럴 듯 도한 것이다.[242]

---

242   최명익, 「心紋」, 앞의 책, 11면.

「心紋」 도입부인 이 대목은 화자인 '나'가 기차를 타고 어디가 여행하고 있다는 것을 알려주고 있다. "기차를 타고 조선에서 하얼빈으로 향하는 주인공 '명일'이 기차 안에서 떠올리는 상념의 일부이다. 1939년을 즈음한 하얼빈은 일제의 오족협화 이데올로기를 토대로 한 대동아공영권의 발전적 미래상을 대표하는 도시였다. 많은 민족들이 모여 화려한 소비 도시의 면모를 뽐내던 대도시 하얼빈으로 향하는 기차는 그 자체로 대동아공영권의 공간적 구상을 떠올리게 한다. 그 기차에 몸을 실은 명일이 기차 속에서 빠져드는 상념은 기차가 사람에게 제시하는 풍경의 특성에 따라 한정되어 있다."[243] 그러나 계속해서 서사를 따라가다 보면 단순한 정보 제공의 차원이 아니라 주인공인 '나'는 관찰의 행위가 자유롭게 이루어지고 있다는 것을 알 수 있다. 즉 여옥의 모습 모두 '나'라는 남성 서술자의 내면 독백을 통과하기에 재현의 과정에 제한이 존재하기는 하나 이 소설의 내용에 대해 서술자 자신이 "여옥이의 이야기"라고 말 하고 있듯이 여옥과의 만남과 그녀의 삶에 대한 관찰이 중심을 이룬다. 최명익 소설에서 이러한 표현 방법은 작중 화자의 내면을 들어내려는 의도의 일환이다. 또한 최명익은 신심리주의에서의 내적 독백의 기법을 의식 측면에 사용한 것을 보여준다. 주인공은 내적 독백의 논리성과 연관성은 이점을 인증할 수 있기 때문이다.

> 침실의 여옥이는 전신불덩어리 정열과 그러면서도 난숙한 기교를 갖춘 창부였고, 낮에는 교양인인 듯 영롱한 그 눈이 차게 빛나고 현숙한 주부인 양 단정한 입술은 늘 침묵하였다.
> … 중략 …

---

243   이희원, 「최명익 소설의 기차 공간 연구」, 『한국문학논총』81호, 한국문학회, 2019, 295-326면.

그렇다면 본시부터 밤과 낮으로 다른 두 여옥이와 두 나로 분영하고 무너져가는 마음의 풍경을 멀거니 바라 볼밖에는 별도리가 없는 듯하였다.[244]

'나'에게 낮의 지적이며 교양인인 듯한 여옥의 모습과 밤의 퇴폐적인 그녀의 이중적인 모습으로 나타난다. 명일이 '낮의 여옥'에 이끌리는 이유는 죽은 전처 혜숙의 모습이 그녀에게서 나타나기 때문이다. 밤의 여옥의 퇴폐적인 모습은 방임한 현재 '나'의 모습이기도 한다. "다른 두 여옥이"는 자신의 심리상태를 외적으로 형상화여 보여준다. 「心紋」의 명일은 여옥을 완전히 소유하고 싶으면서도 그녀로부터 멀리 떠나야 한다는 강박적인 관념을 가진 무기력과 염세주의적 자세를 가진 인물이다. 이러한 이중적인 관찰과 이중적인 인상을 혼란스러워 했던 '나'는 그러한 내적 독백을 통해서 죽은 처 혜숙이 아직도 자신 안에 살아있는 존재라는 사실을 깨닫게 된다. 결국 자신 안에 존재하는 '인상'의 투사로 인해 눈에 보이는 실재하는 인물을 이중적으로 인식하고 있다는 것을 '나'는 알게 되었다. 이러한 이중적 인상으로 인한 감정적 혼란이 다름 아닌 자신 안의 이중적 시선, 심지어 분열된 자아를 깨달을 때 '나'는 여옥에 대한 원망에서 자기반성으로 변화할 수 있는 것이다.

그때 나는 말로 여옥이를 위로하려고는 않았으나 끝없이 미안하였다. 이 지적으로 명철하기보다 요기롭도록 예민한 여옥이의 신경을 내 향락의 자극제로만 여겨 온 것이 미안하고 죄송스럽기도 하였다. 낮과 밤의 다른 여옥이는 여옥이가 그런 것이 아니라, 맹목적이어야 할 사랑과 순정을 못가지는 나의 태도에 여옥이도 할 수 없이 그런 것이 아닐까? 여옥이와 나는

---

244   위의 책, 15면.

열정과 순정이 없다면 피차의 인격과 자존심을 서로 모욕하고 마는 관계가 아닐까? 그런 관계이므로 낮에 냉랭한 여옥이의 태도는 밤의 정열의 육체적 반동이 아니라 여옥이의 열정을 순정으로 받아주지 않은 나에게 대한 반항일 것이다. 그러므로 나는 그 히스테릭한 여옥이의 열정을 순정으로 존중하여야 할 것이요, 낮에 보는 여옥이의 인당과 귀에 혜숙이의 그것을 이중 노출로 보는 환상을 버리고 여옥이 그대로 사랑해야 할 것이다. 여옥이도 나의 처지와 심정을 이해하므로 결혼을 전제로 하는 사이는 물론 아니지만, 그러니만큼 나는 더욱 인격적으로 여옥이의 열정을 받아들이고 사랑하여야 할 것이었다.[245]

낮과 밤의 여옥이가 다른 여옥이가 아니라 '자신의 태도'로 인해 여옥이가 그런 태도를 보였을 것이라 생각하며 여옥이를 이중적으로 구분하여 나누어 보는 '환상'을 버리고 '있는 그대로' 사랑해야 함을 자아 반성과 고백을 보여주고 있다.

최명익 소설의 내적 독백에서 들어나는 양상은 아직 신심리주의 소설이 한국에 정착되지 않은 상태였다는 점에서 특징적인 양상이 되고 있었다. 이미 언급했듯이 최명익의 6편 심리소설 중에서 「心紋」만 1인칭으로 서술되었고 나머지 작품들은 모두 3인칭으로 서술되었다. 그러면서도 작품의 서술 과정에서 느껴지는 분위기는 1인칭 직접 내적 독백 못지않게 진실감을 보유한다. 주인공의 내적 심리가 담담하게 서술되는 과정에서 화자는 작중 주인공과 일체감을 형성하게 되는 경우가 많기 때문이다. 최명익의 심리소설에 많이 쓰인 1인칭 시점 대신에 3인칭 시점을 사용하며 이런 3인칭 시점으로 심리 세계에 대한 서술은 바로 간접 내적 독백이다. 간접 내적 독백은 전지적 시점의 작가가 말로 표현되지

않은 소재를 마치 작중 인물의 의식으로부터 직접 나온 것처럼 묘사하고, 설명과 서술에 의해서 진실감을 가진 특징을 지닌다.

「비 오는 길」에서 병일의 3인칭의 서술자로 간접 내적 독백을 통해서 자신이 살고 있는 생활 상태를 돌아보고 있다. 비가 오는 길에서 병일이 만난 사진관 주인인 '이칠성'은 10년 동안 쌓은 기술로 20대 중반의 나이에 사업체를 꾸리어 돈 벌이 하며 살아가는 열정이 넘친 인물이다. 이칠성의 열정은 병일을 보고 희망과 목표를 무엇인지 고민하게 시작한다.

> 그렇다고 나의 희망과 목표는 무엇인가고 생각 할 때에는 병일의 내장은 얼어붙은 듯이 대답이 없었다. 이와 같이 별 다른 희망과 목표를 찾을 수 없으면서도 자기가 처하여 있는 사회층의 누구나 희망하는 행복을 행복이라고 믿지 못하는 이유도 알 수 없는 것이었다. 희망과 목표를 향하여 분투하고 노력하는 사람의 물결 가운데서 오직 병일이 자기만이 지향 없이 주저하는 고독감을 느낄 뿐이었다.
> … 중략 …
> 그렇게 사진사를 행복자라고 생각하는 병일이는 그러한 행복 관념앞에 여지 없이 굴복하는 듯하였다. 그러나 진심으로 그 행복 관념에 복종할 수 없었다. 그러면 자기는 마치 반역하는 노예와 같이 운명이 내리든가 고역과 매가 자기에게는 한층 더 심할 것이라고 생각되었다.
> …(중략)…
> 오직 가록한 운명의 채찍 아래서 생명의 노예가 되어 언제까지 살지도 모를 일생을 생각하매 깨어 날 수 없는 악몽에서 신음하듯이 전신에 땀이 흐르는 것이었다.[246]

소설 초반부의 타인에 대한 일관된 부정적 시선을 기진 병일은 자본주의 사회의 물신주의, 세속적 삶에 대한 저항 의미로 스스로를 사회에

---

246   최명익, 「비 오는 길」, 앞의 책, 129-130면.

서 격리시켜 소외감과 고독감을 느끼고 있다. 그는 물신주의에 대해 지독한 경멸을 느끼면서도 '별다른 희망과 목표를 찾을 수도 없으면서', '지향 없이 주저하는'과 같이 지향점 없이 우울하고 무기력한 모습을 보여주고 있다. 위의 병일의 내적 독백을 통해서 그는 현실에 대한 있는 그대로의 인정이 되는 것으로서 이러한 인정을 거쳐서 자기 자신의 삶을 되돌아보게 된다. 그의 내적 반성을 통해 그동안 똑같은 길을 무수히 반복해서 걸으면서도 자기 자신의 삶에 대한 반성을 하지 못한 것을 알게 되었다. '지속으로서의 삶'을 관성처럼 이어가던 병일은 비가 오는 길을 통해 변화의 계기를 얻게 되는 것이다. 이러한 반성은 내적 독백을 통해서 이루어진 것이다.

「역설」의 주인공인 문일은 영문학자로 어떤 학교의 교장 후보자 중 가장 유망한 후보자이다. 그는 본교 출신으로 근속 십년이나 되는 경력을 지닌 인물이지만 교원실에서 일어나는 여러 가지의 일들에 동참하지 못하고 타인의 눈에 띄는 것을 싫어하는 인물이다.

> 문일이는 비록 지금까지 자기 반생에 받들고 천국으로 갈 자랑도 지옥으로 짊어지고 갈 죄라도 없이 그날 그날을 살아온 생활이었지만 이 때에 나의 자존심과 결백성만은 살려야겠다고 생각하였다.
> …(중략)…
> 우연한 행운을 좋은 기회라거나 당연한 일같이 받아들이기까지는 아직도 나의 자존심이나 결벽성은 그렇게 더럽혀졌거나 마비된 것은 아니라고 말하고 싶었다.

> 옴두꺼비는 지금 무덤 속에 들어 간 채로 오랜 동안의 동면을 시작할 작정인지도 모들 것이다. 동면이란 꿈을 먹고 사는 것이 아닐까? 동면기간의 양식이 되는 꿈은 그의 생활기인 봄, 여름, 가을 동안 축전한 생활 경험의 재음미일 것이다. 그러한 재음미로서 낡은 껍질을 벗고 새로운 몸으로 새

봄을 맞으려는 꿈은 결코 악몽이 아닐 것이라고 문일은 생각하였다.[247]

최명익 소설 속에 나오는 지식인 주인공들은 이처럼 현실 세계로의 동화를 거부한 인물들이다. 문일은 동면하는 옴두꺼비의 모습에 긍정적인 인식을 한다. 다가올 새봄을 맞이하기 위해 오랫동안 동면하는 것처럼 새로운 삶으로의 목표와 열정이 생길 것임을 기대하고 있다. 위의 문일의 내적 독백 대목에서 새 봄을 맞이하려는 꿈을 꾸고 희망을 갖고 현실을 극복하려는 의지가 드러났다고 해석할 수 있다. 또한 이와 같은 사실에 의하면, 문일은 자신의 내면세계에 침잠한 자의식 때문에 지금까지 의지력을 상실한 채, 무기력하게 살아온 자신의 삶을 원망하고 다시 자존심과 긍지를 회복하기를 기원하는 것을 볼 수 있다. 이로 볼 때, 「역설」을 통해 최명익은 내적 독백의 기법을 통해서 무의지적인 지식인들이 삶에 새로운 세계의 도래를 기약하는 희망을 보여주며 긍정적인 삶의 자세를 제시하고 있는 것이다.

「무성격자」에서 정일은 기차를 타고 고향에 내려가는 길에 대학 시절 생활을 회고하며 지금 자신의 모습과 대비해서 자아 성찰하고 있다.

대학 시대인 어느 때 지금같이 창밖을 내다보든 머리에서 새 맥고모가 휙 나라 뿌린 생각이 난다. 그 때는 지금같이 눈을 감고 지나치기에는 모든 것이 아까운 시절이었다. 나라가는 모자도, 탐내여 바라보든, 쉴 새없이 바뀌는 새로 새 풍경의 한 여흥이 였든 것이다. 그리고 그 한여름을 무모로 지난 것이 삼사년 전일이 아닌가 불과 삼사년 전인 학생 시대를 감상적으로 추억하기는 아직 자존심이 선뜻 허락지 않는 듯도 하지만 이 이삼년간의 생활을 더욱이 문주와의 관계를 생각하며 자존심도 나라뿌린 맥고모

247   최명익, 「역설」, 앞의 책, 65면.

같이 썩을 대로 썩었다고 생각함이 솔직히 않을까? 문주와의 관계! 문주를 충족으로 한 지금의 생활! … 중략 …전날의 자존심이 남아 있을 리도 없을 것이다.[248]

위의 인용문은 정일이 자신의 체험을 돌아보고 반성하고 있는 것을 밝힌다. 이렇게 볼 때, 정일의 내면 심정의 표출과 함께 개인적인 경험을 고백하고 있다. 간접 내적 독백을 통한 과거의 자아에 대한 거리 두기를 통해 지금의 퇴폐적인 자아를 성찰할 수 있는 계기를 만든다. 최명익 소설에 보여준 내적 독백은 비교적 논리성을 갖춘 사고 과정이며 일관성을 가진다. 서술자는 자아 속에서 다시 말하면 서술자의 인식과 회상 속에서 서로 마주 대하고 있는 것이다. 1인칭 서술자인 '나'의 회상을 통해 경험자아의 체험을 다시 초점화하고, 거기서 발생된 두 자아 사이의 시간적, 심리적 거리를 조정하면서 과거의 자기 발견 과정을 섬세하게 보여준다.

소설 「장삼이사」의 기차 공간은 방향성이 명확하지 않은 공간으로, 조선에서 만주로 이어지는 선로를 달리고 있다고 추측할 수 있다. 기차는 역을 지날 때마다 사람들이 수시로 타고 내리고, 각자가 가진 이야기로 빚어내는 서사가 단편적으로 구성된다. 화자 '나'는 그 양상에 개입하지 않고 바라보며, 주변 사람들의 소소한 부딪침 속에서 서로에 대한 정보를 알게 되고, 자신의 추측이 빗나가는 것에 놀라며 내적으로 반응한다. 이러한 소통과 함께 이합집산 되는 기차 공간은 이야기를 통해 사람들을 탐색하고 정체를 넘겨질 수 있다. 즉 화자 '나'는 그 양상에 개입함 없이 바라보고 그것에 내적으로 반응할 뿐이다. 그 과정이 작품 전반

---

248   최명익, 「무성격자」, 앞의 책, 75면.

에 걸쳐 가장 극적으로 형상화되는 부분이 동석해 있는 한 여자와 관련
된 서사이다. 그녀의 정체에 대한 '나'의 감각은 다양한 사람들의 발언
과 그들이 그녀에게 취하는 행동 그리고 그녀의 드러내는 자태와 표정
으로 구체화된다. 두꺼비처럼 생긴 남자의 신발에 떨어지는 가래침과 함
께 벌어지는 소동에 의해 그녀의 존재감이 시시각각으로 인지되기 시작
한다. 남자의 독특한 외양과 행동, 그리고 의외로 친근함을 느낄 때 사
람들은 그 남자가 만주에서 색시집을 하고 있으며 그 옆에 앉은 여자가
소위 색시집 '아가씨'임을 알게 된다. 그녀가 포주의 아들에게 인계되면
서 뺨을 맞고 울면서 화장실로 향하는 모습을 보면서 '나'는 그녀에 대
한 안타까움과 걱정이 극에 달한다.

> 그런 신경의 착각일가, 웬 까닭인지 내 머리 속에는 금방 便器속에 머
> 리를 처박고 입에서 선지피를 철철 흘리는 그 여자의 환상이 선히 떠오르
> 는 것이었다. 따져보면 웬 까닭이랄 것도 없이 아까 '심심치 않게 잘 놀았
> 다'는 그들의 허잘 것 없는 주정의 암시로 그렇겠지만 또 그리고 나야 남
> 의 일이라 잔인한 호기심으로 즐겨 이런 환상도 꾸미게 되는 것이겠지만,
> 설마 그여인이야 제목숨인데 그 맛 암시로 혀를 끊을 리가 있나 하면서도
> 웬 까닭인지 머리속에 선한 그 환상은 지워지지가 않는 것이었다. 더욱이
> 나 아까 입술을 옥물고도 웃어 보이든 그 눈을 생각하면 역력이 죽을 수
> 있을 때진 결심을 보여준 것만 같아서 더욱 마음이 초조해 지고 금시에 뛰
> 어가서 열어보고 안 열리면 문을 깨트리고라도 보고 싶은 충동에 몸까지
> 들먹거리기또 하는 것이었다.[249]

'나'는 그녀가 보이는 것처럼 깊은 사랑에 시달리며 정사를 생각하는
희생양이라는 것을 알고 있었다. 그녀가 생각하는 사랑을 이루지 못하고

---

249   최명익, 「장삼이사」, 『문장』, 1941.4, 48면.

상대방의 시집 아가씨로 돌아가는 상황이라면 그녀는 절망감과 슬픔, 모욕감을 느끼게 될 것이다. 그런 그녀가 포주 아들에게 사람들 앞에서 비웃음과 놀람 속에서 뺨을 맞았다. '나'는 이러한 그녀의 희생과 슬픔을 느꼈고, 그녀가 화장 실로 가고 나자 금방 자신의 머리를 변기(便器) 속에 박고 입에서 선지피를 철철 흘리는 그녀의 환상이 떠오르게 되는 것을 상상하였다. 흘린 흔적도 깨끗하게 지우고 오히려 "직업의식적인 추파로 내게 호의를 표할 듯 도한 눈으로 나를 쳐다보는 것이다. 게다가 자신을 때렸던 바로 그 남자와 아무렇지도 않게 이야기를 나눈다. '나'가 깊이 감정이입 하여 자신만의 의미를 부여하고 해석하고자 했던 여자의 정체는 이처럼 복잡한 면모를 가지며 '나'의 관점에서 빠져나가버린다. '나'가 의미를 포착하고자 했던 자가 이러한데, 그런 시도조차 하기 힘든 다른 사람들은 더더욱 의미 파악이 어려울 수밖에 없다."[250]

　최명익 소설의 주인공들이 한결같이 자의식, 무성격자들로 일관하고 있는 것은 우연이 아니라고 할 수 있다. 이들 무의지자·무성격자들은 자의식 분열자로서 세상 모든 일에 대하여 밖으로 관심을 가지고 갈등을 일으키는 것보다 자기 자신의 내면세계에 대하여, 심각하게 생각하고 자조하는 가운데 여러 가지의 갈등을 일으키고 있는 것이다. 최명익 소설에서 주인공으로 등장하는 지식인들은 내적 독백을 통해서 자아 탐색 과정을 보여주고 있다. 그의 소설은 이러한 자기 자신의 감정적 반응에 대한 성찰의 과정이 잘 나타나고 있다. 내적 독백은 최명익 작품 인물의 내적 심리를 표현하는데 있어서 매우 적절한 기법의 하나라고 할 수 있다. 그의 소설 속에 나오는 지식인 주인공들은 세속적인 세계로의 동화

250　　이희원, 앞의 논문, 295-326면.

를 거부하며 자아 반성하고 있는 모습을 보여준다. 그들은 세속적인 현실 세계에 소외를 당해도 지식인으로서의 정신과 자존심을 지키려고 한다. 자본주의가 가져오는 생활인들의 힘찬 생활력에 혼란스러워 하기도 하고 댄서나 마담으로 전락한 퇴폐적인 여성들과 어울리며 삶을 부정해 보기도 하지만 그들은 권태와 우울증에 빠져도 삶을 포기하지 않고 내적 반성을 통해서 정신적 가치를 지키고자하는 것을 소설의 내적 독백을 통해서 보여주고 있다.

2) 자유 연상[251]과 의식의 유동

"「파리 대극장에서」와 「마도」가 중국 문학에 있어 새로운 전개임은 의심 할 수 없다. 이렇게 의식적으로 형식을 중시하는 작품은 나의 기억에 의하면 창작 문학 중에서 일찍이 본적이 없는 듯하다."[252]당시 스저춘의 소설을 비판하는 러어우스이(樓適夷)의 글은 역설적으로 스저춘의 창작 특색을 표현해 주고 있다. 즉 러어우스이가 스저춘의 소설이 당시 중국에서는 보기 드물었던 새로운 형식의 창작 수법임을 긍정하고 있다. 러어우스이는 「스저춘의 신감각주의(施蟄存的新感覺主義)」라는 글에서 스저춘의 소설 「파리 대극장에서」와 「마도」의 사상 경향을 비판하지만 작자가 예술 형식과 기법적인 면에서 행한 새로운 탐색을 긍정하였다. 사실

---

251   자유 연성은 인간의 생각이 A→B, B→C, C→D로 이동할 때 표면에는 드러나지 않지만, 일정한 동기에 의해 움직이는 연속적인 의식 흐름이다.

252   「在巴黎大戲院」與「魔道」無疑地是中國文學上一個新的展開, 這樣意識地重視着形式的作品, 在我的記憶中似乎幷不曾於創作文學裏見到過. 楼适夷, 「施蟄存的新感觉主义」, 『문예신문(文艺新闻)』제33호, 1931년10월26일.(应國靖, 『施蟄存』(中国現代作家选集), 序, 三联书店(香港)有限公司, 人民文学出版社, 1988, 305면, 재인용)

은 스저춘의 「파리 대극장에서」와 「마도」 소설을 제외하고 그의 「갈매기」도 의식의 흐름 수법에 의해 인물의 잠재의식과 무의식을 깊이 있게 발굴하는 작품이다. 이런 무의식이나 잠재의식의 발굴은 의심 없이 프로이트의 정신분석학 이론을 의식적으로 연구하고 그것을 소설문학에 실천적으로 운용하고 검토한 결과였다. 당시에 중국 풍토에서는 봉건적 전통이 완고히 자리 잡고 있었으며, 정신분석학과 같은 이론은 침투되기 어려웠다. 그러나 창조사의 성원들과 루쉰, 그리고 해외 유학경력이 있는 선각자들에 의해 프로이트의 이론은 리얼리즘이나 낭만주의 서사기법에 대한 보완용으로 일부 활용되었다. 스저춘은 이러한 상황에서 중국 현대문학사에서 모더니즘 소설의 형식과 기교면에서 프로이트의 정신분석학을 의식적으로 도입한 최초의 작가라고 할 수 있으며, 그의 문학사적 의의는 여기에서 재평가되어야 한다. 그는 중국 고전문학과 향토문학의 수양을 두루 갖추고 있었기 때문에 전통적인 방법과 서구적인 기법을 잘 결합해 놓았으며, 그로 인해 그의 작품은 뛰어난 깊이를 갖추고 있었다.

스저춘의 소설 서사 기법은 리얼리즘 소설과는 전혀 다른 새로운 것이다. 이것 때문에 당시 독자들로부터 난해하다는 평을 들었지만 동시에 또 동시대 작가들의 서사 기법에 대한 실험적 욕구를 자극하여 추구의 대상이 되었다. 스저춘은 심리 분석, 의식 흐름, 몽타주 등 현대적 창작 방법을 텍스트 안에서 하나로 융합시켰다. 이러한 기법은 잠재적 의식으로 파고들어, 인간의 내심 세계를 탐구하려는 데 목적이 있다. 스저춘은 예술가의 책임은 인간의 의식 활동을 반영해야 할 뿐만 아니라, 측정하기 어려운 무의식 속으로도 깊이 파고 들어가서 풍부한 내면세계를 밝혀내어, 표면에 머물러 있는 표면 진실뿐만 아니라 심리적 진실까지 이

르러야 한다고 말했다. 스저춘의 이런 심리적 진실은 주로 의식 흐름의
방법으로 소설에서 작용한다. 그의 소설에서 의식 흐름의 움직임을 통제
하는 주요 기법은 심리학적 자유연상의 원리를 응용하는 것이다. 기억·
감각·상상력을 통한 자유연상의 원리에 의해 통제되는 스저춘의 의식
흐름은 다음 인용문 속에서 확실히 확인할 수 있다.

여러 가지 색깔이 내 눈앞에서 흔들리고 있다. 지는 해는 눈이 부셔서
정말 가까이서 볼 수 없다. 나는 주홍색 관과 황금의 사슬이 저 멀리 지평
선에 진열되어 있는 것을 보았다. 그런데?…저것은 분명 순장당한 남녀이
다. 비단 옷을 걸치고 여기저기에 엎어져 있구나. 얼굴은 아직 살아있는 것
처럼 조금 전에 무덤 입구가 막혔다는 사실을 알고 생긴 공포와 실망이 드
러나고 있다. 영원한 공포와 실망! 그러나 저 검정색은 무엇이지? 이렇게
진하고 이렇게 반짝거리고, 또 이렇게 투명하다니.…저건 분명 아편이 유
리창에 딱 붙어 있는 것이다. 단지 아편만이 이렇게 광택이 난다. 결코 검
은 때는 아니다. 검은 것, 하하! 귀중한 것은 모두 검은색이다. 인도의 검은
진주, 그리고 많은 것이 생각나지는 않는다. 듣기에 티벳에는 검은 옥이 있
다던데…그러나 설사 여자들이 Hulla춤을 출줄 안다 해도 검은 여인은 결
코 귀하지 않아. 여자는 어떻든 흰색이 아름답지.…갈까? 어디로 가나. 하
늘이 금방 어두워지겠는 데 잠시 들판을 더 보고 돌아가도 되겠다. 맞다.
조금 전에 그들에게 당부하는 것을 잊었다. 그들은 분명히 나를 위해 식사
준비를 하느라고 바쁠 거다. 사실 나 같은 손님을 접대하기는 아주 간단한
일인데. 나는 음식을 많이 먹지 못한다. 물 한 잔과 약간의 빵이면 충분하
다. 그렇지만 버터는 많아야한다.…누구더라? Byron남작? 시인? 하하, 나
는 단지 그의 식사법만 배웠나?…이것을 그들 부부에게 먼저 말해주었어
야 하는 건데. 외국 음식을 먹는다면 상하이가 좋지. 중국 음식은 오히려
내륙이 좋고, 상하이의 중국음식은 온통 기름이야… 기름…기름…! 이탈리
아 음식점의 마카로니와 치즈가 양주 좋은데, 내일 가서 먹어야겠군.…어
어? 저쪽의 대나무 숲은 저 이상한 대숲 아냐? 방향 좀 살펴보자, 서쪽…
북쪽, 맞아, 저건 서쪽의 대나무 숲이야, 난 조금 전에 이미 북쪽으로 돌았
잖아, 귀신이 곡할 노릇이군, 걸어도 걸어도 이곳으로 오네.[253]

대도시의 생활에서 오는 억압을 견디지 못해 신경쇠약 증세를 보이는
'나'는 친구가 있는 농촌으로 주말을 보내 왔다. 그러나 기차에서 검은
옷을 입은 노부인을 보고는 자신을 해치려는 요부라고 생각하고 다시
정신 이상 증세를 보인다. 위 인용문은 친구 부부가 저녁 식사를 준비하
는 동안 주인공이 밖에 나와 산책하는 부분이다. 숲에는 커다란 언덕이
있는데, 주인공은 그것을 보고는 어느 왕비의 묘지라고 생각한다. 황혼
에 모든 숲의 풍경은 주인공에게 아름다움을 넘어 기이한 느낌을 주었
다. 따라서 지평선으로 사라지는 해를 보고는 "주홍색 관과 황금색 사
슬"을 연상하고 근처의 수풀은 왕비의 무덤에 함께 순장 당한 남녀가
죽어서 공포의 표정으로 엎드려 있는 것으로 보인다. 그들의 무서운 표
정은 그에게 다시 두려움을 가져다주었고, 그러자 기차에서 만났던 검은
옷을 입은 노부인이 다시 떠올랐다. 노부인을 떠올리자 노부인으로 착각
했던 친구 집 창문에 붙어 있던 검은 반점, 검은 반점은 다시 아편을 상

253   施蟄存, 앞의 책, 「魔道」, 112면. 種種顔色在我眼前晃動著, 落日的光芒真是不可
逼視的, 我看見朱紅的棺材和黃金的鏈, 遼遠地陳列在地平線上, 還有呢？…那些一
定是殉葬的男女, 披著錦秀的衣裳, 東伏西倒著, 臉上還如活著似的露出了剛才知道
陵墓門口已被封閉的消息的恐怖和失望…永遠的恐怖和失望啊！但是, 那一塊黑色
的是什麼呢？這樣的光澤, 又好似這樣地透明！這是一個斑點…那明明是一點鴉片,
濃厚地沾在玻璃上的, 而且惟有鴉片才這樣地光澤…絕不是黑漬, 黑的, 哈哈！貴中
的東西都是黑色的, 印度的大黑珠, 還有呢, 記不起許多了, 聽說西藏有玄玉…但總
之黑色的女人是並不貴重的, 即使他們會得舞Hulla, 女人總是以白色的為妙…走？
走到哪兒去呢？天色快要晚了, 再看一會野景就可以回去了, 不錯, 剛才倒忘記了叮
囑他們, 他們這時候一定在替我忙飯菜了, 其實款待我這樣的客人是很簡單的, 我吃
不下許多東西, 給我一杯水和許多麵包就夠了, 但是牛油要多, …這是誰, Byron爵
爺？詩人？哈哈, 我只學到了他的食量嗎？…如果吃中國飯, 給我一碟新疆豆也足
夠了.這應當預先告訴他們夫婦呀, 吃外國飯是上海好, 吃中國飯確是內地好, 上海的
中國菜全是油…油…油！義大利半點的通心粉和 cheese自然是頂頂好的, 我明天
還得要去吃一頓, 怎麼？那邊有一個竹林子, 可就是那個怪竹林？讓我來辨辨方向
看, 西…北, 不错, 那是在西方的竹林子, 我剛才已經轉向北了.見鬼！走走又走到這
裏來了.

상했다. 검은 아편→검은 진주→검은 옥→흑인 여자 등을 자유로이 연상
하게 하였다. 이제 날이 어두워지자 돌아가서 먹을 저녁 식사에 대해 생
각한다. 이 생각을 하게 되자, 자신은 조금만 먹어도 된다는 것을 친구
에게 말해 주지 않은 것이 생각나고, 적은 식사량은 Byron 남작을 연상
하게 되며, 뒤이어 상해의 중국 음식→이탈리아 음식점의 마카로니와 치
즈까지 떠올리게 되는 것이다. 이처럼 한 부분을 인용하여 읽으면 논리
성이 없고 마치 정신병 환자의 헛소리와 같지만, 사실 그의 자유로운 연
상에는 연결 꼬리가 존재한다. 이는 스저춘의 전체 작품에 드러나는 공
통점이다. 즉 무질서해 보이는 의식의 나열이 논리성 없이 무질서하게
비연속적인 연상을 통해 '나'의 불안한 심리를 제시한다.

> 나는 그녀의 목을 껴안았다. 그녀의 머리가 나를 가까이 하고 있다. 아주
> 큰 진부인의 얼굴이었다. 그녀는 왜 나의 어깨를 한번 꼬집지? 응? 우리가
> 벌써 키스하고 있단 얘긴가? 꽤 춥네. 이처럼 찬 입술은 없었다. 이는 산
> 사람의 입술이 아니다. 설마 고묘 속 왕비의 미이라인가? 그렇다면 그녀는
> 반드시 요상한 노부인의 화신이 틀림없다. 나는 정말로 그녀와 스킨십하고
> 있는 건가? 나는 눈 뜰 용기가 없었다. 나는 어떠한 광경을 보게 될까? 아
> 이고, 상황은 생각과는 전혀 달랐다. 나는 그녀나 놓은 덫에 걸렸다. 그녀
> 는 왜 이리도 냉소하는가? 음침하게 웃는 승리의 웃음소리. 그녀가 혹시
> 나에게 어떤 액운을 씌운 것일까? 아니면 내가 죽게 될 것인가?[254]

주인공은 가까이 한 카페 여인의 얼굴을 보고 잇따른 일련의 연상에

---

254   위의 책, 115면. 我已經勾住她的項頸, 她的頭在逼近我, 很大的壹個陳夫人的臉, 她
為什麼在我肩上撑壹把? 唉, 我們已經在接吻了嗎？怪冷！從來沒有這樣冰冷的嘴
唇的, 這不是活人的嘴唇呢！她難道是那個古墓裏的王妃的木乃伊嗎？這樣說來, 她
壹定也是那個老妖婦的化身了, 我難道竟真的會接觸著她嗎？我不敢睜開眼睛來, 我
會看到怎麼樣的情形呢？天哪！事情全盤都錯了, 我上了她的算計, 她為什麼這樣的
冷笑呢, 陰險的勝利的笑聲！她會將怎樣的厄運降給我呢？我會得死嗎？

빠져서 현실 세계로부터 서서히 멀어져 간다. 카페 여인의 머리→진부인의 얼굴, 진부인의 얼굴→입술, 차가운 입술→죽은 사람, 죽은 사람→왕비의 미이라, 왕비의 미이라→노부인의 화신으로 일정한 동기에 의해 움직이며 연속적으로 의식이 흐른다. 즉 과거의 경험이 연상되어 의식의 흐름이 꼬리를 물고 이러지면서 구성되는 내면적인 의식의 흐름이다. 주인공은 기억·감각·상상력을 통해서 카페 여인의 머리부터 노부인의 화신으로 상상하며 공포감에 빠진 과정을 여실히 보여준다. '나'는 현재의 자극에 대한 반응을 통해 잠시 잊어버렸던 노부인의 무서운 경험을 연상했으며 그러한 연상은 일종의 도미노처럼 연상을 불러일으킨다. 그러한 연상들은 연속된 시간의 개념이 없어서 인간 의식이 물리적 시간과 달리 또 다른 체계의 시간성을 지니고 있음을 보여준다.

　「파리 대극장에서」에서는 '나'와 '그녀'라는 중심인물을 설정한다. 이 작품은 전체적으로 주인공 '나'의 의식 흐름을 따라가며, 간간히 '그녀'와의 대화가 있을 뿐이다. 「파리 대극장에서」는 어둠을 배경으로 한 여성과 영화를 보는 유부남의 심리에 대해 집중적으로 묘사하였다. 극장이라는 어둠 속에서 주인공은 '현실적 자아'에서 '상상적 자아'로 배회한다.

　　아니? 그녀가 표를 사러 앞질러 나가다니? 이건 나의 수치야, 이 사람들이 나를 보고 있잖아, 이 대머리 러시아인? 이 여자도 시선을 내 얼굴에 고정시키고 있어. 그래, 또 이 사람도 입에 시가를 물고 나를 보고 있어. 그들은 모두 날 보고 있어, 맞아, 난 그들의 뜻을 알지. 그들은 날 약간 무시하는 거야, 아니, 조롱하는 거야. 난 그녀가 왜 앞으로 뛰쳐나가 표를 사는지 모르겠네?[255]

255　施蟄存, 「在巴黎大劇院」, 앞의 책, 100면. 怎麼？她竟搶先去買票了嗎？這是我的羞恥，這個人不是在看著我嗎，這禿頂的俄國人？這女人也把眼光盯在我的臉上了，是的，還有這個人也把… …著的雪茄煙取下來，看著我了，他們都看著我，不錯，我

이 작품의 첫 구절은 배경 설명이며 인물 묘사가 우선 기술되는 리얼리즘 소설과는 전혀 다르게 나타난다. 등장인물에 있어 "대머리 러시아인", "여인", "입에 시가를 문 남자" 등 극장 주변에서 수많은 사람과 만나지만, 주인공의 눈에 스쳐 지나가는 이들은 아무런 대사도 없고 행동도 보이지 않는다. 다만 작가가 그들과 부딪힌 시선을 가지고 '날 쳐다보는 걸까?' '비웃는 걸까?'로 연상하며 하지만 혼자 생각하는 내면적 의식의 움직임을 보여줄 뿐이다.

그녀는 도대체 나를 거절할 이유를 가지고 있을 까? 매번 나와 노는 것을 좋아하지 않았던가? 그녀는 우리 두 사람 이외의 제삼자가 끼어 함께 노는 것을 반대하지 않았던가?… 이런 건 모두 어떤 의미이지?…아, 이건 정말 수수께끼구나. 이 수수께끼를 풀지 못하면 결국은 방법이 없을 거야. 어떻게 하지? 저 남자는 여자 앞에서 전처의 반지를 빼버리네? 좋아! 모흐친의 표정은 아주 훌륭해… 이건 정말 어려운 표정 연기야 …이것은 나의 결혼반지가 아닌가? 만약 이 순간에 나도 아내의 반지를 빼버린다면 그녀는 어떻게 생각할까? 그녀가 내 행동을 볼 수 있을까? 그녀가 본다면 무슨 말을 할까?…어어? 한숨? 누가 여기서 한숨을 쉬는 거지? 극장에 있는 사람들이 모두 한숨을 쉬었나? 아아, 둘이 포옹을 했구나. 그녀는 왜 스크린을 보지 않는 거지?[256]

能夠懂得他們的意思, 他們是有點看輕我了, 不, 是嘲笑我, 我不懂她爲什麼要搶先去買票?

256 위의 책, 105면. 她究竟有什麼理由可以拒絕我呢?不是每次每次都很高興和我一同玩的嗎?她不是很反對在我們兩人之外有第三個人加入來一同玩的嗎?這些都是什麼意思呢?…啊, 這種酒是個謎, 這個謎不打破, 我終究是沒有辦法的.怎麼了?他終究把前妻的截至當著這個女人面前除下來丟掉了嗎?…好!摩犹金的表情眞不錯, 你問他多少難過, 這的確是很不容易表情的動作, …這是我的結婚戒指?倘若我此刻也把妻的指環除下來, 她會得有怎樣的感覺呢?她會不會看見這個動作?她看見了會不會說什麼話?…怎麼, 嘆氣?誰在那裏嘆氣?滿院的人都在嘆氣了嗎?啊, 他們擁抱了, 這女人終究投在這副官的懷裏了, 她爲什麼不看著銀幕?

「파리 대극장에서」의 주인공은 아내가 있어서도 애인과 극장에 갔다. '나'는 극장에서 영화를 보는 내내 애인이 자신과의 관계를 어떻게 생각하는지 궁금해진다. 그러한 생각 도중 화면으로 시선을 옮기고, 영화에서 결혼반지를 빼버리는 남자 배우를 보고는 자신의 반지를 생각났다. 결혼반지→아내, 아내→애인, 애인→반지를 빼버림, 반지를 빼버림→애인은 이런 동작을 보고 어떤 반응을 보일지 자신도 따라서 해보고자 한다. 이 작품은 전편이 이러한 하나의 작은 외적 자극을 통해 내면으로 들어가며 자유 연상의 심리 과정으로 이루어져 있다. 이런 과정에서 주인공의 '나를 좋아하나? 싫어하나? 내가 이렇게 행동하면 어떤 반응을 보일까? 어떻게 하나? 하는 내적인 의문이 끼어든다. 「파리 대극장에서」는 주인공 '나'의 도덕 이데올로기 억압으로 애인과 데이트할 때 평안을 느끼지 못하고 불안한 내면 심리를 여실히 보여준다.

> 기러기의 흰 날개는 그의 뇌리 속에서 스쳐 지나가며 은회색으로 번쩍였다. 그는 아무렇게나 장부의 두꺼운 표지를 열어 푸른색의 속표지에 그가 상상한 갈매기를 마음대로 그려 넣었다. 그는 자신의 만년필 그림에 아주 만족했다. 학교를 떠난 후에는 연습해 볼 기회가 없었다. 그는 계산하면서 이 여러 가지 다른 자세의 갈매기를 감상했다. 모두 40마리다. 왜 40마리지? 샤오루(小陸)는 오른쪽에 있는 달력을 힐끗 보았다. 31, 번쩍거리는 검은 글자가 종이 위에 살아 있다. 이것이 오늘이다. 월말이다. 월급이 나오는 날이다! 40원! 그렇다, 오늘 그가 세 번째로 받는 40원의 월급은 장부의 푸른색 속표지 위에서 40마리의 날아오르는 갈매기로 변했던 것이다. 아아! 자유롭게 아스팔트 도로 위에서 유유히 노니는 도시의 갈매기, 40마리여![257]

---

257   施蟄存, 「鷗」, 앞의 책, 213면. 鷗鳥的白翅在他的腦筋中閃耀著, 發著銀灰色的輝煌.他不經意地翻開帳薄堅硬的封面, 在那藍色的頁面上隨意地畫下了他所想像著的鷗鳥, 他很滿意於他的鋼筆畫, 這是自從脫離學校之後, 就沒有機會再練習過的, 他

「갈매기」는 도시에서 일하는 샤오루(小陸)가 고향을 그리워하는 감정을 보여준 작품이다. 시골 출신인 주인공 샤오루는 상하이 은행의 직원이다. 변화 없이 단조로운 은행 업무에 싫증이 난 그는 모든 것이 살아 있는 고향, 특히 갈매기가 날아다니는 바닷가 작은 고향을 그리워한다. 이 대목은 작가가 주인공의 의식과 생각을 모두 풀어 설명해 주어 의식이 어떻게 변화했는지, 왜 갈매기를 40마리 그렸는지, 의식의 흐름에 있어서 그 동기를 보여주는 대목이라고 할 수 있다. 은행 장부의 푸른색 속표지는 고향의 푸른 바다를 연상시킨다. 그래서 거기에 춤추는 갈매기 40마리를 그려 넣었다. 샤오루의 무의식 속에는 자신이 고향으로 돌아가지 못하고 대도시에서 숨 막히는 생활을 하는 것은 모두 직장 때문이라는 생각한다. 매일 똑같이 지루한 일을 하고 월급을 받는 직장일, 그 일을 하고 나면 40원의 월급을 받을 수 있다. 따라서 40마리의 갈매기를 그렸던 것이고, 40원을 위해서 샤오루는 자신의 자유를 팔아버렸다. 푸른색→하늘→갈매기→40마리→40원 월급→자신의 자유, 그의 의식 흐름은 이런 연결 고리로 전개된다. 즉 잠시 의식은 현실을 거쳐 다시 연상의 꼬리를 물고 나타난다. 위와 같은 연상 과정을 보면 현재의 자극을 통해 과거의 경험이 불러 일으켜지는 것을 알 수 있다. 의식이 한 차원에서 다른 차원으로 자유롭게 움직이는 것이다. 의식은 통제된 시간 개념을 따르지 않고 자신의 시간을 찾으려 하기 때문에 의식 세계에 들어오는 모든 것은 현재의 순간에 있으며 얼마든지 무한히 쪼개질 수 도

計算著並且自己欣賞著這些具有各種不同姿態的鷗鳥，一共是四十只,四十只，為什麼是四十只呢？小陸曾經一瞥眼看那日曆，31，光澤的黑字躍然紙上，這是今天，這是月底，這是發薪水的日子！四十元，是的，今天是輪到他第三次領取月薪四十元的時候，不知不覺地計算著，於是四十元的薪金在帳簿的天藍色的頁面上變形為四十羽飛翔的鷗鳥了. 啊啊！這自由地遨遊在土瀝青鋪道上的都會之鷗啊，四十只！

있고 혹은 눈 깜짝할 사이에 지각 행위로 압축이 될 수 있다. 그래서 과거와 현재 그리고 미래의 시간이 개인의 의식 속에서는 하나의 유기체로 존재하며 동시성을 지닌다.

최명익과 스저춘의 소설은 주인공 의식의 흐름을 통해 인물의 심리를 묘사한 공통의 특징을 가지고 있다. 최명익의 작품은 주로 3인칭의 간접 내면 독백의 기법으로 인물의 여실한 심리 상태를 보여주며 스저춘은 작품은 주로 1인칭의 자유 연상의 기법으로 인물 자신의 심리 상황을 표현하고 있다. 간접 내면 독백이든 자유 연상이든 인물의 의식을 자유로이 표현한다는 특성상 시간과 공간을 자유로이 넘나드는 구성상의 특징을 보이기도 한다. 의식의 흐름은 끊임없이 기억·회상·유추 등을 되풀이하는 인간의 의식 세계를 소재로 삼으로써 리얼리즘 소설보다 훨씬 더 주관 정서를 잘 표현할 수 있다고 말할 수 있다. 최명익과 스저춘의 작품을 통해서 인간의 현재의 의식은 한순간 이루어진 것이 아니라 끊임없는 과거와의 협상과 의식 흐름을 통해 이루어지는 것임을 보여준다.

제4장 文明互鑑에 따른 한·중 두 작가 심리 소설 비교의 의미와 전망

심리소설은 근대 자본주의의 산업화와 도시 발전에 따른 신념의 붕괴와 전통적 가치질서의 상실을 바탕으로 형성된 문학이다. 그래서 심리소설 작품의 특징은 종종 인물의 주관적 관념론에 바탕을 두고 자본주의 사회의 일상생활에 끼어들지 못하는 사람들의 소외와 외로움을 나타낸다는 것이다. 그런 다음 도시의 병리학적 문제를 비판적으로 처리한다. 여기서 주목해야 할 것은 주관적인 직관이다. 심리소설은 자연과 사회의 반영물로서 현실세계의 객관적 정체성을 밝히는 데 주력하는 리얼리즘 문학과는 달리 예술을 자아를 참조하는 구성물로 여기고 내면세계에 대한 주관적인 직관을 중시한다. 최명익과 스저춘의 소설은 객관적 현실세계의 탐구보다는 주관적인 직관을 통해 내면을 밝히는 데 주력하고 있는 것으로 볼 수 있다. 이들의 소설은 주인공의 개별화된 내면세계에 대한 반성을 시도하며 객관적 진실보다는 주관적 진실 탐구에 몰입한다.[258]

1. 최명익과 스저춘 심리소설 비교의 요점 및 결론

이 책에서는 동양 문화권을 하나의 문화 범주로 보고 한국과 중국에서 나타난 1930년대 서구 모더니즘의 수용과 변용에 주목했다. 당시 한국과 중국은 역사적으로나 사회 문화적으로 서양 열국의 침략과 일본 등 외세에 의한 식민지/반식민지 상황이었던바, 서구 모더니즘의 수용과 변용에서도 비슷한 점을 보이고 있었으며 한편으로 양국은 각각 서로 다른 개별성을 드러내고 있었다. 이 책은 양국의 모더니즘 수용과 변용 과정에서 중요한 자리를 차지하고 있는 최명익과 스저춘의 심리소설에 초점을 맞추어 특징들을 비교 문학적 관점에서 고찰했는데, 그 내용을 정리하면 다음과 같다.

먼저 서장(序章)에서는 선행 연구 업적에 나타난 '단층파와 최명익'과 '신감각파와 스저춘'의 심리소설의 특징을 살펴보았다. 감각적 표현과 관련하여 단층파와 신감각파는 객관적 대상을 단순하게 묘사하려 하지 않고, 주관적인 감각 인상을 그 대상에 투사하여 새로운 감각을 표출하였는데 감각을 사용함에 있어서도 한 가지 감각만을 사용하지 않고 시각, 청각, 후각 등 모든 감각과 직관을 동원하였다. 그러한 성향을 지니는 한국의 단층파와 중국의 신감각파는 비록 짧은 시기를 풍미하는 데 그쳤지만 동시대에 양쪽 문단에 남긴 문학적 영향은 작지 않았다. 최명익과 스저춘의 소설은 동시대에 서구 모더니즘과 일본 신감각파의 영향을 받고 각각 평양과 상하이를 배경으로 한국과 중국의 사회 현실에 작가 의식을 융합시켜 새로운 문학 형식을 창조했다. 그리하여 두 작가의

---

258   이명학, 「1930년대 한중 모더니즘 문학논의 비교고찰」, 『건지인문학』18호, 인문학연구소, 2017, 200면.

심리소설은 공통적으로 데카당스를 세련된 미의식과 결부시켜 우울한 세기말 정서를 지닌 것으로 드러나게 되었다.

선행 논문에서 밝혀진 이상의 논의는 단층파 최명익과 신감각파 스저춘의 심리소설을 비교 연구하는 데에 중요한 근거가 되는바, 이 책에서는 내면 심리의 이모저모와 그 심리의 표출 방식을 심도 있게 살펴보았는데 그 양상을 둘로 세분하여 하나는 서사 구조의 차원에서 다른 하나는 서사 기법의 차원에서 논의했다.

제2장에서는 서사 구조를 통해 나타나는 내면 심리를 살펴보았다. 두 작가의 심리소설의 서사 구조는 다시 질병 서사와 이주 서사로 나뉨을 알 수 있었다. 그리고 질병 서사는 다시 결핵 질병 서사와 정신적 질병 서사로 세분되는바, 두 질병 서사가 각각 인물의 내적 불안감을 표출하는 데에 어떻게 작용하는지를 비교 고찰했다. 제2장 1.1절에서 최명익 소설의 주인공들은 대부분 자신이 결핵에 걸리거나 부모나 애인이 병든 상황에 처하는데 그런 상황에서 주인공들은 신체적 질병의 차원을 넘어서서 타인이나 사회에 융화되지 못하는 불안감의 팽배 속에서 고통스러워하게 된다. 신체적 질병에 둘러싸인 주인공들의 시선은 자기 안으로 향함으로써 칩거, 전망 부재의 양상을 띠고 그런 성향은 불안감을 심화시켜 다시 허무와 퇴폐적인 아픈 일상으로 이어지고 이런 경향이 꼬리에 꼬리를 물고 확대·심화하기에 이른다. 그 과정을 통해 주인공들은 대부분 삶에 대한 의욕을 거세당하고 무기력한 소시민적 지식인으로 전락하고 만다. 한편 스저춘의 심리소설에서 육체적 질병 서사를 담아낸 작품으로 「만추의 하현 달」이 있는데 서술자의 아내[妻子] 또한 결핵 환자이다. 그녀는 결핵에 걸려 죽을지도 모르는 죽음에 대한 공포감은 주인공의 내면적인 불안을 드러냈다.

제2장 1.2절에서 정신적 질병 서사의 경우 최명익의 「폐어인」, 「무성격자」에서 등장한 인물들은 정신적으로 병들어 있으며 분열증, 히스테리, 강박증 등 신경증의 병적 징후들이 다양하게 나타났다. 이러한 징후들은 그들을 정신적으로 힘든 상황에 놓이게 하고 그들의 내면적 갈등을 더욱 첨예하게 보여주는 계기가 되었다. 스저춘의 「마도」, 「여관」에서 등장한 인물들은 망상증과 같은 병적 징후들을 앓고 있다는 점에 대해 살펴보았다. 이 작품들은 연속된 환각 또는 환상으로 이루어진 한 사람의 내면에서 드러나는 병적 심리를 여실히 보여준다. 최명익과 스저춘 소설에는 정신병적인 징후들을 보여준 동시에 그들의 내적 심리를 상이하게 표출하며 그러한 내적 심리 뒤에 깊이 숨어 있는 불안감을 나타냈다. 질병은 병든 신체와 육체를 통해 사회의 모순과 억압을 비판적으로 형상화할 수 있기 때문에 30년대 병을 둘러 싼 사회적 환경과 억압된 식민지 사회 구조를 알 수 있다. 결핵과 정신적인 질병의 서사가 인물이 내적으로 불안한 심리를 표출할 때 어떻게 작용하는 지에 대해 비교 연구했다. 이 책을 통해서 식민지 시대 심리소설에 등장한 질병은 비판의 차원을 넘어 무기력함, 불안 등 당시 한국과 중국 구성원의 억압된 심리에 대한 병적 은유라는 것을 확인 할 수 있다.

제2장 2절에서는 최명익과 스저춘 심리소설에서 농촌에 거주하는 사람은 도시로 이주하고 싶어 하고, 도시에 거주하는 사람은 농촌으로 이주하고 싶어 하는 주인공들의 탈출 욕망을 살펴보았다. 소설에서 나타난 상상적인 이주나 임시적인 이주는 인간의 내면적인 억압과 탈출 욕망을 더욱 두드러지게 보여준다. 공간적인 이동은 단순히 소설적 배경이 변화하는 것뿐만 아니라 당시의 사회·문화적인 관계와도 관련이 있다. 최명익의 「봄과 신작로」와 스저춘의 「봄 햇빛」에서 여성들의 억압된 심리가

새로운 곳으로 이주하고 싶다는 것으로 드러낸다. 여성들이 억압을 당하는 근본적인 이유는 농촌의 가부장적 봉건제도와 전통적 윤리의 폐쇄성 때문이다. 이는 금녀와 선 아주머니로 하여금 소외되고 닫힌 공간에서 자유분방하고 열린 도시를 열망하게 만드는 계기가 되었다. 그러나 금녀가 열망하는 도시 공간은 자동차로 상징되는 가상의 공간이며, 선 아주머니에게는 낯선 사람과 화려한 상품이 가득 차 있는 도시 공간이라는 차이점을 보인다. 최명익의 「무성격자」에서 정일이 속히 문주를 떠나고자 한 심정은 그가 도시의 퇴폐성에서 벗어나고자한 내면적인 심리를 보여준다. 하지만 그는 농촌에 내려와서 아버지의 강인한 생명력에 감동을 받았지만 역시 아버지의 속물근성 때문에 이성적인 공간을 찾지 못하고 말았다. 스저춘의 「마도」에서 주인공은 '나'는 기차를 타고 도시에서 농촌까지 내려가는 임시적 이주를 보여준다. 두 작가의 소설에서 나타난 농촌은 모두 기차가 다니고 있었다. 기차는 근대 문명을 상징하는 장치로 볼 수 있기 때문에 주인공들이 도시의 퇴폐성에서 벗어나기 위해 이주한 공간인 농촌은 역시 이미 근대성이 전염되는 공간이라는 것이라 할 수 있다.

최명익과 스저춘 소설의 나타난 인물들은 모두 현재의 삶에서 억압받고 있으므로 다른 곳으로 탈출을 욕망했다. 하지만 인물들의 그러한 욕망은 모두 실패했다. 1930년대 식민지 공간에서 자신의 이상적인 공간은 어디서도 찾을 수 없다는 작가 의식을 인물의 좌절된 탈출 욕망에서 확인할 수 있다.

제3장에서는 서사 기법에서 드러나는 인물의 내면 심리를 살펴보았다. 두 작가의 심리소설에서 서사 기법은 다시 상징 이미지와 의식 흐름으로 나뉜다. 그리고 상징 이미지는 다시 전통적인 이미지와 색깔 이미

지로 세분되는바, 상징 이미지를 통해서 인물의 이중적 심리를 보여주는 데에 어떻게 작용하는지를 비교 하였다.

제3장 1.1절에서는 최명익과 스저춘의 심리주의 소설에서 전통적 이미지와 색깔 이미지를 도입하여 인물 내적 심리를 표현한 특성에 대해 논의했다. 최명익의 「비 오는 길」과 스저춘의 「장맛비가 내리던 저녁」에서는 전통 이미지가 주인공 내적 심리를 형상화 하여 표출한다. 두 작품에서는 '비'를 묘사하는데 비가 유독 많이 나타나는 것은 '비가 온다.'라는 사실만 서술되는 것이 아니라, '비'로 인해 혹은 '비'를 통해 인물의 심리가 함께 서술되고 있음을 알 수 있다. 「비 오는 길」에서는 병일의 침울한 심리가 빗소리의 반복을 통해 드러나는데, 오래 그리고 자주 내리는 '비'는 주인공의 내면적인 가라앉은 우울감을 상징한다. 한편 「장맛비가 내리던 저녁」에서 '비'는 주인공의 성적인 욕망을 상징한 것을 살펴보았다. 또한 밀폐된 '방'과 반 밀폐된 '우산'은 인물 심리를 그려내는 상징적 장치로, 두 작품에서는 주인공의 소외감과 단절감·고독감을 나타내는 특징을 보인다.

제3장 1.2절에서는 최명익과 스저춘이 색깔 이미지를 통해 인물의 이중적 심리를 형성하여 표출한다는 점에 대해 논의했다. 최명익의 「폐어인」에서 푸른색은 아내에 대한 가책감과 아내의 금욕적인 생활로 인해서 성적인 억압이라는 정일의 내면적 갈등의 이중성을 나타냈다. 혈색(血色)은 그가 중노인에게 무의식적으로라도 드러내는 적의와 취직자리를 얻기 위해 그에게 의존하고 부탁하는 성향을 대변한다. 「무성격자」에서 문주는 흰색의 이미지로 반복적으로 표현되었다. 흰색은 정일이 문주에게 보여주는 순결적인 감정을 나타낼 수 있으면서도 더러움을 잘 탄 색깔이기 때문에 문주에 대한 정일의 감정은 변했다는 것을 알 수 있

다. 아버지인 만수 노인이 검은색과 붉은 색으로 표현되었다. 검은색은
만수 노인이 가진 죽음에 대한 공포와 불안적인 내면 심리를 드러내며,
붉은 색은 만수 노인의 돈과 토지에 대한 세속적인 욕망을 보여준다. 그
것에 대응하여 만수 노인을 바라보는 아버지에 대한 동정감과 경멸감이
라는 정일의 이중적인 내적 심리와 함께 보여주었다. 스저춘의 「마도」
에서는 검은색 이미지의 나타남에 따라 '나'의 공포와 불안이 드러난다.
빈번히 등장하는 빨간색은 '나'의 성적 욕망을 나타냈다. 「야차」에서 죽
음과 공포를 상징한 하얀색은 유일한 색깔 이미지로 등장하지만 여성과
긴밀한 관련성을 가진 것이라는 점에 대해 살펴보았다. 그 결과 하얀색
이미지는 주인공이 지닌 여성에 대한 공포와 욕망이라는 이중적인 심리
를 나타냈다.

　제3장 2절에서 최명익 소설의 내적 독백과 스저춘 작품의 자유연상
서사 기법이 작품에서 어떻게 인물의 내면적 리얼리즘을 표출하고 있는
지에 대해 살펴보았다. 내적 독백과 자유 연상으로 말미암아 두 작가의
소설은 기존의 소설과는 달리 내면에 깊숙이 들어 있는 마음을 샅샅이
드러낸다. 최명익의 「心紋」, 「비 오는 길」, 「역설」, 「무성격자」를 중심
으로 내적 독백 서사 기법을 통해 그의 소설 속에 나오는 지식인 주인공
들이 세속적인 세계로의 동화를 거부하며 자아를 반성하는 모습을 살펴
보았다. 또한 스저춘의 「마도」, 「파리 대극장에서」, 「갈매기」를 중심으
로 인물이 연속적으로 유동하는 의식을 살펴보았다. 최명익과 스저춘의
소설은 주인공 의식의 흐름을 통해 인물의 심리를 묘사한 공통된 특징
을 보인다. 최명익의 작품은 주로 3인칭의 간접 내면 독백의 기법으로
인물의 여실한 심리 상태를 보여주지만 스저춘의 작품은 주로 1인칭의
자유 연상의 기법으로 인물 자신의 심리 상황을 표현하고 있다는 차이

점을 드러낸다. 최명익과 스저춘의 작품에서 인간의 현재의 의식은 한순
간 이루어진 것이 아니라 끊임없는 과거와의 협상 및 의식 흐름을 통해
이루어지는 것임을 알 수 있었다.

2. 최명익과 스저춘 심리소설의 문학사적 위상과 의미

정신적인 산물로서의 문학 작품이 특정한 시대를 살고 있는 작가의
현실인식을 반영하는 만큼, 그 내용과 형식 모두에 걸쳐 보편적인 시대
담론과 문학 사조와의 관계를 묻고 확인하지 않을 수 없을 것이다.[259]
1930년대는 한국과 중국 현대 소설의 역사에서 매우 중요한 시기로 현
대 소설로서의 형식적 특질이 풍부하면서도 본격적으로 드러나기 시작
한 시기이다. 문학적 관심이 수평적 수직적으로 확산됨에 따라 문학적
현상이 다원화 양상을 띠고 있는 바[260] 또한 이 시기는 이전 시기의 근
대문학적 성격에서 벗어나 현대문학적 성격을 띠기 시작한 분수령으로
도 파악된다. 모더니즘의 하위 장르인 심리소설은 분열된 자의식의 문학
이라는 점, 지식인 소설의 등장이라는 점 등에서 앞 시기와 큰 변화를
보여준다. 최명익과 스저춘의 심리소설은 이런 문학사적 분수령 시기에
등장하며 문학적 현상을 다원화하는 데에 중요한 역할을 한다.

심리소설은 내면에 의지해서 현실의 질서를 재구성하고, 외적 현실과
는 괴리가 있는 내적 현실을 창조한다는 특징을 지닌다. 이런 재구성과

---

259   방용남, 「최명익 심리소설의 리얼리즘적 특성 연구-단편소설 "비오는 길"을 중심
      으로」, 한국문화융합학회, 『문화와 융합』40호, 475-494면.
260   이재선, 앞의 책, 313-315면.

창조의 과정을 통해 내면성은 사회적 근대성의 타자에 해당하는 미적 근대성의 부정성의 기초를 마련한다. 이 글에서 논의한 최명익과 스저춘 심리소설의 내적 심리 양상은 주인공들의 혼란스러운 자아의식을 형성한다. 그런데 인물의 내적 심리 세계는 부정적 사회 체계를 극복한 긍정적 자아 세계가 아니라 오히려 답답한 30년대 분위기 속에 무기력한 인물들의 허무주의와 우울함을 표현한 세계이다. 최명익과 스저춘은 은유적 서사 구조와 서사 기법을 사용하여 우울과 불안한 내적 심리를 나타낸다. 또 한편으로 두 작가 소설에 등장한 인물들은 근대의 풍경에 매혹을 느끼지만, 한편으로는 그 근대의 풍경에서 자신의 존재 근거를 발견할 수가 없었기 때문에 내면으로 은밀하게 현실을 비판한다.

식민지 근대를 사는 문인들이 질환과 질병이라는 자기 안의 고통을 어떻게 경험하고 어떻게 그려내고 있는가 하는 문제는 곧 그들이 식민지 근대를 어떻게 인식했는가를 말해 주는 것이며 동시에 그들 각자의 글쓰기가 어떤 의미를 지니고 있는지 살펴볼 수 있는 중요한 매개라고 할 수 있다. 텍스트에 재현된 인물들은 결핵과 같이 뚜렷한 질병을 앓기도 하고 또한 우울증이나 신경쇠약과 같은 정신적인 질병을 앓기도 한다. 특히 결핵이나 우울증과 같은 질병은 불우한 예술가를 대표하는 질병으로 다뤄지면서 그들의 의식을 확장시킨다. 근대소설에서 질병은 소설의 근대적 속성을 이해하기에 중요한 방식이며, 그것의 내적 형식에 접근하는 또 하나의 통로가 되기도 한다.

　　작품의 곳곳에서 음산한 죽음의 前兆와 징후가 顯在化하고 있으며, 또 작품의 주인공들은 끊임없이 죽음과 마주치거나 또는 죽어가고 있는 것이다. 이런 죽음의 징후는 앞에서 적적한 절망이나 고뇌 및 自我의 無力함들과 밀접히 연관된다. 그는 닫혀 진 사회에서의 無力性의 症狀을 죽음에 의

해서 구체화하는 것이다.[261]

위의 인용문에서 이재선은 최명익 소설에서 질병 서사를 기반으로 진행되는 작품에 대한 평가를 내리고 있다. 이런 작품에서 등장한 주인공들은 질병으로 인한 끊임없이 죽음과 마주치거나 죽어가고 있다. 또한 질병 앞에서 절망과 무기력과 같은 내면적인 심리가 소설의 서사를 이끌어 나간다. 3.1장에서 살펴본 것과 같이 최명익과 스저춘은 주인공의 이상심리(abnormal psychology)에 대한 관심에서 출발했다. 깊은 자의식에 침착하게 된 원인과 그 배경을 탐색하는 것을 통해 내면 탐구로 일관하는 모더니즘 문학의 당위성에 접근할 수 있다. 최명익과 스저춘 소설에서 정신적인 질병 서사는 지식인 인물들의 닫혀 진 사회에서의 무력한 실존적 상황을 상징한다고 볼 수 있다. 따라서 정신적인 질병 서사는 1930년대 모더니즘 문학의 연원과 깊이를 통찰할 수 있는 중요한 조건이다. 병리가 한 개인의 문제가 아니라는 인식을 전제하고 있기 때문이다. 그것은 모더니즘 문학이 리얼리즘 문학의 총체성에 관심이 있지 않고 파편화된 개개인의 일상, 그리고 이 일상에서 곧잘 드러나는 주인공의 내적 심리에 관심이 있기 때문이다.

이주 서사는 병렬성과 상호 대립에 의해 성립되는 지각이나 인물의 탈출 욕망을 형상한다. 이주 서사로 구성하는 작품의 공간들은 그 공간들 간의 관계를 상호 참조하거나 대립을 통해서 그 의미 맥락을 파악할 수 있다. 즉 도시와 농촌이 계속해서 제시되는 동안 인간이 지닌 이주를 향한 욕망과 의미를 알 수 있다. 최명익과 스저춘 심리소설에서 나타난 인물의 탈출은 그들의 삶의 '일상이 지닌 공허, 무료함 내지 권태'와 관

---

261   위의 책, 485면.

련되는 것이다. 이러한 권태 인식은 30년대 문학에 있어서의 시대 상황과 연계된 지식인들의 정신적인 공허와 무력감 등의 보편적 증후 및 지식인상을 매우 상징적으로 표상한다. 소설의 인물들은 떠나고 싶은 곳에서 떠나지 못하거나 임시적으로 떠나도 좌절을 당하여 다시 돌아온 이후 무기력한 상태에서 인생의 억압을 발견한다. 즉 보람과 희망이 없는 인생들을 관찰하거나 자신의 삶 또한 그와 다름이 없는 것임을 의식할 때 억압을 느끼게 하며 탈출할 방법이 없을 때 발생하는 심리적 무기력 상태가 불안으로 전화하기도 한다. 이와 같은 억압과 권태의 심리 상태는 작중 인물에 국한되는 것이 아니라 최명익과 스저춘이 파악하는 현대인 특히 30년대 민중 삶의 본질적 성격과 관계된다.

기법의 쇄신을 통해 새로운 형식의 소설을 창작하고자 남다른 노력을 기울인 최명익과 스저춘의 작품들은 앞에서 살펴본 것처럼 다양한 서사기법을 보여주고 있다. 이러한 기법들이 작품의 현대적인 면모를 이루는 데에 의미를 가진다. 이러한 심리소설의 플롯은 일반적으로 빈번하게 시간 순서를 벗어난 것을 의미한다. 시간의 순차성과 계기성을 일탈한 서술은 스토리 층위의 시간성을 내재하면서 동시성, 은밀성, 유동성을 함께 갖게 된다.

최명익과 스저춘은 소설 속 내용을 통해 직접 제시할 수 없는 의미를 상징적 장치를 사용하여 비유적으로 담는 기법을 사용한다. 최명익과 스저춘은 인간 심리 내면의 모습에서 리얼리티를 찾고자 한 노력은 기교의 혁신과 새로움의 추구라는 점에서 여실히 드러난다. 그들의 작품에 반복적으로 나타나는 제재들은 대부분 작가에 의해 의도적으로 선택된 상징적 장치로써 기능한다. 또 이러한 상징적 장치들은 작가가 궁극적으로 말하고자 하는 바와 시대에 대한 비판을 우회적으로 드러낸다.[262] 이는 문학에 극심한 검열이 가해졌던 1930년대 감시의 시선을 피한 교묘한 방식의 현실 비판이라고 할 수 있다. 앞서 다른 작가들이 이러했듯, 창작의 자유가 억압되었던 당시의 시대 상황에서 소설가는 자신의 말하려는 것을 다른 방식을 통해 완곡하여 표현할 수밖에 없기 때문이다. 이것은 무너지는 사회 체계 속에서 자기 세계를 구축하기 위해 부딪히고 괴로워하는 인물들을 보여줌으로써 문제의 본질을 파악하고 자기 세계의 중요성을 파악하고자 하는 작가의 의도가 숨어 있는 것이다. 심리소설은 개인과 사회와의 연결이 차단된 상태에서 나타나는 소외와 비관적 세계관을 도시 공간을 배경으로 표출해 내고 있는데 이때 심리소설은 도시 이미지를 내면화하고 있다는 점에서 심리소설은 일층 심화된 모습이라 할 수 있을 것이다. 최명익과 스저춘은 상징적 장치들을 통해 소설 안에 현실 비판과 지식인으로서의 태도에 대한 경계를 우회적으로 나타냈으나, 식민지 근대의 현실을 대하는 구체적인 저항의 방식에 대해서는 나타내지 않았다.

최명익과 스저춘의 심리소설은 개별적 인물을 총체성의 탐구보다는 파편화된 개인의 삶에 더 깊은 관심을 표명하며 그들의 시선은 특정한 이데올로기나 집단이 아닌, 그 심리적 추이에 집중한다. 즉 두 작가는 모두 인물 성격의 부각과 사건의 추진에 중점을 두지 않았고 인물 내적 심리의 전면적 발굴에 초점을 맞췄다. 최명익은 간접 내적 독백을 통해서 인물의 내면세계를 보여주며 스저춘은 자유 연상의 방법으로 인물의

---

262   폴 리쾨르는 '상징은 생각을 불러일으킨다'고 언급한다. 그는 이러한 상징을 읽는
       방법이 '상징 해석학'이라 칭한다. 상징 해석학은 상징이 주는 풍부한 의미, 창조
       적 해석의 잉여 의미를 중요시한 해석 방식이다. 이러한 생각은 일종의 비판적
       해석과도 같으며, 상징이 해석을 통해 새로운 세계를 열어준다.
       정기철, 『상징, 은유 그리고 이야기』, 문예출판사, 2002, 51-56면.

심리를 나타낸다. 주로 사용한 서술 기교는 다르지만 인물 심리의 표현
이 생동감 있고 현실감이 있다. 그들은 리얼리즘 소설 서사 패턴에서 벗
어나며 인물의 의식 흐름을 추적한다. 문학이 인간 심리 세계에 대한 관
찰과 이해를 더 심화하는 과정에서 최명익과 스저춘 심리소설은 중요한
의미를 지닌다. 또한 두 작가는 서양 신심리주의 영향을 받았지만 서양
심리소설 작품에 나타난 쓸데없는 긴 내적 독백을 최소화한다. 이로써
동양의 전통적인 특징을 자신의 작품에 녹인 심리소설을 한국과 중국에
성공적으로 토착화시킨 셈이다.

　최명익과 스저춘의 심리소설의 네 가지 인물 내면 심리를 표출 방식
을 통해서 두 작가가 문제의식과 작품의 성취도 면에 있어서 이 시기의
미적 특징을 대표하는 작가라고 할 수 있다.

　최명익의 관심은 범소한 일상성이 흘러넘치는 현실과 그에 대한 부정
과 시대 이념의 부재와 그 모색 과정에서 발생한 실패 때문에 좌절하는
지식인의 내적 갈등이라고 요약해 볼 수가 있다. 이런 의식의 아래에는
근대성의 경험과 이에 대한 비판과 새로운 전망이 숨어 있다. 최명익은
근대의 사회·경제적 현실 조건으로서의 자본주의와 근대적 역사철학의
이념에 질문을 던진다. 자본주의적 근대성에 대한 비판 의식이 뚜렷하게
드러나는 작품은 「비 오는 길」과 「봄과 신작로」를 들 수 있다. 이 작품
들은 자본주의적 근대에 대한 작가의 부정 정신이 선명하게 제시되었기
때문이다. 「비 오는 길」에서 자본주의적 가치 체계에 대한 부정은 '돈
모으고 세상살이 할 생각'이 '사회층에 관념화한 행복의 목표'가 되어
버린 삶의 방식과 그 삶을 '희망과 목표'로 여기는 대중들에 대해 끝까
지 자신의 정신적 순결을 지키려고 노력하는 지식인의 정신적 투쟁으로
제시된다.

스저춘의 주요 작품에서 드러나는 것은 지식인의 무력감이라기보다는 식민지 도시의 근대적 풍경의 내면화이거나 심리적 반영이었다고 보는 것이 타당하다. 지리적으로 근대의 중심지인 상하이에서 물러나 있는 스저춘은 근본적으로 근대성에 대해 비판적인 시선을 보낼 수밖에 없었다. 앞에서 이미 살펴보았지만 스저춘은 프로이트의 영향을 많이 받아서 심리소설을 창작하기 때문에 그는 인물의 심리를 표현할 때 전대 작가들보다 더욱 섬세하고 엄밀한 특징을 보여주며 인물의 내면 심리를 리얼리즘적으로 그려낸 특징을 지닌다. 뿐만 아니라 스저춘은 중국 전통 傳奇志怪(전기지괴) 소설의 영향을 많이 받았으며, 인물의 병적 심리와 기괴한 일을 소설의 한 대목에 놓아서 초현실적인 세계를 그려낸다. 그의 문학 작품을 통해, 중국 계몽의 현대성을 점차 보들레르의 예술적 현대성으로 탈바꿈하였다는 것을 인증한다. 즉 스저춘의 작품은 전체적으로 근대적 시간관과 진보 이념의 신전으로부터 신비주의를 안고 있다. 그의 작품에서 '숙명'의 시간관은 내면화되어 있고, 끝 모르는 절망과 암담한 자기 비하는 당시의 시대적 풍자로서 반복적으로 나타나고 있다. 그러나 이 신비주의 밑에 자리 잡고 있는 근본적인 피해 의식, 곧 이들 세대가 자본주의적 근대의 부정성뿐만 아니라 절망과 불안한 지식인의 내면적 심리를 내포한다. 따라서 그는 인물 심리의 시공간을 확대 해주며 인물 심리 세계의 복잡성을 생동감 있게 보여준다. "스저춘은 허무와 고독의 병적인 세계에 집착한 근대 도시에 소외된 한 개별화 된 인간을 인간의 정상적인 삶의 논리에 위배되는, 불가사의하고 그로테스크 한 이미지로 부각함으로써 전망이 없는 현실에서 살아가는 도시인의 소외인식과 단절인식을 생동감 있게 보여주었다. 따라서 스저춘의 초현실주의 색채를 보여준 소설들은 또 한편으로 그 시기 엘리트 중심의 공식문화의 지배

적 규범에 근거하지 않는 반-문화, 즉 미학적 규범의 부정, 지배적 힘의
전복을 의미하기도 한다."[263] 이와 같이 스저춘은 중국 40년대 도시 소
설 작가들에게 많은 영향력을 끼친다. 스저춘은 항상 인간의 심리에 깊
은 관심을 가지고 있으며, 작품에서 인간의 내면의 은밀한 세계를 주시
하고 있으며, 소설 기법을 세심하게 단련하여 심리 소설 창작의 어느 정
도 수준에 도달한다. 그의 소설은 더 이상 심리 묘사를 인물의 형상을
만들고 줄거리를 이끌어가는 보조 수단으로 삼지 않고, 인물의 심리적
개굴을 중심으로 심리 세계의 다양성을 미적 표현의 주요 대상으로 삼
았다. 그는 전통적인 소설이 스토리텔링을 추구하는 서사 패턴을 깨고
심리 활동의 궤적으로 소설의 배치를 배치했다. 더 이상 캐릭터의 성격
형성에 관심을 기울이지 않고 캐릭터는 단지 어떤 심리적 유형이나 정
서적 분위기를 운반하는 매개체일 뿐이므로 심리를 비할 데 없는 지위
로 끌어 올렸다. 스저춘은 인간의 심리세계에 대한 문학의 관찰과 이해
를 심화시켜 중국 소설의 현대성을 확립하는 데 매우 중요한 역할을 했
다고 볼 수 있다.

　이러한 논의들을 종합해 볼 때 최명익과 스저춘의 심리소설은 한국과
중국 문단의 근대문학적 성격을 현대문학적 성격으로 바꾸어 놓는 데에
큰 몫을 담당한 것이라 할 수 있다. 기법의 새로움과 문학의 현대성을
심리주의적 경향으로 추구해 나간 그들의 노력은 문학사에서 결코 간과
할 수 없는 중요한 위치에 놓이는 것이다. 그리하여 최명익과 스저춘의
심리소설의 내면성은 외적 현실에 대한 주체의 존재 증명임과 동시에
외적 현실의 질서와 가치 체계에 대한 부정과 비판의 계기로 작용한다.

263　　한영자, 앞의 논문, 387-414면.

이는 심리소설의 중요한 본질인 전통 부정과 실험 정신의 소산으로 이해될 수 있다. 그리고 최명익과 스저춘의 이른바 심리소설은, 자품에 나타난 인물들이 현실과는 관계없이 무병신음 자의식에만 침잠하는 심리 질병이나 심리 과잉을 보여주는 소설이 아니다. 또한 현실에 대한 퇴폐주의(頹廢主義) 내지 허무주의적인 자의식만을 보여주는 모더니즘 소설이 아니다. 최명익과 스저춘의 소설을 그러한 심리주의 소설로 보기에는, 결론을 내린 두에도 아직 작가의 투철한 현실인식이 분석 과제로 남아 있게 된다.

이상에서 1930년대 최명익과 스저춘 심리소설의 서사 구조와 서사 기법을 구체적으로 살펴보았다. 이들 심리소설의 새로운 이념과 양식에 대한 이론적 형태를 비교적 각도에서 살펴보면 다음과 같다.

첫째, 심리 소설 문학 이론은 모더니즘 문학 이론을 통해 널리 논의되었다.이론과 창작 사이의 상호 괴리는 문학적 상황과 밀접하게 연결되어 있으며, 이는 기본적으로 심리소설 문학이론의 형성과 발전에 많은 기여를 했다. 그래서 자국 문단의 상황과 긴밀하게 연계되어 독자적인 형태의 문학이 생겨나다. 최명익의 소설 속 인물의 내면 독백을 통하여 자기의 문학적 태도를 표현한 묘사는 스저춘이 의식 흐름을 통하여 율리시스 시를 논하고 있는 장면과 흡사하다. 따라서 최명익과 스저춘은 내용보다는 소설의 형식과 기교를 중시하였음을 알 수 있다. 두 작가의 소설 형식과 기교면에서 모두 의식의 흐름 수법과 내적 독백 기법 등 주요한 표현수단으로 인정받고 있다. 그리고 이전에는 없었던 다양한 현대 예술 수법에 대해 많이 논의했다. 그리고 당시 한국과 중국은 일본과 서구의 상황이 다르다. 일본과 서구는 모더니즘 주류를 이루었다. 그러나 한국 당시 문단의 상황은 모더니즘과 현실 주의간의 논쟁이 치열했기 때문에 모더니즘 소설 이론에 대한 탐구를 더욱 심화되었다. 그러나 중국에서는 현실주의 이론이 문단의 중심을 차지하고 있기 때문에 모더니즘에 대한 논의가 충분하지 않고 국부(局部)적으로 진행되고 있습니다.

둘째, 최명익과 스저춘은 언어 문체에서 참신한 감각적 언어 표현을 추구한다. 최명익과 스저춘은 박태원이 「표현·기교·묘사」에서 말한 "신선한, 그리고 예민한 감각"을 추구한 공통점을 보여주고 있다. 최명익은 3인칭이나 복합시점(1, 3인칭 혼용)을 위주로 감성적인 언어 조합이 중요되었다. 그러나 스저춘의 경우 1인칭 시점의 의식류 위주의 언어를 많이 사용했다. 요약하면, 그들은 소설 문학의 이론적 특징이 새로운 것에 대한 추구이며, 비유를 통해 전통 언어의 규칙을 파괴하고 다양한 형태로 신선한 문체를 추구한다는 것을 알 수 있다. 문학은 결국 언어 예술이다. 따라서 이들이 추구하는 새로운 언어 문체는 필연적으로 일치하는 문학관을 지향하게 된다. 즉 그들의 문체 이론은 전통적인 현실주의 서사 이론과는 반대되는 새로운 것이다. 그리하여 당시 주류였던 현실주의 문학의 서사 기법과의 괴리를 드러내고, 독특한 소설 형식과 수법의 실험적인 도입을 주장하여 문단에 이질성의 새로운 충격을 주었다.

1930년대 한국과 중국의 대표적 심리소설 속 인물, 주체의식, 서사 기법 등을 평행 비교를 통해서 식민지 시대 길을 잃은 도시 지식인들의 좌절 의식이 공통적으로 드러난다. 1930년대 한국 지식인들이 불안·우울·좌절 등으로 자신을 비웃는 분위기가 형성됐고, 이런 시대적 배경은 작가들이 소설을 쓰며 자아실현을 추구한다. 그리고 이런 특성은 1930년대 한국 소설뿐만 아니라 동시대 중국 소설에서도 쉽게 찾아볼 수 있습니다. 이 책은 최명익과 스저춘의 심리소설에 나타난 인물들의 내적 심리 표출 방식을 비교함으로써 두 작가의 작품의 공통점과 차이점을 명확히 분석하였고 두 작가가 애용하는 심리 표출 방식의 은유 효과를 살펴봄으로써 심리주의 소설이 리얼리즘 소설 못지않게 사회 배경과 긴밀한 관계성을 가지고 있음을 파악하였다. 최명익과 스저춘 작품의 비교 연구를 통해서 한·중 심리주의 소설이 내포하는 특성을 알 수 있었으며 이를 토대로 한·중 양국의 심리소설에 대한 총체적인 연구가 가능할 것으로 본다. 또한 두 소설가의 작품을 비교분석함으로써 양국의 문학적인 교류에 조금이라도 도움이 되기를 기대한다. 두 작가는 같은 연대에 활동하며 서로 영향을 끼치지 않았지만 그들의 서술 방법과 표현 기교에 있어 많은 공통점이 있다는 것을 이 글에서 확인할 수 있었다. 그러므로 최명익 심리소설의 특징을 스저춘의 작품에서도 확인할 수 있다는 사실은 동아시아 문학의 보편성을 입증한다는 점에서 그 문학사적 의미가 깊다.

3. 文明互鑑에 따른 한·중 심리소설 비교의 전망

인간의 심리 세계는 그 넓이, 복잡성 및 은밀성으로 인해 작가들의 많은 관심을 받고 있다. 19세기 후반과 20세기 초반에 세계 심리과학의 급속한 발전은 인간의 내면 심리를 표현하기 위한 이론적 지원을 제공했다. 소설은 인간의 감정, 감각, 의식을 투시하는 데 더 많은 관심을 기울였고 심지어 무의식적인 층에 깊이 들어가 정신 수준의 복잡성을 드러냈다. 한국의 최명익과 중국의 스저춘은 세계 문학의 흐름에 순응하여 심리소설 창작에 힘썼다. 그들은 한국과 중국 소설의 전통에서 현대로의 전환을 추진하는 데 대체할 수 없는 역할을 하였으며, 중요한 문학사적 의의를 가지고 있다. 인간심리의 은밀한 왕국에 대한 깊은 관심에서 최명익과 스저춘은 인간심리를 소설의 대상으로 삼았고, 1930년대 한·중 인물의 다양한 심리유형을 발굴하는 과정에서 인간 심리 세계의 복잡성과 다원성을 밝혀냈다. 그들의 심리소설 창작은 소설의 표현 영역을 확장하고 심리소설의 표현 기술을 풍부하게 하며 한국과 중국 소설의 현대성을 확립하는데 큰 의미가 있다. 그것은 인간 심리의 복잡성과 다양성을 보여주며 사람들이 자아를 인식하고 행동 동기를 드러낼 수 있는 내부 기반을 제공한다. 그들은 인류 공통성과 항구적인 미적 가치에 대한 관심으로 강한 탐구 정신을 보여줌으로써 양국 현대문학사에서 독특한 존재가 되었다고 할 수 있다.

한국과 중국은 각각 모더니즘 소설에 대한 연구 성과를 내고 있지만, 심리소설과 관련한 연구는 아직 미흡한 편이다. 특히 1930년대 심리소설을 대상으로 양국의 비교 문학적 연구는 매우 척박한 상황이다. 한국에서는 아직 없고 중국에서 그나마 한 편의 연구가 있을 뿐이다. 이 책에서 최명익 심리소설과 스처춘 심리소설의 공통점과 변별점을 살펴봄으로써 동아시아의 모더니즘의 변용 양상, 특히 심리소설의 면면과 그 소설사적 위상을 조명했다는 점에서 그 가치를 찾을 수 있다. 한편 이 연구가 좀 더 의의 있는 성과에 도달하기 위해서는 앞으로 두 작가를 넘어서서 여타 작가들의 심리소설에 대한 총체적인 연구가 이루어져야 한다. 그리고 이 심리소설이 다른 장르에서 어떤 영향을 받고 다른 장르에 어떤 영향을 주었는지, 보다 폭넓은 연구가 이어져야 할 것이다. 이런 작업은 향후 과제로 남는다.

비교문학은 광범위한 국제학문이며 프랑스도 아니고 미국 특허도 아니며 비교문학 연구의 역사는 사실관계나 논리연계의 역사뿐만 아니다.

비교문학의 연구 범위와 문제의식도 문화 간의 차이성과 유사성에 대한 관심을 크게 초과한다. 우리는 비교문학 연구를 통해서도 보다 명확한 학문적 자각으로 비교문학 연구의 인문학적 매력을 탐구하고 보여줘야 한다. 한국과 중국의 문제 해결에 서구 이론을 적용하면 글로벌과 지역 본토, 보편성과 개인성의 차이에 직면해 있다. 꿈의 해석, 의식의 흐름, 내면의 독백 등 서양 소설 서술 방법은 한국과 중국의 모더니즘 문학을 설명하는 중요한 자원과 근거가 되었으며, 한국과 중국에서 전파와 수용은 학문의 경계를 넘어 많은 문인학자들의 공감대가 되었다. 다문화적 해석은 서양 이론이 한국과 중국에서 이식되고 수용된 내용을 변이, 수정, 융합시키는 동시에 자신과 타자에게 어떤 변화를 일으킨다. 서양 이론이 한국과 중국에 들어온 과정을 탐구하는 것, 즉 서양의 개념과 말의 형태가 어떻게 그 방법론적 혁신을 유지하면서 능동적으로 수정하고 조정하여 새로운 사회와 역사적 환경에 적응하는 과정이다. 의심할 여지없이, 최명익과 스저춘은 각각의 국문학 비평의 역사적 맥락을 바탕으로 서양 이론을 재구성하고 각자의 이해를 문학 창작에 융합하여 한국과 중국 최초의 이론적이고 실천적인 심리 소설 작품을 창조했다.

한·중 비교문학은 아직 번영의 단계에 이르지 않았지만, 한·중 심리 소설의 비교 연구도 현재 다문화 연구 분야에서 뜨거운 이슈는 아니다. 그러나 이 분야의 연구는 한국과 중국의 현대문학의 발전적 특징과 가치관을 깊이 이해하는 데 도움이 될 뿐만 아니라 양국 간의 문화교류와 이해를 증진시키는 데에도 도움이 될 것이다. 즉 한·중 심리소설 비교연구는 한·중 문학 교류에 더 넓은 시야를 제공할 수 있다. 한국과 중국의 문학 교류는 오랜 역사를 가지고 있지만 심리 소설에 있어서는 여전히 일정한 문화적 차이가 있다. 비교 연구를 통해 양국 심리 소설의 차이점을 깊이 이해하고 문학 교류와 상호 이해를 촉진할 수 있다. 한·중 심리 소설의 비교 연구는 한·중 문화 교류를 촉진할 수 있다. 심리 소설은 사회, 문화 및 인간의 심리를 반영하는 문학 형식이며 문화적 배경에 따라 심리 소설은 문화적 의미와 가치가 다르다. 비교연구를 통해 한·중 문화의 차이를 깊이 이해하고 양국 문화교류와 상호이해를 촉진할 수 있다고 할 수 있다. 또한 한국과 중국은 문학 이론의 발전 과정은 다르지만 심리 소설 방면에서는 여전히 일정한 공통성과 차이가 있기 때문에 비교 연구를 통해 한국과 중국 문학 이론의 유사점과 차이점을 심도 있게 탐색하고 양국의 문학 이론 건설에 새로운 시야(視野)와 방법을 제공할 수 있다. 한·중 심리소설 비교 연구는 중요한 학문적 의의와 문화적 가치를 가지고 있으며 한·중 문화교류, 문학이론 건설에 새로운 시각과 사고의 방향을 보여줄 수 있다.

향후 연구에서 우리는 감정 표현, 인물 성격 묘사 및 문화 정보 전달의 공통성과 차이점을 밝히기 위해 한·중 심리 소설의 주제, 서술 기술 및 캐릭터 제작 분야를 추가로 탐색할 수 있다. 또한 한국과 중국의 심리소설과 서양 심리소설의 차이점을 비교하여 동서양 문화의 심리묘사에 대한 다양한 경향과 중점을 밝힐 수 있다. 심도 있는 비교연구를 위해서는 한·중 양국의 시기별, 장르별 대표적인 작품을 대량으로 번역하고 비교한다. 동시에 문화와 역사·사회 등 다방면의 시각과 결합하여 한·중 심리소설의 공통성과 차이점을 심층적으로 분석해야 한다. 또한 현대 문화 교류에서 한·중 심리 소설의 위치와 영향, 다양한 문화적 맥락에서 독자의 수용과 반응에 주목해야 한다고 생각한다.

요컨대 한·중 문화교류가 심화됨에 따라 양국 간의 비교문학은 더욱 풍부하고 다양해질 것으로 믿는다. 한·중 심리소설의 비교연구는 도전과 전망이 넘치는 분야로 한·중 양국 현대문학이 인간의 심리를 탐구, 표현하는 기법과 방법을 깊이 이해하는 데 도움이 될 뿐만 아니라 동서 양의 문화교류와 이해를 촉진하고 조화로운 세계문화를 구축하는데 기 여한다.

참고문헌

1. 기본자료

최명익, 『한국 해금 문학 전집12』, 삼성출판사, 1998.
施蟄存, 『施蟄存精选集』, 北京燕山出版社, 2009.

2. 단행본

강상희, 『한국 모더니즘 소설론』, 문예출판사, 1999.
강인숙, 『일본 모더니즘 소설 연구』, 생각의 나무, 2006.
권영민, 『한국 현대 문학사』1, 민음사, 2010.
김 현, 『분석과 해석/보이는 심연과 안 보이는 역사 전망』, 문학과지성사, 1992.
김남천, 「산문 문학의 일 연간」, 『인문 평론』, 사문인, 1939.
김남천, 「신진소설가의 작품세계」, 『인문평론』, 사문인, 1939.
김양선, 『1930년대 소설과 근대성의 지형학』, 소명출판사, 2003.
김용숙, 방영로 공저, 『색채의 이해』, 일진사, 2007.
김윤식, 『한국 근대문예비평사 연구』, 일지사, 1988.
김윤식, 『한국 현대 현실주의 소설 연구』, 문학과지성사, 1990.
김윤식, 『한국소설사』, 예하, 1993.
김재홍, 『韓國現代詩 詩語辭典』, 고려대학교 출판부. 1997.
박성수, 『들뢰즈』, 이룸, 2004.
박영수, 『색채의 상징, 색채의 심리』, 살림, 2003.
서준섭, 『한국 모더니즘 문학연구』, 일지사, 1988.
신명희 편저, 『지각의 심리』, 학지사, 1995.
안남일, 『기억과 공간의 소설 현상학』, 나남출판, 2004.
유평근·진형준, 『이미지』, 살림, 2005.

이 호, 『현대 심리소설의 서술 전략과 이데올로기』, 이회문화사, 2011.

이재선, 『한국 현대 소설사』, 홍성사, 1983.

이현수, 『정신신경증』, 민음사, 1992.

정기철, 『상징, 은유 그리고 이야기』, 문예출판사, 2000.

정수국, 윤은정 역, 『중국현대문학개론』, 신아사, 1998.

조두영, 『프로이트와 한국문학』, 일조각, 2000.

최명익, 『明眸의 독사』, 조광, 1940.1

한동세, 『정신과학』, 일조각, 1969.

황상익, 『콜럼버스의 교환: 문명이 만든 질병, 질병이 만든 문명』, 을유문화사, 2014.

황수영, 『물질과 기억』, 그린비, 2006.

金載弘 編, 『韓國現代詩 詩語辭典』, 고려대학교 출판부, 1997.

3. 논문

공종구, 「최명익의 소설에 나타난 동양론의 전유와 변주」, 『현대소설연구』46호, 한국현대소설학회, 2011.

구수경, 「최명익 소설의 서사기법 연구: 심리소설을 중심으로」, 『현대소설연구』 제15호, 한국 현대 소설 학회, 2001.

김성진, 「최명익 소설에 나타난 근대적 시 공간 체험에 대한 연구-<비 오는 길>을 중심으로」, 『현대소설연구』 9호, 현대소설연구학회, 1988.

김순진 이정현, 「한·중 심리소설에 나타난 윤리의식 고찰- ‘李箱’과 ‘施蟄存’을 중심으로-」, 『인문과학연구』, 인문과학 연구소, 46호, 2022.

김순진, 「스저춘과 박태원의 도시인식」, 『중국 연구』, 제39권, 2007.

김양선, 「1930년대 후반 소설의 미적 근대성 연구」, 서강대 박사논문, 1998.

김윤식, 「최명익론-평양 중심화 사상과 모더니즘」, 『작가 세계』, 여름호, 1990.

김중철, 「근대 기행 담론 속의 기차와 차내 풍경」, 『우리말글』33호, 우리말글학회, 2005.

김 현, 『분석과 해석/보이는 심연과 안 보이는 역사 전망』, 문학과지성사, 1992.

김효주, 「최명익 소설 여성 형상의 변모와 작가 의식」, 『현대문학이론연구』70호,

현대문학이론학회, 2017.

김효주, 「최명익 소설에 나타난 사진의 상징성과 시간관 고찰 - <비오는 길>을 중심으로-」, 『한민족어문학(구 영남어문학)』61호, 한민족어문학회, 2012.

김효주, 「최명익 소설의 문지방 공간 연구」, 『현대문학이론연구』56호, 한국문학이론학회, 2014.

박성란, 「'斷層派' 모더니즘 연구」, 인하대 박사논문, 2012.

박수현, 「에로스/ 타나토스 간(間) '내적 분열'의 양상과 의미 -최명익의 소설 <무성격자>와 <비 오는 길>을 중심으로」, 『현대문학의 연구』37호, 2009.

박종홍, 「최명익 소설의 공간 고찰: 기차를 통한」, 『현대소설연구』, 한국현대 소설학회, 2011.

박종홍, 「최명익 소설의 공간 고찰-기차를 통한-」, 『현대소설연구』 48호, 한국현대소설 학회, 2011.

박진영, 「근대를 살아가는 지식인의 내면세계-최명익 소설을 중심으로」, 『우리어문연구』 20호, 우리어문학회, 2003, 365-388면.

방용남, 「최명익 심리소설의 리얼리즘적 특성 연구-단편소설 "비오는 길"을 중심으로」, 한국문화융합학회, 『문화와 융합』40호.

서종택, 「한국 현대 소설의 미학적 기반: 최명익의 심리주의 기법」, 『한국학 연구』 제18집, 고려대 한국학 연구소, 2003.

성지연, 「최명익 소설 연구」, 『현대문학 연구』18호, 현대문학연구학회, 2002.

송현호, 「<광장>에 나타난 이주담론의 인문학적 연구」, 『한국현대문학연구』42호, 한국현대문학회, 2014.

오병기, 「1930년대 심리소설과 자의식의 변모 양상(2)-최명익을 중심으로」, 『대구어문 논총』 제12호, 1994.

오주리, 「최명익(崔明翊)의 「무성격자(無性格者)」에 나타난 죽음의 의미 연구 - '의식의 흐름(Stream of consciousness)'과의 관련성을 중심으로」, 『한국근대문학연구』32호, 한국근대문학회, 2015.

이 호, 「한국 현대 심리소설의 반복 구조 연구- 1930년대 심리소설을 중심으로-」, 서강대 박사논문, 1998.

이명학, 「1930년대 한중 모더니즘 문학논의 비교고찰」, 『건지인문학』18호, 인문학 연구소, 2017.

이미림, 「최명익 소설의 '기차'공간과 '여성'을 통한 자아 탐색-<무성격자>, 「<心紋>을 중심으로」, 『국어교육』 105호, 2001.

이해영, 「중국내 한중비교문학 연구의 현황과 과제」, 『한중인문학연구』, 44호, 한중인문학회, 2014.

이행선, 「책을 '학살'하는 사회-최명익의 <비 오는 길>」, 『한국문학연구』41호, 한국문학연구소, 2011.

이희원, 「최명익 소설의 기차 공간 연구」, 『한국문학논총』81호, 한국문학회, 2019.

임병권, 「1930년대 모더니즘 소설에 나타난 은유로서의 질병의 근대적 의미」, 『한국 문학 이론과 비평』 17호, 2002.

장수익, 「민중의 자발성과 지도의 문제 - 최명익의 중기 소설 연구」, 『한국문학논총』60호, 한국문학회, 2012.

전홍남, 「최명익 소설에 나타난 병리적 상징성 연구」, 『국어문학』57호, 국어문학회, 2014.

정현숙, 「최명익 소설에 나타난 은유」, 『어문연구』 121호, 한국어문교육연구회, 2004.

조진기, 「한국현대소설에 나타난 지식인 상(Ⅲ)」, 『한국현대소설 연구』, 학문사, 1984.

천현경, 「1930년대 현대파 소설 연구」, 성균관대 박사논문, 1997.

최명익, 「숨은 인과율」, 『조광』, 1940.7.

최성윤, 「최명익 소설의 세속과 탈속 - <비 오는 길>, <무성격자>, <심문>을 중심으로-」, 『Journal of korean Culture』, 한국언어문화학술확산연구소, 2018.

최재서, 「『단층』파의 심리주의적 경향」, 『문학과지성』, 인문사,1938.

최재서, 「풍자 문학론」, 『조선일보』, 1935,7.

최혜실, 「1930년대 한국 심리 소설 연구-최명익을 중심으로」, 서울대 박사논문, 1992.

표정옥, 「타자 혐오와 질병 담론의 연루로 읽는 최명익의 「봄과 신작로」 연구」, 『한국근대문학연구』, 한국근대문학회, 2021.

한만수, 「최명익 소설의 미적 모더니티 연구 ―<비 오는 길>에 나타난 '신경증'의 구조분석을 중심으로」, 『반교어문연구』32호, 반교어문학회, 2012.

한만주, 「1930년대 모더니즘文學의 心理的 異常性 研究」, 중앙대 박사논문, 2001.

한영자, 「1930년대 중국의 신감각파 도시소설 연구」, 한양대학교 박사논문, 2012.

한영자, 「예링펑(葉靈風)과 스저춘(施蟄存)도시소설의 에로틱과 그로테스크 미학
　　　　연구」, 『외국학연구』24호, 2013.

홍혜원, 「최명익의 <심문>에 나타난 히스테리 주체」, 『한국문학이론과 비평』26
　　　　호, 한국문학이론과비평학회, 2022.

賈蕾, 「論施蟄存歷史小說中的"現代"」, 『浙江工商大學學報』2019年第4期.

李春杰, 「<梅雨之夕>心理描寫的表現力」, 『文藝爭鳴』2016年第12期.

李婷, 「心理視角下對<梅雨之夕>的解讀」, 『语文建设』2014年第9期.

樓適夷, 「施蟄存的新感覺主義－讀了在<巴黎大戲院>與<魔道>之後」, 『文藝新聞』
　　　　第33期, 1931.

滿建, 「論施蟄存的心理小說及其文學史意義」, 『蘭州學刊』2014年第3期.

宋曉平, 「欲望、貨幣和現代都市空間——重讀施蟄存的<春陽>」, 『文艺理论研究』
　　　　2015年第4期.

唐正华, 「论施蟄存历史题材短篇小说的创新」, 『文史哲』1994年第2期.

田建民, 「崇欲抑理的精神闡釋——施蟄存心理分析小說淺論」, 『河北學刊』2005年
　　　　第6期.

王愛松, 「施蟄存的三篇小說與現代都市文化空間」, 『福建论坛(人文社会科学版)』
　　　　2012年第4期.

王俊虎, 「施蟄存心理分析小說新論」, 『學術交流』2013年第9期.

王一燕, 「上海流連——施蟄存短篇小說中的都市漫遊者」, 『中國現代文學研究叢
　　　　刊』, 2012年第8期.

王攸欣, 「高僧人性敘事的真與失真——施蟄存小說<鳩摩羅什>與三種史傳對讀辨
　　　　異」, 『現代中文學刊』2020年第2期.

翁菊芳, 「精彩紛呈的意象——以施蟄存荒誕小說<魔道>為例」, 『北京工業大學學報
　　　　(社會科學版)』2009年第2期.

許顽强, 「情欲与理性冲出下的悲剧命运－论施蟄存的历史小说集」, 『湖北大學學
　　　　報』(哲學社會科學版)第6期, 1992.

杨程, 「论新感觉派的身体审美」, 華中師範大學 博士論文, 2015.

杨迎平, 「<梅雨之夕>: 朦胧的诗」, 『名作欣赏』, 2014.12.

杨迎平, 「施蟄存关于<魔道>的一封信」, 『新文学史料』2011年第5期.

楊迎平, 「中國現代文学史上的施蟄存」, 『当代作家评论』2006年第3期.

楊迎平, 「潜意識: 收斂與逸出──魯迅/施蟄存心理分析小說比較輪」, 『江漢論壇』
      2002第4期.

楊迎平, 「施蟄存傳略」, 『新文學史料』第4期, 2000.

姚玳玫, 「城市隔膜与心理探寻──从女性构型看施蟄存在新感觉派中的另类性」, 『文
      藝研究』2004年第2期.

張 蕾, 「1930년대 한·중 도시소설 비교 연구」, 충남대 박사논문, 2014.

張 生, 「煙粉靈怪紛爛漫──試論施蟄存小說的藝術特征」, 『浙工學刊』2002年第5期.

張雪紅, 「論20世紀30年代新感覺派小說的現代性與藝術性」, 『求索』2012第6期.

4. 외서 및 번역서

J.Hillis Miller, 『Fiction and Repetition』, Basil Blackwell Oxford, 1982.

Leon Edel, 이종호 역, 『현대 심리소설 연구』, 형설출판사, 1983.

R.Osborn, 유성만 역, 『마르크스와 프로이트』, 이삭, 1984.

S.리몬-케넌, 최상규 역, 『소설의 시학』, 문학과지성사, 1985.

가즈시게 신구, 「희망이라는 이름의 가장 먼 과저-시공상의 이주에 관한 정신분
      석학적 에세이」, 『제4회 세계 인문학 포럼』, 2016.

데이비드 바츨러, 김융희 역, 『색깔이야기』, 아침이슬, 2002.

로날트D. 게르슈테, 강희진 역, 『질병이 바꾼 세계의 역사-인류를 위협한 전염병
      과 최고 권력자들의 질병에 대한 기록』, 미래의창, 2020.

로버트 험프리, 이우건 유기룡 역, 『현대 소설과 의식의 흐름』, 형설출판사, 1984.

로이스 타이슨, 윤동구 옮김, 『비평 이론의 모든 것』, 앨피, 2012.

리처드 윌하임, 이종인 역, 『프로이트』, 시공사, 1999.

미르치아 엘리아데, 이재실 역, 『이미지와 상징』, 까치글방, 2013.

발터 벤야민, 『아케이드 프로젝트 4-방법으로서의 유토피아』, 조형준 옮김, 새물
      결, 2008.

브루스 핑크, 맹정현 역, 『라캉과 정신의학』, 민음사, 2002.

수전 손택, 이재원 역, 『은유로서의 질병』, 2002.

스에나가 타미오, 박필임 역, 『색채심리』, 예경, 2001.

에리히 프롬, 강영계 역, 『현대인간의 정신적 위기』, 진영사, 1976.

에리히 프롬, 김병익 역, 『건전한 사회』, 범우사, 1975.

엘프리드 W. 크로비스, 김기윤 역, 『콜럼버스가 바꾼 세계: 신대륙 발견 이후 세계를 변화시킨 흥미로운 교환의 역사』, 지식의 숲, 2006.

이옥연 옮김, 『장맛비가 내리던 저녁』, 창비, 2009.

이-푸 투안, 구동회·심승희 역, 『공간과 장소』, 대윤, 2007.

클레어 콜브룩, 한정헌 역, 『들뢰즈 이해하기』, 그린비, 2007.

프로이트, 김석희 옮김, 『문명속의 불만』, 열린책들, 1997.

프로이트, 김인순 역, 『프로이트 전집-꿈의 해석』, 열린책들, 1997.

프로이트, 윤희기, 박찬부 역, 『프로이트 전집-정신분석학의 근본 개념』, 열린책들, 2003.

프로이트, 정장진 역, 『프로이트 전집-예술, 문학, 정신분석』, 1997.

피버 비렌 저, 김화중 역, 『색채심리』, 동국출판사, 1991.

하라노 겐, 고재석·김환기 역, 『일본 쇼와 문학사』, 동국대학교 출판부, 2001.

施蟄存, 『施蟄存散文選集』, 百花文出版社, 2004.

施蟄存, 『沙上的腳跡』, 遼寧教育出版社, 1995.

施蟄存, 『沙上的足跡』, 沈陽: 遼寧教育出版社, 1995.

王文英, 『上海文學史』, 上海人民出版社, 1999.

王文英, 『上海文學史』, 上海人民出版社, 1999.

吳福輝, 『走向世界文學』, 湖南人民出版社, 1985.

吳福輝, 『都市漩流中的海派小說』, 湖南教育, 1990.

吳中傑, 정수국·천현경 역, 『중국현대문예사조사』, 신아사, 2001.

嚴家炎, 『中國現代小說流派史』, 北京師範大學出版社, 2005.

嚴家炎, 『中國現代小說流派史』, 北京師範大學出版社, 2005.

応國靖, 『施蟄存』(中国現代作家选集), 三联书店(香港)有限公司, 人民文学出版社, 1988.

余凤高, 『心理分析与中国现代小说』, 北京: 中国社会科学出版社, 1987.

餘鳳高, 『心理分析與中國現代小說』, 北京: 中國社會科學出版社, 1987.

趙淩河, 『中國現代派文學引論』, 遼寧人民出版社, 1990.

왕명진 王明真

강소대학교 국제중국어교육학과 부교수 / 江蘇大學 漢語國際教育系 副敎授
한국 아주대학교 대학원에서 한국현대소설 전공으로 석사, 박사 학위를 받았다. 현재 중
국 강소대학교 인문학원 부교수로 재직 중이며, 복단대학교 중문학과 postdoctor이다.
그리고 강소성 평론가협회 회원과 진강시 평론가협회 회원이다. 한·중 현대 문학에 관
해 깊이 있게 연구해 왔다. 최근에는 연구 영역을 확대해 한국의 漢學이나 중국학 및 한
중의 문학적 사상적 교류 등을 연구하고 있다. (韓國亞洲大學現代小說專業博士, 中國江蘇
大學文學院副教授, 復旦大學中文系博士後, 江蘇省評論家協會會員, 鎭江市評論家協會會員,
主要從事中韓文學比較研究, 韓國漢學, 中國學及中韓文學思想交流研究.)

한·중 심리 소설 비교 연구
中韓心理小說比較研究
―최명익과 스저춘을 중심으로

초판 1쇄 인쇄 2023년 11월 14일
초판 1쇄 발행 2023년 11월 30일

지 은 이 왕명진王明真
펴 낸 이 이대현
펴 낸 곳 도서출판 역락

편 집 이태곤 권분옥 임애정 강윤경 디자인 안혜진 최선주 이경진 마케팅 박태훈

펴 낸 곳 도서출판 역락 / 서울시 서초구 동광로46길 6-6 문창빌딩 2층(우06589)
전   화 02-3409-2058 FAX 02-3409-2059
이 메 일 youkrack@hanmail.net
홈페이지 www.youkrackbooks.com
등   록 1999년 4월 19일 제303-2002-000014호

ISBN 979-11-6742-624-6 93810
字數 203,154字

* 정가는 뒤표지에 있습니다.